クライブ・カッスラー／
マイク・メイデン／著
伏見威蕃／訳

超音速ミサイルの密謀を討て!(上)

Clive Cussler Fire Strike

JN122507

扶桑社ミステリー

1681

Japanese translation published by arrangement with
Peter Lampack Agency, Inc.
350 Fifth Avenue, Suite 5300, New York, NY10118 USA
through Tuttle-Mori Agency, Inc., Tokyo

歴史は人間が神を発明したときにはじまった。
人間が神となるときに終わる。

——ユヴァル・ノア・ハラリ

超音速ミサイルの密謀を討て！（上）

登場人物

ファン・カブリーヨ——〈コーポレーション〉会長。オレゴン号船長
マックス・ハンリー——〈コーポレーション〉社長。オレゴン号機関長
リンダ・ロス——〈コーポレーション〉副社長。オレゴン号作戦部長
エディー・セン——オレゴン号陸上作戦部長
レイヴン・マロイ——同作戦部員
エリック・ストーン——同員操舵手
マーク・マーフィー——同砲雷長
ゴメス・アダムズ——同パイロット
ハリ・カシム——同通信長
ジュリア・ハックスリー——同医務長
モーリス——同司厨長
キム・ダダシュ——米海軍空母〈ジェラルド・R・フォード〉艦長
ハーリド・ビン・サルマーン——サウジアラビア元副皇太子
サライ・マッサラ——元モサド工作員
アシェル・マッサラ——サライの弟
ジャン・ポール・サラン——軍事会社〈スールシェヴ〉社長
ヘザー・ハイタワー——HH+のCEO、創業者
チン・ヤンウェン——同アマゾン収集チームのメンバー
ラングストン・オーヴァーホルト——〈コーポレーション〉のCIA連絡担当

プロローグ

一九六三年、ボルネオ

闇夜の土砂降りの雨は、特殊舟艇班（スペシャル・ボート・セクション）（SBS）の戦闘員三人にとって、完璧な掩蔽（カヴァー）だった。

もっと有名な特殊空挺部隊（スペシャル・エア・サーヴィス）（SAS）の〝ずぶ濡れのいとこ〟は、沿岸部での潜入に特化した英海兵隊の特殊襲撃部隊（コマンドウ）だった。今夜の任務では、〈ゾディアック〉膨張式ボートで上流の奥まで遡上（そじょう）する。

ローリンソンという名前の頑固なイギリス人が、一族のゴム大農園からなんとしても緊急に脱出しなければならなくなったのだ。インドネシア人の共産主義反乱軍が、外国人を皆殺しにして財産を奪おうと躍起になって、この地域で襲撃をくりかえしていた。

昨夜もわずか八キロメートルしか離れていないところで、オランダ人一家ががに股のマルクス主義者に惨殺され、ローリンソンと妻は自分たちがリストのつぎに載っていることに、突然気づく。

デズモンド・〝生霊〟・ヴィカズ海兵が、〈ゾディアック〉のエヴィンルード製大型船外機を切り、三人は熟練した動きで調子を合わせてパドルを漕ぎ、最後の五〇〇メートルを進んでいった。土砂降りの雨で装備はずぶ濡れになるが、動きの物音を消してくれるのがありがたかった。三人は、動きがないかと岸に目を凝らした――もちろん、反乱軍がいるおそれもあったが、この地域に蝿のようにうようよいるワニにも目を光らせていた。これまでのところは、幸運の女神がいっしょにパドルを漕いでいるようだった。

中尉が空いた手で示し、三人はゴムボートを岸に向けた。音もなく〈ゾディアック〉からおりて、茂った藪の蔭にそれをひきずり込む。三人は〝消音ステン〟サブマシンガンをおろして、弾倉を手探りで確認した。ヴィカズは腰に手をずらして、三八口径のウェブリー・リヴォルヴァーを軽く叩いてから、指を太腿の下にずらして、オイルをたっぷりくれてある鞘に収まっている、剃刀のような切れ味の〈フェアバーン・サイクス〉ダガー・ナイフの柄に触れた。

準備万端。

中尉が大農園のほうへうなずいてみせた。まだ十八歳でSBS全体でも最年少の戦闘員のヴィカズが先頭に立ち、整然とならんでいるゴムの木の下の葉叢（はむら）や灌木（かんぼく）のあいだを縫って進んでいった。ヴィカズにはもとから大地主の伯爵の威厳が具わっているのだが、現場での動きはジャングルキャットなみに摩訶（まか）不思議なくらい優雅で狡猾だった。〝生霊（レイス）〟という異名をあたえられたのは、音を立てずに動き、不意に現れるからだった。

遠くに聳（そび）えている明かりがともっていない大農園の母屋に通じる開豁地（かいかつち）の端で、ヴィカズは立ちどまり、周辺にあらためて視線を走らせた。明かりが消えているのは中尉が指示したからなので、これまでのところ、なにも問題はない。

行く手に危険はないと確信したヴィカズは、ステンガンを構え、用心鉄に指をかけて、身を低くしたまま母屋へと疾走した。母屋に接近するときに撃つなという中尉の命令を、ローリンソンが忘れていないことを、無言で祈った。弾薬をこめたリー・エンフィールドNo1を持っている神経過敏のイギリス人一般市民は、インドネシア人の殺し屋とおなじくらい危険かもしれない。

ヴィカズは、音もなく軽々とポーチに跳びあがり、正面の窓の奥に目を凝らした。

鉄板の屋根を雨が逆上したドラマーのように叩いていた。中尉と巨漢のスコットランド人のスターリング伍長がどたどたとそばに来たとき、母屋のなかにひとの動く気配がないことに、ヴィカズは気づいた。

ヴィカズは首をふった。

中尉が影に沈んだ周辺にもう一度視線を走らせ、正面玄関へ行って、泥まみれの半長靴でドアを蹴りあけた。

ヴィカズがサブマシンガンを構えて最初に突進し、親友のスターリングが間を置かずにつづき、中尉がふたりのすぐうしろから進んだ。

「ローリンソン！」中尉が叫んだ。「女王陛下の部隊が、あんたをここから連れ出すために来た！」

応答はない。

「スターリング、二階へ行け。レイス、裏手を調べろ」

ふたりが急いでその場を離れ、中尉は地下室のドアをあけた。照明の鎖を引いて、もう一度叫んだ。「ローリンソン！　撃つな。おれたちはあんたを連れ出すために来たんだ。そこにいるのか？」中尉は木の階段を駆けおりて、じめじめした暗い部屋を見まわした。缶詰と種々雑多な生活用品が積んである棚が、手つかずのままなのが見えるだけだった。

中尉が一階のキッチンに戻ると、ヴィカズとスターリングが首をふった。

なにも見つからない。

「ローリンソンは、おれたちに知らせずに逃げたのかもしれない」中尉はいった。「だが、まだ敷地内にいるかもしれないから、ほうっておくわけにはいかない。スターリング、裏の物置を調べろ。レイス、作業場へ行け。おれは敷地内を捜索する。十五分後に上陸地点で落ち合おう。変更はしない。真剣にやれ。わかったな？」

ふたりがうなずいた。スターリングがつけくわえた。「はい、ボス」

叩きつける雨が突然やみ、水浸しの地面から厚い霧の幕が湧き起こると、にわかに息苦しい熱気が襲いかかった。

中尉はボートを隠した場所の近くの上陸地点でしゃがみ、闇に目を凝らした。部下ふたりの気配はない。腕時計を見た。あいつらはどこだ？

「ボス」

ヴィカズがどこからともなくうしろに現われたので、中尉ははっとして身をすくめた。ほんとうに生霊みたいなやつだ。

「ローリンソン夫妻がいる気配はないか?」中尉がきいた。虫の鳴き声と厚い霧のとばりで、ささやき声がくぐもっていた。

「作業場の裏。喉を耳から耳まで切り裂かれていた」

「なんてこった。で、スターリングは?」

前方で葉叢が押し潰される音が、ふたりに聞こえたが、なにも見え——。

ドサッ!

中国製の〝ジャガイモ潰し〟手榴弾が、ふたりの足もとのぬかるみに落ちて、水しぶきをあげた。

ヴィカズが中尉を押しのけて、手榴弾の上に身を投げた。

「レイス!」中尉は手をのばして、ヴィカズの体をつかもうとしたが、銃弾一発に頭蓋を貫かれた。

中尉の死体が、ヴィカズのそばの泥のなかに倒れ込んだ。

「ボス!」

ヴィカズは膝をついて、中尉の死体のほうへ急いで這っていった。中国の手榴弾は不発だったが、うなりをあげて頭上を飛ぶ銃弾には殺傷力があり、どのみちそれに殺られるおそれがあった。

インドネシア人がゴムの木の列を前進するあいだに、ヴィカズはこっそり脱け出した。自動小銃の射撃の歯切れがいい鋸(のこぎり)のような音があたりに響き、銃弾が樹皮や枝を引き裂いた。

ヴィカズは、影のように音もなく、インドネシア人たちの前進と直角をなすように走り、北に折れた。

イギリス人が抵抗しないので大胆になったインドネシア人たちは、叫び、笑い、中尉が倒れている藪に向けて弾倉が空(から)になるまで撃った。ほどなく、ずたずたになった中尉の死体を見おろして立った。

生霊(レイス)が背後から側面にまわったことに、彼らはまったく気づいていなかった。

ヴィカズは、はっきりしない人影の群れを、サイレンサー付きのサブマシンガンで撃った。三十発入り弾倉が空になるあいだ、弾丸がターゲットに命中し、左から右へ、インドネシア人たちの背中に縫い目をこしらえた。まるでボウリングのピンのように、インドネシア人たちが泥の地面に倒れた。残ったのはふたりだけだった。

ヴィカズは弾倉を交換し、木の蔭に隠れた最後の反乱分子ふたり――ひとりはもうひとりより頭ひとつ分、背が高い――に銃口を向け、不意に凍り付いた。

スターリング！

長身のスコットランド人が、猿轡をかまされ、両腕をうしろで縛られて、脊椎に拳銃を突きつけられ、小柄な共産主義者に押されているのが見えた。小柄なインドネシア人は、大男のスコットランド人を人間の楯に使い、そのうしろに隠れて、木のあいだを移動していた。

くそったれ。

ヴィカズは、弧を描いて木立を抜け、木の幹を掩蔽に使って敵の横にまわろうとしながら、距離を詰めた。

泡を食ったインドネシア人は、片手をスターリングの首に巻きつけて自分の体に引き寄せ、つぎの銃弾がどこから飛んでくるのかわからずに、ぐるぐるまわっていた。ヴィカズは、木の横にステンガンの銃身をくっつけて、安定させ、ぐるぐるまわっている敵に狙いをつけて、チャンスを待った——。

パン！

九ミリ弾一発が、インドネシア人の胸に突き刺さり、その男は地面に倒れた。

ヴィカズは木の蔭から出て、スターリングのほうへまっすぐ走った。

スターリングは、まだ猿轡をかまされ、両手を縛られたままだった。ヴィカズが木立から出てくるのを見て、くぐもった悲鳴をあげた。

そして、向きを変え、駆け出した。

「スターリング！　おれだ！」

スターリングが大股に三歩走ったところで、イギリス製のL2手榴弾――首のうしろに縛りつけてあった――が、爆発した。

インドネシア人が、スターリングを仕掛け爆弾（ブービートラップ）に変えていたのだ。インドネシア人が安全ピンに指をひっかけていたので、もくろみどおり、死んで倒れたときにそれが引き抜かれた。

ヴィカズは不意に立ちどまった。虫の音（ね）がけたたましく大気に響き、反乱分子たちの怒りのこもった叫び声が、その向こうの森から聞こえた。

なんということをやってしまったのか？

スターリングと中尉の遺体を〈ゾディアック〉にきちんと固定すると、ヴィカズは大型のエヴィンルード製船外機の咆哮（ほうこう）や、周囲の水面で水柱を立てている銃弾も意に介さず、スロットルを全開にした。猛烈な勢いで発進した〈ゾディアック〉の艇首が高く持ちあがり、涙に濡れたヴィカズの顔は、叩きつける生ぬるい空気でしだいに乾いた。

16

二週間後
シンガポール
英海軍基地

ブロムリー提督が、よく磨かれたチーク材のデスクに置いた書類綴りから目をあげて、銀のアールヌーヴォーの灰皿で煙草を揉み消した。

ヴィカズは、アイロンで折り目をきちんとつけた英海兵隊の軍服を着て、背すじをのばしたまま座っていた。髭を剃ることができそうなくらい鋭い折り目だった。靴は鏡のような光沢が出るまで磨き込まれていたが、それとは対照的に、目鼻立ちの整った顔はまったくの無表情だった。

「これに署名するのは拒否する」綴りのなかの一通の手紙をつついて、ブロムリーはいった。「きみはわれわれの最優秀の兵士のひとりで、女王陛下の軍隊のきわめて貴重な資産だ。きみを失うわけにはいかない」

「理由は明確にしたはずだと思いますが」

「馬鹿げている。調査委員会は、きみはいかなる失態も犯しておらず、完全に無罪だけば」

とした。これについて、だれもきみに責任があるとは考えていない――きみ自身を除

「わたしの親友が、わたしの行動のせいで死にました」

「きみの親友が死んだのは、残忍な共産主義者の人殺しのせいだ。物事を真実のとおりに見なすようにしなさい」

「努力しているんです」

「教えてくれ、ヴィカズ。きみは軍隊が好きか？」

「学校にいたころから、国のために尽くしたいということしか、望んでいませんでした。海兵隊のグリーンベレーを獲得した日は、人生で最もすばらしい日でした」

「きみの叔父、エドゥマンド・ヴィカズ＝ハート卿は、わたしがともに軍務に服する光栄に浴したもっとも優秀な将校だった。きみのたぐいまれな勤務から判断して、きみとエドゥマンド卿におなじ資質が具わっていることは明らかだ」

「それは最大の賛辞だと思います、提督。しかし、自分がそれに値するとは思えません」

「きみの大好きな海兵隊を離れて、海軍で勤務するつもりはないか？」

ヴィカズは、眉根を寄せた。「同志の命をまた危険にさらすおそれがある立場に身

を置くことなど、自分自身が許せません」

「それはよくわかっている」ブロムリー提督は、煙草のパッケージを持ちあげた。「一本どうだ?」

「結構です、提督。ありがとうございます」

「そのほうがいい。よくない習慣だ」

ブロムリーは、銀の〈ダンヒル〉のライターを持ちあげて、煙草に火をつけた。青みがかった煙を吐きながら、ヴィカズの書類をあらためて仔細に調べた。

「きみの何人もの指揮官や仲間の下士官から、支援の手紙が多数届いている」一通を持ちあげて、じっくりと読んだ。「これには、きみが〝たいそう好かれていて、礼儀、立ち居ふるまい、言葉遣いに関して、高く推奨できる〟と書いてある」

「イートン校で教育を受けたからでしょうね。あいにく」

「人生の洗練された物事にも、たいそう生まれつきの才能があるようだね」ブロムリーが、べつの手紙を差しあげた。「〝素人だがソムリエなみ〟だと、この将校は述べている」

「大地主の伯爵の息子として育てられた特権のひとつです」

「正直にいうと、きみのような人間が直属の幕僚だとありがたい」

ブロムリーが、デスクの向こう側から出てきた。

「提督？」

「これは近接戦闘とは考えられないくらい遠い職務だ。しかし、女王陛下の海軍の誉れ高い軍務であることに変わりはない。思慮分別、気配り、趣味のよさが必要とされる。きみにぴったりだと思う。説明してもいいかね？」

「どうぞおねがいします」

職務の特徴を聞くあいだ、ヴィカズの目つきが鋭くなった。一瞬で決断が下された。

「たしかに誉れ高い軍務です。考えも及びませんでした」

「ただひとつ、厄介な問題が予想される」

「なんでしょうか？」

「きみは英軍でもっとも優秀な特別襲撃部隊(コマンドウ)に属し、機密任務に何度も参加してきた。いってみれば、記録に残されない任務に」

「はい、提督」

「それで、べつの部門に異動すると、記録もそちらに移される。許可なくそれが閲覧されるのは困る。それを避けるためには、きみの記録を永久に封印し、ＳＢＳでの軍務をだれにも知られないようにする必要がある。それどころか、デズモンド・ヴィカズ海兵の軍務をいっさい消去しなければならない。きみが軍服を着ているあいだ、彼は〝未知の部分〟として消滅する。退役したら、きみが望むなら、彼を生き返らせてもかまわない」

「承知しました」

「つまり、きみのためにまったく新しい軍歴をこしらえる必要がある。名前、出自、すべて新しくする。それについてどう思うかね？」

「女王陛下と国に尽くす自由が得られるのでしたら、大賛成です」

「よろしい。副官に必要な手配を命じよう。そのあいだ、何日か休暇をとって、シンガポールを楽しむといい。じつにすばらしい街だ」

ヴィカズが立ちあがった。数週間ぶりの笑みが、顔に皺を刻んでいた。

「ありがとうございます、提督」

ブロムリー提督が、手を差し出した。ヴィカズはその手を握った。

「わたしたちのこれからの関係が楽しみだ、ヴィカズ――ああ、そうだ。これから何日か遊び歩くあいだに、新しい名前を考えなければならない。変名を。きみの名前とはまったく異なる名前がいい」

「適切な名前があると思います」

ブロムリーは、満面に笑みを浮かべた。「すばらしい。では、教えてくれ。わたしはだれといっしょに働くことになるのかね？」

「姓は〝シャヴァス〟です。母方の伯父に因(ちな)みます。エル・アラメイン（第二次世界大戦中のエジプトの激戦地）で戦死しました」

「お悔やみ申しあげる。すばらしい選択だ」

「ミドルネームは〝モーリー〟にします。朝鮮戦争で亡くなったいとこです」

「あそこの荒れ果てた山で、ずいぶん多くの優秀な将兵を失った。それで、ファーストネームは？」

ヴィカズは笑みを浮かべた。「父の従者が、去年、わたしたちの一族の土地に埋葬されました。わたしは彼をとても尊敬していました。彼は一九一六年にソンムの戦いで重傷を負いました。勇敢な軍務に対して、銀星付き(ダルジャン)軍功章(クロワ・ドゥ・ゲール)を叙勲されました」

「いかなる基準に照らしても英雄だな。彼の名前は？」

「モーリスです」

1

現在
タジキスタン
ゴルノ・バダフシャン自治州

　旧ソ連時代の年代物の雪上車が、急斜面で最後の丘の頂上に達した。無理な力がかかった大型ディーゼル・エンジンが、轟音をあげて、オイル混じりの煙を吐き出した。雪が渦巻くなかで、聳え立つパミール高原の上のほうの狭い峠をガタゴトと抜けて、古いチベットの要塞に達するまで、三時間かかった。要塞は樹木に覆われた谷底を見おろし、登攀が不可能な崖の上に建っていた。要塞は当時の攻城武器を寄せつけない頑丈な壁に囲まれていたが、遠陬の地にあってたどり着けないことが、つねに最大の防御だった。よほど決意の固い訪問者でなければ、ここに来ようともしないだろう。

数百年前に昔の人間がどうやってこの岩造りの巨大な建造物を建てたのかは、いまだに謎だった。

雪上車は、奈落のような谷間に架かる短い吊り上げ橋の手前で、ようやく車体をきしらせて停止した。運転台のドアがあき、シープスキンのコートとブーツを身につけたがっしりしたチェチェン人が跳びおりて、賓客七人が乗っている雪上車のリアドアをあけた。

乗客——六人が男、ひとりが女——は、単調な長いドライヴのあいだに凝った筋肉と痛む背中をほぐした。移動のあいだ彼らは、雪上車の広いが実用一点張りのキャビンで、おたがいを横目で品定めしながら、ずっと黙って座っていた。凍てつく表に出ると、吐く息が口から勢いよく出たが、身を切るような風に白い息がたちまち吹き払われた。

病的なほど肥満したベネズエラ人、ジェフェルソン・オソリオは、南アメリカ最大の麻薬カルテルの警備部長だった。鼻腔(びこう)と目の縁が赤いのは、自分の製品(プロダクツ)に中毒していることを示している。すさまじい寒さにもかかわらず、足首まであるアーミンのコートのボタンをかけていないし、肩まである髪が雪混じりの風のなかで躍っていた。

オソリオは、品のいいロシア人ヤコフ・ミチャエフと眼鏡をかけた中国人女性ウー・シャンシャンのことを、報告書を読んでよく知っていた。ふたりともそれぞれが属する犯罪事業で警備責任者に相当する職務につき、ほとんどの国の能力と同等かそれをしのぐ情報収集資産を擁する組織を指揮している。この世界有数のろくでなしふたりがきょうの集まりに出席することを知っていたら、オソリオはまったく異なる手配をしていたはずだった。

オソリオは、あとの連中を識別できなかったが、おなじようにそれぞれ警備部門の幹部にちがいないと判断した。襟と袖から刺青（いれずみ）が見えている日本人は、指が欠けているのを見なくてもヤクザだとわかる。髭をきれいに剃った小太りのインド人。爪先が銀のカウボーイブーツをはいたメキシコ人。膝まである鮮やかな黄色のスキーパーカを着たタイの高地民族が、そのほかの乗客だった。

こんな高度の犯罪技術の逸材が一堂に会することは、これまで一度でもあっただろうかと、オソリオは思った。彼らを一網打尽にできるチャンスだから、世界中の警察組織がよだれを流すにちがいない。

チェチェン人が携帯無線機で呼びかけ、すぐに要塞の落とし格子門が鎖で引きあげられた。洞窟のような感じの入口を、チェチェン人が賓客七人に示した。市販のスノースーツを着た背の高い兵士が、ライフルを片方の肩から吊って、彼らを待っていた。

武器やそのほかの持ち込み禁止品がないかどうかを調べるために、金属探知機を持った小柄な男がそのそばに立っていた。

招待された七人は、門に向けてのろのろと歩いていった。一歩ごとに不安が高まった。奥にあるものが、彼らの人生を一変させるかもしれない。

あるいは人生を終わらせるかもしれない。

オソリオは、空港にあるようなミリ波スキャナーのなかに立ち、またしてもしつこく武器の所持を調べられることに、内心憤慨していた。大きな頭の上に両腕をあげるのは、きょう三度目だった。ここの連中は、本気で警備対策を行なっている。昔の城のなかを通るあいだに、武装警備員を五十人以上見た。この要塞を強襲しても、成功は見込めないだろう。

ミリ波スキャナーの映像を監視していたキューバ人の元情報将校が、丸々と太ったギャングのデジタルデータを見て、笑いそうになるのをこらえた。オソリオの濃い顎鬚は、二重顎の下でぶらぶらしている肉をすべて隠してはいなかった。身長一八五センチくらいで、胴回りが一六四センチのベネズエラ人犯罪組織幹部のオソリオは、まるで巨大なアボカドのような体つきだった。グリーンのヴェルヴェットのトラックスーツは、デザイナーブランドで、かなり高価にちがいないが、よけい滑稽に見えるだけだった。

ひどい体つきで、健康はもっとひどいにちがいないが、オソリオは徹底的に審査されていたし、きょうのオークションに参加するのにじゅうぶんすぎるほどの資金を持っていた。この昔の要塞にはエレベーターがないので、気の毒なことにオソリオはここまで五階分の階段を昇らなければならなかった。額に珠(たま)のような汗が浮かんでいた。ベネズエラ人が、そういうふうに体を酷使しても、心臓麻痺(まひ)で死ななかったのは驚きだと、キューバ人は思った。あの一八〇キロが死体になったら、フォークリフトを使わずにどうやって狭い階段から運び出せばいいのか、想像もつかなかった。

キューバ人は、オソリオにスキャナーがある小部屋から出るよう合図して、通信装置に向かってささやいた。「異状なし」テーブルに置いてある小さな容器のほうへ顎をしゃくった。「ミスター・マーティンとの用事を終えたら、ジュエリーと時計を返します」とスペイン語でいった。

オソリオが、スペイン語で答えた。「ちゃんと返せ、間抜け(ペンデホ)」

ののしられたキューバ人の顔から、おもねるような笑みが消えた。キューバ人の目が鋭くなったとき、イヤホンから命令が響いた。キューバ人は客たちのほうを向いた。

「セニョーラとセニョーレス。最後の検査がある。ついてきてください」

オソリオは、近くのテーブルの容器からアーミンのコートを取り、ロシア人と中国人のあとから、携帯網膜スキャン装置が用意されているべつの部屋へ行った。元情報将校のキューバ人は、インド人が前に座っていた席を指差した。

「ミズ・ウー」――もちろん本名ではない――「どうぞ」

ウーがうなずいて席につくと、技術者が指示した。ウーが身を乗り出し、顎置きに顎を載せた。すぐにウーの右目の網膜がスキャンされ、身許が確認された。ミチャエフがおなじようにして、オソリオがつづき、小さなプラスティックの座席に座るとき立つときにうめいた。

「仕事の時間だ」笑みを浮かべたキューバ人が、七人の客を最後の待合室に案内した。地元の贅沢な家具が整っていた。ワイン数本と、氷で冷やされている缶入りのシロチョウザメのキャビアがテーブルに置かれ、銀のサモワール、ボトルドウォーター、グラス、食器類もあった。

「軽い食べ物と飲み物をどうかご自由に召し上がってください。セニョール・マーティンが、まもなくまいります」

ロシア人と中国人はサモワールから湯気を立てている紅茶を注ぎ、オソリオはボトルドウォーターのキャップをあけた。あとのものは山羊や羊のチーズをつまむか、タンドゥールで焼いた色鮮やかな円形の巨大なフラットブレッドをちぎった。アルコールで頭がぼんやりするのを望むものはいなかった。七人は座り心地のいい椅子にそれぞれ陣取った。

一同は飲み物を飲みながら、巨大な液晶テレビを無言で眺めた。だぶだぶの灰色の囚人服を着た黒髪の長身の女が、床を歩きまわっているのが映っていた。向きを変えるたびに、底の厚いランニングシューズが、すり減った石の床でキュッと鳴った。女はときどき足をとめて、自分のあらゆる動きを記録している高解像度の監視カメラのほうを見あげた。高い頬桁の上のほうで、輝くグリーンの目の片方の上に痣ができていたし、下唇がすこし腫れていた。ファッションショーのモデルが、自転車が衝突してふり落とされたような感じだった。ここに来るまでのあいだに、手荒く扱われたことは明らかだった。

オソリオは、彼女を顔で識別した。あとの連中がそうではないことを願った。

そういうことになったら、事態がとんでもない方向にそれてしまう。

2

筋肉質で痩せていて、頬桁の張っている馬面の男が、戸口からはいってきた。銀色の髪は短く刈り、きちんと櫛をいれてある。粋なカットのサヴィル・ロウのスーツを着て、〈パオロ・スカフォーラ〉の手縫いの革靴をはき、〈ジャガー・ルクルト〉の腕時計をはめていた。どこをとってもヨーロッパ企業の富裕な経営幹部のように見えた。じっさい、そのようなものだった。

「マダム、皆さん。お越しいただいてありがとう。それに、辛抱してくださったことにも感謝する。ここまでは退屈な旅だし、われわれの警備対策は極端だからね。われわれではなく、あんたたちのための予防策でもある」

男の英語は完璧だったが、オソリオはかすかな東欧のなまりを聞きつけた。まちがいなければ、ブルガリア人だ。マーティンが本名だとは思えなかった。

「わたしの一族は、コンスタンチノープル陥落の前から、拉致事業に手を染めていた。

いわせてもらえば、われわれはそのビジネスモデルを発明しただけではなく、完全なものに仕上げた。われわれのオークション事業は、われわれも含めた関係者それぞれを護るような仕組みで、最高品質の資産を提供している。今夜も例外ではない。あんたたちの組織に接触したのは、われわれの要求する額を出すことができるのは、あんたたちだけだからだ。先に伝えたように、付け値はすべて巷(ちまた)でＩＳＯと呼ばれている希釈されていないイソトニタゼンでなされる」

オソリオは嫌悪をひた隠した。ＩＳＯは恐ろしい薬物だった。麻薬取締局(ＤＥＡ)の最近の研究は、この合成オピオイドはフェンタニルの百倍強力だと結論を下している。市場に出たばかりなので、薬物取締法も取締機関も、追いつくことができない。中毒性と致死性がきわめて高いこの混合物は希少で製造が難しく、そのためいっそう価値が高くなっている。

マーティンは話をつづけた。「あんたたちも知っているように、われわれがオークションにかける資産(アセット)は、アメリカのＤＥＡの情報プログラムに雇われている上級システムエンジニアだ。先に伝えたように、彼女を使えば、ＤＥＡのデータベースと、インターポールや国家テロ対策センターも含めて、それに接続しているそのほかの警察や情報機関のデータベースにアクセスできる。ほかにも、ロシア連邦保安庁(ＦＳＢ)など多数にアクセスできる。秘密作戦、諜報員、情報提供者、自宅の住所、銀行口座――即動可能情報（アクショナブル・インテリジェンス）のリストは膨大だ。そういう情報が、あんたたちの組織の成功をどれほど高めるか、考えてみてほしい。おなじように重要なのは、こういう情報で、競争相手をしのぐ利点が得られることだ」

　この部屋に集まっている相手も含めて、とはいわなかった。いうまでもないことだったからだ。

　七人がうなずいた。疲労といらだちが不意に消えて、七人は座ったまま背すじをのばした。

「この取引を完全なものとして供するために、われわれは付加価値を足した。先に伝えたように、われわれの資産はすべてを焼き尽くす火事で不慮の死を遂げたことになっている。彼女の遺体は回収できないと、ＤＥＡは判断した。つまり、だれも彼女を捜そうとはしない。当局が彼女を捜したり、あんたたちに報復したりするようなことを恐れずに、都合のいいように彼女を使えばいい」

「この女は協力的なのか？」ミチャエフがきいた。

「たいへん協力的だ。もっとも、最初は抵抗した。しかし、絶望的な状況だと知らされて、いまではまったくいいなりになっている。長年かけて実証された説得手段もすこしは使ったが」

訳知り顔のくすくす笑いが、あちこちで湧き起こった。

マーティンは笑みを浮かべた。「資産（アセット）が本物だということが確認できる証拠の書類と動画を、あんたたちはみんな受け取ったはずだ。個々にそれとはべつに確認したはずだ。そうでなかったら、今夜ここへ来なかっただろう。ちがうかね？」

「どうしてわかりきったことをいうんだ？」スペインなまりの英語で、オソリオがいった。

「では、先へ進めよう。あんたたちは書面の指示を受け取っているはずだが、ここでくりかえす。

一、入札者はそれぞれ、五分間、資産（アセット）とふたりきりになることが許される。体に触れたり、なんらかの食べ物か飲み物かテクノロジーを提供したりすることは許可しない。要するに、いかなる物理的接触も許可しない。そういうことをやったら、ただちに入札の資格を剝奪する。彼女の価値を落とすために危害をくわえようとしたら、もっとも厳しく対処される」隅に立ってにやにや笑っているチェチェン人のひとりのほうを、顎で示した。腰に巨大なナイフを付け、他のチェチェン人が持っているセミオートマティック・ピストルよりもさらに大型の拳銃を携帯していた。

「しかし、なんらかの懸念があれば、質問はいくらでもできる。協力しなかった場合の罰のことを、彼女は承知しているから、進んで協力するはずだ。しかし、限られた時間を精いっぱい使うことだ。

二、プライバシーをできるだけ厳重に守るために、あんたたちの面談の画像は撮影されないし、録画もしない」マーティンはポケットからリモコンを出して、監視カメラの動画を消した。「質問がここにいるほかの入札者に影響があるかもしれないということはわかっているから、あんたたちのプライバシーと秘密保全を尊重する。たとえ落札できなくても、不便な旅をした甲斐があると思えるような貴重な情報が手にはいるかもしれない。資産が握っている情報にも、あんたたちにとって資産がどう重要であるかということに、私たちは興味がないと断言する。われわれにとって重要なのは、あんたたちの最後の付け値だ。なにか質問は？」

質問はなかった。

「三、入札者は一度しか入札できない。もっとも高い付け値が勝ち、それで決まる。だから、できるだけ高い付け値をすることだ。落札後の交渉や提案は受け入れられない。

四、入札者はそれぞれ、資産と会ったあとで五分以内に付け値を書き記して提出し、客間へ行く。つぎの入札者が監房にはいって五分過ごし、そのあとの五分以内に入札を行なう。三人目にもおなじ機会があたえられる。七人が全員、入札を行なったあとで、ここを出て、空港まで送られる。そのあと、ちょうど二十四時間後に、メールで連絡される。落札者はそのときに、資産がどこへ届けられるかを知らされ、われわれはただちに誠意をもって届ける。大量のＩＳＯを調達して輸送するのが厄介だということは知っている。しかし、届けてから三十日以内に支払うよう求める」

マーティンの愛想のいい態度が、不意に険悪になった。「われわれの信頼を裏切るものは、報いを受けることになる。ザンジバルとその家族のいわゆる急逝は、めったにないこととはいえ、その好例だ」

オソリオは、その飛行機事故のことを、新聞で読んだのを思い出した。当局はパイロットの過失だと判断していた。明らかにそうではなかったのだ。

「最後に、落札者の安全のために、入札に勝った人間の身許も落札価格も明らかにしない。質問は？」

この勝負への重苦しい期待感があたりに漂い、部屋は静まりかえった。

「それじゃ、やろうぜ（バモノス）」オソリオがうめいた。「はじめよう」

マーティンが、へつらうような笑みを浮かべた。

「最低入札価格を決めているのもいっておくべきだな。入札がそのあたりに集中しないように、数字は明かさない。われわれは利益を最大にしたい。三十日以内に供給できる最大量で入札したほうがいい。われわれの最低価格を超える入札がなかったときには、資産は抹殺され、今後二度とオークションには出されない。さてはじめようか?」

「だれが最初だ?」ロシア人がきいた。

マーティンが、長いテーブルのほうへ行った。ポケットに手を入れて、1から7までの数字を書いてある白いポーカーチップを七枚出し、陶器の花瓶に音をたてて落とし込んだ。片手で花瓶のほうを示した。

「最後のチップが引かれるまで、チップを見せないように。ミズ・ウー、あんたが最初だ」

ウーが立ちあがり、花瓶のほうへ行って、チップを引いた。マーティンが、ほかの入札者に、順番にチップを引くよう指示した。オソリオが最後に引いた。おおざっぱに円を描いて、入札者がならんだ。

マーティンが、花瓶をまずウーの前に置き、それからミチャエフとオソリオのほうへ持っていった。

「自分のチップを他の入札者に見せてくれ」

七人がそうした。

ウーはよろこんでいた。彼女が最後だった。

ミチャエフはもっとよろこんだ。１を引いたのだ。

オソリオは、不快感を隠した。引いたのは２だった。

まずい。

オソリオは、計画が成功する見込みがもっとも高くなるように、最初に資産を訊問したかった。だが、持っている札でやるしかない。

ミチャエフは、廊下を横切って資産の監房にはいってから、きっかり五分後に、姿を現わした。整った顔に無表情なポーカーフェイスが影を落としていた。ロシア軍の情報機関ＧＲＵ（参謀本部情報総局）の大佐だったときに身につけた技倆（ぎりょう）にちがいない。ミチャエフがなんの感情も表わしていないのは、いましがた聞いたことが気に入ったからで、かなり高い付け値をするにちがいないと、オソリオにはわかっていた。ミチャエフはＧＲＵの悪名高い７４４５５部隊を指揮していたことがある。ロシアのサイバー戦の最先鋒（さいせんぽう）の部隊だ。ミチャエフが資産をモスクワへ連れていったら、大惨事になる——ただし、ミチャエフがいまは想像もできないような理由で。

オソリオは、ウーのほうをちらりと見た。冷静な顧客であることはまちがいない。ミチャエフのポーカーフェイスを、オソリオとおなじように解釈したが、気がつかないふりをしていた。だが、呼吸が微妙に変化したので、資産に対する凶暴な好奇心が急に高まったのを、オソリオは察した。これもまずい。ウーはミチャエフよりもさらに危険だ。元中国人民解放軍情報将校で、いまは中国最大の犯罪組織三合会に雇われている。

オソリオは、水の残りを飲み干し、肉付きのいい手でペットボトルを押し潰し、雄のトドが一目置きそうなゲップをした。ほかの入札者たちの注意を乱すために、わざとやったのだ。ミチャエフは五分をめいっぱい使い、迷っていらだっているふりをしていたが、監房を出る前に決心していたのは明らかだった。だが、乗り気だと見られるのを避けるために、ミチャエフは許されている五分のぎりぎりまで待った。

「ミスター・ミチャエフ、入札価格は？」

用意されていたメモ用紙に、ミチャエフが殴り書きし、全員とおなじカップに、たたんだそれを入れた。マーティンのほうにうなずいて、シロチョウザメのキャビア目指して、軽食のテーブルに向かった。

「ミスター・オソリオ。つぎはあんただと思うが」

オソリオは、ウーのほうを向いた。「レディーファースト？」

中国人女性のウーが、馬鹿にするように鼻を鳴らし、首をふった。「ちがうんじゃないの」

オソリオはしおれてうなずき、揺れている太腿に両手をついて、とてつもない体重を支えながら、身を起こした。

トカレフ・セミオートマティック・ピストルを腰に携帯している仏頂面でアーモンド形の目のトルコ人が、監房の厚い鋼鉄の扉をあけた。

「ドアが閉まった瞬間から、あんたの五分がはじまる」マーティンがいった。

「わかってる（コンプレンド）」オソリオは戸口からはいり、うしろでドアが閉じて、これで最後だというような不気味な音が響いた。

さて、はじめるぞ。

3

簡易寝台から、その女が見あげた。起きあがり小法師のような体つきの犯罪組織幹部を見て、明らかに驚いているようだった。女はやつれていても、昂然としていた。それを見て、オソリオはほっとした。

オソリオは、左臼歯の偽物の歯冠を強く噛んだ。いかなる音声と動画の信号も妨害する装置が、それによって作動した。あの部屋でマーティンが監視カメラの動画を切ったかもしれないが、監房のなかでなにが起きているか、いまも監視していないという保証はない。これでもう安全だ。

「こんばんは、カブリーヨ夫人」

相手は困惑して、目つきが鋭くなったが、すぐに口もとに笑みが浮かんだ。「カブリーヨ?」

「そう、ファン・カブリーヨそのひとだ」

「その台詞（せりふ）を聞くのは、ほんとうに久しぶり」信じられないというように、彼女は目の前の男を眺めまわした。「前に会ったときよりも、ちょっと肥（ふと）った？」

「狂乱の日々を暮らしているのでね。五分以内にこのドラキュラの城からきみを脱出させないと、吸血鬼が襲いかかる」

「まわりを見て。ネズミ捕りにかかったみたいなんだけど。なにか名案があるの？」

「いくつかある」

「いくつか？」

「わかった、ひとつだけだ」

「すごい名案でないとだめよ」

ファン・カブリーヨは、グリーンのトラックスーツを脱ぎ、前もうしろも縮れた黒い毛に覆われた巨体を剝き出しにした。

グレッチェン・ワグナーは、馬鹿にするように鼻を上向けた。「あなたが背中の毛を剃らないといけないなんて、知らなかった。よりによって背中なんて、気持ち悪い」

「手厳しいね。どうしてきみと結婚したんだろう？　たとえ四分でも三十秒でも」

「結婚していないわよ。ニカラグアで、ただの偽装のためだったのを忘れたの？」

「あのときは間一髪で逃れたんじゃなかったかな?」

「あの夜はまだ終わっていないということね」

ファン・カブリーヨは、ゴムでこしらえて体に巻きつけた偽物の脂肪の下に隠された継ぎ目の下に、慎重に指を入れた。巨大な腹の上の〈ヴェルクロ〉のファスナーを見つけてあけた。脱出に必要なものが、すべてそこに収められている――ただ、時間が足りなかった。カブリーヨは厚いゴムでできたボディスーツで全身を覆っていた。顔の補装具、ウィッグ、体毛まで含めて、カブリーヨの船、オレゴン号のマジック・ショップで、ケヴィン・ニクソンが設計してこしらえたものだ。厚いゴムのボディスーツは、たいがいの金属探知機も含めたミリ波などの探知装置を受け付けない密度だった。カブリーヨの義足と義肢は、アクリルの骨組みで、毛が生えた肌色のゴムに覆われ、完全に本物に見える。あまりありえないこととはいえ、先進的な探知装置が用意されていた場合に備え、カブリーヨの配下の技術者たちは金属をできるだけ使わないようにしていた。

「さあ、これを手伝ってくれ」カブリーヨは、梱包されたいくつかの装備をゴムの下腹から引き出した。最大の装備は腹の収納部に収まるように真空パックされて圧縮されていた。ボディスーツとその中身は、カブリーヨの体に九〇キロ近い重みをくわえていた。

カブリーヨは最高の潜入工作員だったが、力を入れてうめいていたのは演技ではなかった。さいわい、水泳選手の体格なので、重みには耐えられるが、ルイジアナ州のＲＶ（レジャー・ヴィークル）祭りのケイジャン（カナダからルイジアナに移住したフランス系住民）のように汗だくになっていた。

「これを持ってくれ」カブリーヨは、馬鹿でかいプラスティックのニードル式ディスペンサーをグレッチェンに渡した。「急いでくれ。あと三分二十秒しかない」その数字に確信をもっていた。カブリーヨの体内ストップウォッチは、〈トーマス・マーサー〉のマリンクロノメーターよりも正確だった。

「なんなの？」グレッチェンがきいた。

「強化されたシアノアクリレート。究極の強力接着剤だ。ドアの枠、ことにロッキング機構の周囲に注入すれば、溶接したみたいに閉ざされる。体につけないように気をつけて。それに急いでやってくれ」

「わかった」グレッチェンは、カブリーヨのそばを走り抜け、隙間のできるだけ奥に注入するために目を凝らして、作業に取りかかった。

汗まみれのボディスーツからカブリーヨが脱け出すのに、四十秒かかった。ゴム製のオソリオが、毛むくじゃらの肌色のゼリーとなって、骨のない死体のように床に落ちた。

「そういう場面を『遊星からの物体X』で見たと思う」駆け戻ってきて、カブリーヨの足もとの奇怪な物体を顎で示しながら、グレッチェンがいった。「ただ、あなたはカート・ラッセルじゃないけど」

　カブリーヨはつぎに、やはりぐしょ濡れになっていた作り物のズボン下を脱いで、脇にほうり、素っ裸で立っていた。何時間も重いものを身につけて動いていたせいで、四、五キロ分汗をかいていた。脂肪を完全に落とした筋肉質の体が、いっそうくっきりして、汗でギラギラ光っていた。麝香（じゃこう）のような体臭が、急に部屋に充満した。

　グレッチェンは、カブリーヨの体を眺めまわして、口笛を吹いた。「それがわたしの憶えている偽の夫よ。ドアは始末した。つぎはなにをやればいいの？」

「やつらがドアを叩きはじめるまで、あと二分」カブリーヨはいいながら、いちばん重い包みを持ち、汗が肌から蒸発するのを待った。

「〝入室ご遠慮ください〟の札を持ってこなかったの？」

「ハネムーン用のスイートを頼んでおいた。その札も込みだと思ったんだ。手を貸してくれ」

　カブリーヨは、セラミックのナイフを出して、もっとも重い包みを切り裂いた。セラミックの裏板つきの成形指向性爆薬が収まっていた。ドアの大きさの穴をあけるために、粘着性の煉瓦形爆薬の最初の一個を厚い石の壁に叩きつけた。

「監房に入れられるときに、瞳孔スキャナーがあっちの部屋にあるのを見た」グレッチェンがいった。「どうやってそれをごまかしたの？」

「天才的ハッカーのマーフが、オソリオとわたしの網膜スキャンのファイルを入れ替えた」カブリーヨは指向性爆薬をもうひとつ取り付けた。「簡単さ」グレッチェンにC4爆薬ブロックをひとつ渡した。

「どうしてそんなことができたの？」グレッチェンは爆薬を壁にくっつけてから、もう一個を取った。

「話が長くなる」

じつは、本物のオソリオはいま、オフショアにあるアメリカの秘密拘禁施設にいる。カブリーヨの途方もない計画が可能なのは、オソリオが捕らえられたからにほかならなかった。

グレッチェン・ワグナーは、CIAの上級現場工作員で、DEA情報幹部を装っている。マーティンが動かしている謎の組織の構成員を突きとめるのが、グレッチェンの任務だった。マーティンの本名はルドヴィコ・ダ・ポルト伯爵、ボルジア家の時代からつづいている犯罪シンジゲート一族の頭（かしら）だった。現在の作戦拠点はブルガリアにあるが、組織網は世界に及ぶ。

グレッチェンが二週間前にデ・ポルトの組織との接触に成功したのは、朗報だった。CIA本部（ラングレー）が思っていたよりも、拉致シンジケートが有能で抜け目なかったことは、凶報だった。グレッチェンの偽装は暴かれていない——それどころか、格好の獲物だと見なされた——グレッチェンは拉致され、確実に死んだと見なされるように細工された。グレッチェンがどこにいるのか、なにが彼女の身に起きたのかわからないために、CIAは激しく動揺した。

グレッチェンが拉致されたことを、カブリーヨのCIA連絡担当が知らせた。カブリーヨはすぐさま、ときどき利用する極悪な犯罪社会やダークウェブに渡りをつけた。重要なDEA資産の謎の〝オークション〟が七日後に行なわれることと、ベネズエラ人のオソリオが招待されていることを、それらの伝手（つて）から知った。

ダ・ポルトの組織は、招待の数時間後にCIAの作戦でオソリオがたまたま捕らえられたことに気づいていなかった。〝ミスター・マーティン〟は、特殊な暗号化携帯電話をオソリオに届けていたので、オソリオの組織は親玉が捕らえられたことをダ・ポルトに知らせることができなかった。連絡はすべてダ・ポルトから送られ、オソリオのみが受信することが厳格に定められていた。ＣＩＡはオソリオを捕らえたときにその携帯電話を手に入れ、いまはカブリーヨが持っている。

わずか三十六時間前に、カブリーヨは――いまは肥満した犯罪王に扮している――パキスタンのカラチの辺鄙（へんぴ）な場所へ来るようにと連絡を受けて、そこから自家用ジェット機でタジキスタンへ運ばれた。

そしていま、ここにいる。

グレッチェンが最後のＣ４爆薬ブロックを叩きつけて固定すると、カブリーヨはべつの包みをあけて、丸めた服をグレッチェンのほうへ投げた。

「それを着るんだ」

「なんなの？」ふってひらきながら、グレッチェンはきいた。

カブリーヨはにやりと笑い、一度勢いよくふって、自分の服をひろげた。

「ウイングスーツだ」

4

カブリーヨは重さ一八キロのパラシュート・ハーネスを身につけ、グレッチェンもおなじようにした。グレッチェンのほうが、高度なパラシュート降下の特技資格を有している。さらに重要なのは、ウイングスーツの使用時間も、カブリーヨより長いことだった。とはいえ、あまり当てにはできない。グレッチェンがウイングスーツを使ったのは一度だけで、一秒一秒が嫌でたまらなかった。カブリーヨは、それで空を飛ぶのは、今夜がはじめてだった。

「あと三十秒」カブリーヨはそういって、スキー用ゴーグルをグレッチェンのほうへ投げた。「急げ」

カブリーヨはすでに防寒ズボンとシャツを着込み、カーボンファイバーの義肢を取りつけていた。ブーツをはき、ベネズエラ人の巨大な下腹に隠してあった高度計付きの〈ビヴァーク９０００〉機械式腕時計を手首に付けた。ゴーグルをはめてから、外側の壁の遠い隅をグレッチェンに示した。爆発の範囲をできるだけ避けるには、爆発の方向と直角の位置にいるのがいい。

「十秒」しゃがみながら、カブリーヨはいった。「わたしのうしろへ行け。口をあけ、耳をふさぎ、目を閉じろ」

カブリーヨは、多方向の脅威に対応する折り畳み式のケヴラー製防弾楯をひろげ、自分の前にかざした。爆発と衝撃波を避けるのに、たいして役に立たないが、いまはそれしかない。数秒後には、岩の破片がうなりをあげて飛び散るはずだ。

「脱出ルート1ができる」カブリーヨは、遠隔起爆装置のスイッチを入れた。

C4爆薬ブロックが、すべて同時に爆発した。爆発音がカブリーヨの耳のなかでサイレンのように響き、〈フーヴァー・アップライト〉電気掃除機よりも速く、肺から空気を吸い取った。両手で持っていたケヴラーの楯に、岩の破片がつぎつぎと当たるのがわかった。

カブリーヨはグレッチェンのほうを向いた。「だいじょうぶか？」

「なに？　聞こえない」

「だいじょうぶだな。行くぞ！」

カブリーヨは楯を落として、ぱっと立ちあがった。壁にぽっかりと穴が開いていた。

ディーゼル燃料が燃えているようなにおいの埃と煙で、息が詰まりそうだった。渦巻く吹雪が、ずたずたに引き裂かれた監房に忍び込み、刺激臭のある煙を早くも吹き散らしていた。遠くから物を叩く音が聞こえた。遠くにある鋼鉄のドアを、拳で叩いているのだと脳が認識したが、それは耳が遠くなっているからで、ドアはすぐうしろにある。

カブリーヨは、折れた歯のように見えるギザギザの岩に囲まれた脱出口に向けて、岩の散らばる床を走った。やっと立つことができるくらいの高さの穴だった。伐り裂くような風が付け髭を捕らえ、頭の上に浮かんだそれが、付け毛のように見えた。

カブリーヨは、耳と鼻から血を流しているグレッチェンのほうへふりかえった。

「ついてこい」

グレッチェンがうなずいた。

それ以上なにもいわず、カブリーヨは向きを変えて、雪の舞う虚空に跳び込んだ。

ゴーグルは役に立ったが、氷点下の風が凍った雪片を時速一七〇キロメートルで顔に叩きつけ、スチール製たわしのように皮膚をこすった。スパでのんびりしているのとは、まったくちがう。

だが、それはカブリーヨにとって最大の問題ではなかった。

カブリーヨはオレゴン号で、ウイングスーツで飛ぶやりかたの簡単な実演を、エリックから教わったが、〝実演〟という言葉は好意的すぎるかもしれない。エリックは、ウイングスーツの飛行をシミュレートするビデオゲームを見せただけだった。さらに、ウイングスーツで降下した経験があるエディー・センが、着込むのとじっさいに飛ぶ手順を、ひとつずつ説明した。エディーは、カブリーヨの代わりにやると志願したが、捕らえられるか、もっと悪い事態になる可能性が高いので、〝ムササビ〟を演じた経験が皆無なのに、カブリーヨは自分で任務をやることにした。グレッチェン・ワグナーは旧い友だちだった。彼女の期待を裏切ることだけを、カブリーヨは恐れていた。

「いちばん気をつけないといけないのは、急に変化する風です」エディーは、最後の警告としてそういった。「命取りになりかねない」

急激に変化してあらゆる方向から殴りかかる風と戦いながら、エディーの予言は当たっているとカブリーヨは思った。

一時間以上前に要塞に到着してから、吹雪は一段と激しくなっていた。爆破した壁の穴に立ち、叩きつける風を感じるまで、これほど悪化していたとは気づかなかった。だが、ひきかえすことはできない。

この作戦の計画をまとめたときに、カブリーヨは気象情報を確認した。世界最高峰の峰がいくつもあるこの地域の山地では、なんらかの風がいつもうなりをあげている。そのため、要塞のてっぺんから通常のパラシュート降下を行なうのは無理だと判断した。ウイングスーツが、最善にして唯一の方法だった。

雪が降る夜の闇に向けて飛びおりたとき、最初はいつもの夜間降下と変わりないように思えた。まっすぐ下に落ちていかないことだけが、異なっていた。カブリーヨとグレッチェンは、樹木が茂る谷底の開豁地に到達するまで、険しい山の地形を一二キロメートル以上、横断しなければならない。そこで、ジョージ・〝ゴメス〟・アダムズが、アグスタ・ウェストランドＡＷ６０９ティルトローター機でふたりを拾うことになっている。

その距離を飛ぶために、カブリーヨは降下速度をできるだけ落とさなければならなかった。それには、ウイングスーツの空力学的特性を最大限に利用するために、両腕と両脚をめいっぱいひろげる必要がある。それによって幾何学的な形が楓（かえで）の葉のようになり、乱気流が安定を脅かしていた。ハリケーンのなかで合板一枚にしがみついているような心地だった。低温のために全身の感覚が鈍っているせいで、そういう感覚がいっそう強まっていた。

乱気流の影響を小さくするには、翼面が最小限になるように、両腕を脇に引きつけ、股を閉じて、矢のような形にならなければならない。だが、それをやったとたんに、時速二四〇キロメートル以上に加速し――降下速度も増加した。その両極端の形のあいだを感覚を頼りにあんばいするしかない。殺到する風が耳の奥で轟々とうなるのを聞きながら、砕ける波に乗るか、それとも銛のように波を貫くのだ。

グレッチェンと連絡をとる方法はなかったし、ふりかえって飛びぐあいをたしかめることもできなかった。カブリーヨよりもずっとうまく飛んでいる可能性が高い。この試練をグレッチェンが生き延びたら、カブリーヨの親類に報告してくれるだろう――ただ、そんな親類はいない。

渦巻く雪片のせいで視界がぼやけていたが、森の開豁地が遠くにあるのがどうにか見えた。ティルトローター機は見えないし、高度が下がるのが速すぎる。高度二五〇メートルになったら、パラシュート・パックの自動航法装置が傘体を打ち出すはずだし、高度計によれば、それがまもなく――。

バサッ！

カブリーヨのパラシュートがひらいた。早すぎると思った。

着陸地点まで、まだかなり距離がある。

5

ラムエア・パラシュートが開傘（かいさん）すると同時にカブリーヨの体がひっぱられ、パラシュートがたちまち完全にひらいた。カブリーヨは操舵トグルの革の輪をかじかんだ指でつかみ、キャノピーを丸めたり膨らましたりして、叩きつける風のなかで針路を維持しようとした。落葉集めの送風機と戦っているレジ袋ぐらいには、それをなんとかやっていた。

やがて、かなりの速さで木立に近づいていた。

でたらめの輪を描きながら、なんとか上を見ると、グレッチェンが数百メートル上で、おなじような空中ダンスを黒いキャノピーの下で踊り、カブリーヨとおなじように風と格闘していた。

突然、見えない拳が叩きつけられたような感じで、激しい下降気流がキャノピーをしぼませた。叩きつけたときとおなじように、あっというまにその風は消えたが、その間にカブリーヨは木立に激突した。

シルクのパラシュートがようやく枝にひっかかるまで、カブリーヨは枝のあいだを落下し、松葉が顔をこすった。ガクンととまったとき、雪に覆われた森の地面の五メートル上にぶらさがっているとわかった。すべての物音が一面の雪と樹木に吸収されて、殺到する風の貨物列車のような音がたちまちやんだ。静寂に包まれてつかのまほっとしたが、やがて遠くから蚊の羽音のようなかすかなエンジン音が聞こえた。

AWのプラット&ホイットニー・ターボシャフトエンジン二基か？

ちがうと、カブリーヨは判断した。雷鳴のようにけたたましい。

スノーモービル。

二台だとわかった。敵の武器がパチンコだけでも、厄介なことになる。ここにぶらさがっていたら、仔猫みたいに無力だ。グレッチェンのほうがましであることを願った。

それが合図であったかのように、一〇〇メートルうしろでグレッチェンが木立に落ちる音が聞こえた。急停止したとき、グレッチェンが痛みに悲鳴をあげた。カブリーヨはハーネスをまわしたが、グレッチェンの姿は見えなかった。

「グレッチ！　だいじょうぶか？」

「手首をぶつけたみたい。どこにいるの？　だいじょうぶ？」
「なんともない。ぶらさがっているだけだ。お客さんが来る」
「聞こえる。おろしてくれる？　動けないのよ」
「なんとかしよう」

元ロシア陸軍下士官の傭兵ふたりは、囚人が逃げたという連絡を指揮官から受けた。ウイングスーツでの離れ業を指揮官が説明したが、とうてい信じられなかった。数分後、パラシュート二個が森の上で強風に揉まれているのを、ふたりとも見た。

要塞からウイングスーツで脱出するというのは、正気とは思えないくらい勇敢な行動だが、勇敢だというよりは正気ではないというほうが正しい解釈だろうと、ふたりとも思った。女は危害をくわえないで捕らえるよう命じられていた。だが、ベネズエラ人だというもうひとりは、抵抗すれば殺せ。

ふたりはヤマハ・サイドワインダーのターボ付き4ストローク・エンジンをふかし、遠くに落ちたパラシュートに向けて、ひろびろとした場所を猛スピードで横断した。高速のスノーモービルのうしろで、舞いあがった雪がたなびいた。パラシュートをつけていた二人が降下したとおぼしい、手前の森の間際に達し、木立に突っ込んだ。頑丈な松のあいだを十分のあいだくねくねと走って、資産（アセット）と脱出を助けた男が降下したと思われる場所に達した。

「あそこだ！」ヘルメットの通信装置を通じてひとりが伝え、前方の高い枝を指差した。グレッチェン・ワグナーが、なすすべもなく、ハーネスのまま数メートル上にぶらさがっていた。破れたパラシュートであぶなっかしく枝一本にひっかかっている。

突然、大型のローター・ブレードの重い連打音で、空気が振動しはじめた。

「ヘリコプターだ」元陸軍軍曹の傭兵がいった。「おれたちの仲間か？」

「こんな天気で？　救助任務にちがいない」もうひとりは、おなじロシア軍部隊で伍長だった。

「確認しよう。必要とあれば撃墜する。女はおれが捕まえる」

「ベネズエラ人はどうする？」

「見つけたら撃ち殺せ。見つからなかったら、おれが捜す。行け！」

元伍長のロシア人がうなずいてスロットルを握り込み、開豁地に接近する爆音のほうへ猛スピードでひきかえした。

もうひとりのロシア人は、エンジンを切ってスノーモービルからおりた。柔らかい雪にブーツが三〇センチ沈んだ。グレッチェンが宙づりになっている木に向けてゆっくり歩きながら、フェイスマスクをあげ、大声で呼んだ。

「まったく馬鹿なことをやったもんだぜ」苦労しながら、ロシア人は英語でいった。「マーティンさんが、おまえにものすごく怒ってる」

グレッチェンが、ロシア語で応じた。ロシア人が笑った。

「そんな汚い言葉をしゃべる口で、おっかさんにキスするのか?」

「だれから教わったと思っているのよ?」グレッチェンは答えた。「すこしは役に立つことをしなさい。わたしをここからおろして」

元軍曹のロシア人は、着装武器(サイドアーム)を抜き、まわりの木立に視線を配った。

「ベネズエラ人の友だちはどこだ? ちょっとききたいことがある」

グレッチェンは、カブリーヨがいた木のほうを指差した。「あっちよ。三〇メートルくらい離れている。わたしの元夫だけど、そんなに悪いひとじゃない」

「痛めつけないよ……そんなには」ロシア人はいいながら、ヤマハにまたがった。ローターの音が、だいぶ大きくなっていた。

「たしかにヘリコプターだ……しかし、見たことがない型だ」相棒の元伍長が、無線で報告した。「民間機だ。武装してない」

「だったら撃ち落とせ!」

「そうする、軍曹」

まもなく自動小銃の音が谷間に響き、ヘリコプターが回避機動を行なって、ターボシャフト・エンジンの轟音が変化した。

元軍曹のロシア人は、スロットルを軽くふかしながら、木立のあいだをゆっくり進み、樹冠をあちこち見て、ベネズエラ人のパラシュートを捜した。

それが失敗だった。

這うような速度で前進するうちに、前方の高い枝で布がはためいているのが見えた。ロシア人はエンジンを切り、スノーモービルから跳びおりて、アルコン・タイプBセミオートマティック・ピストルを抜いた。木の蔭に駆け込むと、両手で拳銃を握り、パラシュートに狙いをつけた。もっとよく見ようとして、目を凝らした。

ハーネスが空だとロシア人が気づいたとき、その足もとの雪からカブリーヨが勢いよく跳び出し、セラミックのナイフを股に突き刺した。ロシア人が悲鳴をあげ、拳銃を落とした。

カブリーヨは、すばやく二度突いて片をつけ、雪の上に倒れたロシア人から離れた。

もうひとりの傭兵は、片手で撃ち、反対の手でスロットルを操作しながら、エンジンをふかして、AW609ティルトローター機を数百メートル追った。吹雪のなかでも、自分が放った弾丸が金属の外板で火花を散らすのが見えた。

ヤマハのターボ付き大型エンジンが甲高い音をたてて森から出てくるのが聞こえた。ふりむくと、ヘルメットをかぶった相棒のスノーモービルが、まっすぐ突っ走ってくるのが見えた。

「ライフルを用意してくれ、軍曹！　一発命中させた！　こいつを撃墜できる！」

「射撃禁止！　だが、離れるな！」

元伍長にはその命令が納得できなかったが、従わなければならないとわかっていた。ずるいやつ(パドーノク)は、ヘリコプターを撃ち落とす楽しみを自分のものにしたいんだろう。

元伍長は速度を落として、ライフルをプラスティックの鞘に戻し、またスロットルをあけて、AWの旋回に合わせ、向きを変えた。奇妙な形のヘリコプターは、なにかが起きるのを待っているかのように、開豁地を周回していた。だが、なにを待っているんだ？

AWは旋回をつづけ、元軍曹のヤマハが高速で近づいていた。大型のスノーモービルが甲高い音とともに吹雪を抜けて、近づいてくるのを、元伍長は目の隅で見た。

なにが起きようとしているのかに元伍長が気づく間もなく、元軍曹のスノーモービルがすさまじい音とともに元伍長のスノーモービルに激突した。元伍長は座席から勢いよく投げ出され、そのおかげで死なずにすんだ。元軍曹のスノーモービルは、元伍長のスノーモービルを乗り越え、鋸のようなキャタピラがサドルも含めたあらゆるものを引き裂いた。

雪に埋もれた傭兵は、驚いて脚のハーネスから拳銃を抜いたが、ヘルメットをかぶった男がスノーモービルから跳びおりて傭兵に体当たりし、下腹に両膝を食い込ませた。息が詰まった傭兵は、ヘルメットをもぎ取られた。そのとき、降下したAWの巨大なローターが、ふたりのすぐ上に現われ、激しいローターの音で耳がおかしくなった。ローターが大量の雪を吹き飛ばしていたので、目の前に立ちはだかっている男を、傭兵は見分けられなかった。ヘルメットをかぶっているその男は、元軍曹の拳銃を片手に持ち、元伍長の顔に狙いをつけていた。

カブリーヨは、ヘルメットを脱いで、脇にほうり投げた。

AWが接地する前に、オレゴン号の戦闘員ふたり――エディー・センとレイヴン・マロイ――が、ライフルを構えてキャビンドアから跳びおり、突進してきた。

「きょうは幸運な日だったな、イワン」流暢にしゃべることができる三カ国語のうちのひとつ、すばらしいロシア語で、カブリーヨはいった。「わたしのティルトローター機で、ちょっと旅をしよう。わたしが知りたいことをすべてしゃべったら、途中でおろしてやる。どれだけ早く、どれだけちゃんと返事できるかで、おろす高さはちがってくる。わかるか（パニャートナ）？」

「はい（ダー）、わかります（パニャートナ）」

「荷物はどこですか？」エディーが、カブリーヨにきいた。

「木の上だ。ロープを使っておろすしかない」

レイヴンが、ロシア人傭兵のほうを顎で示した。「こいつのお友だちはどうしたんですか？」

「いっしょには来られない」

自分の部下の命を護るためなら、カブリーヨは人命を奪うことにひるみはしないが、楽しむわけではないので、できるときには、殺すのを避ける。

「行こう。べつの友だちが、いまにもやってくるかもしれない」

「アイ、会長」

カブリーヨは、ロシア人の首をつかんで、ティルトローター機のキャビンドアに連れていき、ほうり込んだ。まもなく全員が乗って離陸したとき、はるか下でまたスノーモービルが何台か轟音をあげているのが聞こえた。

6

ブラジル、ジャヴァリ谷

チン・ヤンウェン博士は、彼女にとって最初の任務を指揮していたが、それをコントロールできていなかった。とにかく、そうは思えなかった。

警備派遣隊の指揮官、リストという名前のマケドニア人を、チンは心のどこかで怖がっていた。威圧するような存在感の体格のせいばかりではない。チンは熟練の武術家だったが、リストよりも戦闘能力が高いというような幻想を抱いてはいなかった。リストはオリンピックの体操選手のように脂肪を落としているし、ボクサーのような電光石火の両手でどんな男でも殴り殺せるだろうと、チンは確信していた。リストが人間離れした速さと精確さでいろいろな武器をじっさいに使うのも目にした。そんなことで怯えるべきではなかった。そもそも、それがリストの仕事なのだ。だが、恐ろしかった。

口には出さないし、故意ではないが、相手を蔑み、下に見る傲慢さをリストが発散しているのも、恐怖を助長した。それは他人をしのぐ体調を維持していることの副産物だと、チンにはわかっていた。

いや、チンが怯えている最大の理由は、リストのふるまいそのものだった。はっきりとは指摘できない。リストの爆発的なエネルギーすべてが、ピンを抜かれて足もとの床を転がっている手榴弾のように、いまにも爆発しそうだった。

コントロールを失っているというチンの感覚は、ただ性格が合わないせいではなかった。チンと医務専門家のブリギット・シュヴェーアス博士は、リストとその部下ふたり、サムソンという顎鬚（あごひげ）のナイジェリア人と髪をロープのように太い三つ編みのポニーテイルにしたマレーシア人マットに護衛され、樹冠に覆われた暗いジャングルを何日も重い足どりで歩いた。そのふたりは、リードをひっぱっているロットワイラー犬のように、勇み立っていた。〝護衛されて〟という言葉はまるでまちがっていると、チンは思った。〝駆り立てられて〟といったほうがいい。

リスト、サムソン、マットは、おなじ条件付けプログラムの産物だった。弾薬、医療品、食糧、水を詰め込んだ重さ五〇キロ以上のバックパックを背負っていても、暑さやジャングルの地形によって疲れたようすがなかった。三人はターゲットを捜すために姿を消して遠くまで進出しては戻ってきて、チンとブリギットに怒気を含んだ薄笑いを向け、速く進めとそっけなく指示した。リストはさすがで、あとのふたりを厳しく統率していた。サムソンとマットは、女ふたりを餓えた目つきで眺めたが、女たちのほうは、キャンプのちらちら揺れる焚火の明かりのもとで彼らのみだらな意図を受け付けたり、かきたてたりはしなかった。

汗だくになり、虫が群がり、疲れ果てていたにもかかわらず、自分たちが捜していた〝毒矢〟族の少人数の群れのいどころをようやく突きとめたとき、チンはよろこんだ。この部族は、現代の文明と病気に汚染されていないアマゾンの最後の先住民だった。極端に孤立していたので、遺伝子においては地球上でもっとも純血で、プロジェクトにとってとてつもなく貴重な存在だった。

チン・ヤンウェンは、ヒト遺伝子学問題の専門家だった。〝遺伝子エントロピー〟は、議論の余地のない事実、厄介な現実で、科学のコミュニティは、現実の科学とは関係がない理由から、それに取り組むことができていない。だが、まさにこの現象と科学的手法の厳密さによって、チンはアマゾンに来ることになったのだ。

チンの研究は、ダーウィン主義者の進化論に反して、人間のゲノム――人体を形成するヌクレオチドの完璧な連鎖――は時間がたつにつれて進歩するのではなく、そのままつぎに渡されるという意見を実証した。科学と社会に広範な影響を及ぼす、驚くべき新事実だった。チンが公表した研究結果は、入念に調査され、数学的に精確だったが、博士号取得後の最初の仕事でクビになるという結果を招いた。

　名門の研究所から解雇されたことは、チンの人生でもっとも屈辱的な経験だった。いわゆる同分野の専門家よりも彼女のほうがずっと通暁（つうぎょう）している科学を追求したために、罰を受けたのだ。教育のない女性裁縫師の母親に、チンは遺伝子エントロピーについて説明したことがあったが、母親ですらそれが現実にありうることを理解できた。「ヌクレオチドはＤＮＡを形成している分子なのよ。文字が言葉をこしらえているのとおなじ。そして、ＤＮＡが言葉を構成しているとすると」チンは説明した。「遺伝子はセンテンスなの。センテンスをすべてまとめると、ひとつの書類ができる。それがヒトゲノムよ」

　細胞はコピー機とおなじように、何世代にもわたって人体内のすべてのヌクレオチドの完璧なコピーを維持するように設計されている。科学者はこのプロセスを〝ＤＮＡ複製忠実度〟と呼んでいる。

　だが、生物の細胞は、機械のコピー機とおなじように、時がたつうちに壊れる。

コピー機のインクカートリッジのインクがすくなくなると、そのあとのコピーは色が薄くなり、均等にコピーできず、文字や画像の一部が欠けるようになる。次世代のコピー機は、画質が落ちたそのコピーを受け取って、さらにまちがいを増やして複写し、悪化したまちがいを重ねて、あとの世代に伝える。それがくりかえされる。

細胞が劣化するだけではなく、ヒトゲノムが環境の攻撃を浴びていることも、はっきり立証されている。極端な陽光やウイルスも含めた、自然のあらゆるたぐいの異質な要素すべてが、突然変異をもたらす。文明化によって、食糧、土壌、空気、水が、有害な化学物質で汚染されることと、電磁波の放射も、さらに大きな被害をもたらす。喫煙、楽しみのための薬物使用、医薬品、アルコールなど、社会的に認められている自己汚染も、不確定要素になっている。

こういったことが積み重なって、ヒトゲノムは数千年のあいだに三十億を超える突然変異を蓄積し、新世代ごとに三〇〇〇の突然変異を得たと、一部の科学者は推定している。それだけではなく、突然変異の数が加速している。

これらの突然変異の多くは無害だった——コピーに埃やインクの染みがついて、それがその後のコピーに伝えられたようなものだった。しかし、一部の突然変異は退行性で、複雑なソフトウェアのプログラムにそれを破壊するコードを何行も書き込むようなものだった。ある時点で、そのソフトウェアは機能しなくなる。ヒトゲノム——人間であることを意味する本質——の場合は、見分けがつかなくなるほど劣化する。現在の加速している傾向から判断すると、遅くともつぎの三百世代までにヒトゲノムは完全に崩壊すると、チンは推定していた。

チンが発表した研究に着目したヘザー・ハイタワー博士が、環境による突然変異で汚染されていない、地球上でもっとも純血で、もっとも薄められていない人間のDNAを見つけるために、チンを雇った。地球上でもっとも原始的で汚染されていない個体群だと自分が確信している毒矢族を捜す、ハイタワー博士の現地収集チームの責任者に指名されたことを、チンは誇りに思った。毒カエルの毒液と、鏃に鋭い返しのついた矢を使って、狩を行なうことから、彼らはそう呼ばれている。獲物は魚、カエル、猿、ペッカリー——毛むくじゃらのカバのような小型のイノシシ——などだった。

すばやく移動し、めったに姿を見せないことから、他の部族に〝森の霊〟と呼ばれているこの先住民族は、痕跡を残さずに叢林地帯に姿を消すことができる。だが、それでもチンのチームは、彼らを発見した。

リストは魁偉な外見から誤解されがちだが、聴覚も視力もチンよりずっと優れていて、世界最高の狩人であることを実証してきた。ハイタワー博士が切り拓いた遺伝子治療法のことをはじめて聞いたとき、チンは懐疑的だった。だが、いまは文字どおり博士の研究を実物で見て、本気で信じるようになっている。ハイタワー博士の先駆的な研究は、人間の歴史を変えるだろう、と。

チン・ヤンウェンは、その理想像のためにささやかな役割を果たすのが誇らしかった。たとえそのために、リストのような人間手榴弾と肩をならべて働かなければならなくても。そのリストが、めったに見せない笑みを浮かべて、低木の茂みから跳び出してきた。

「戦える男十六人、出産できる年齢の女十四人、乳児と幼児が八人、老人が六人」リストが報告した。「前方にいて、大量の食事の用意をしてる。接触するのに完璧なタイミングだ」

チンは、汗まみれの顔からもつれた髪を払いのけた。同感だった。この先住民族が姿を消したら、二度と見つけられないかもしれない。

「やりましょう」

7

ブリギット・シュヴェーアス博士は、完璧なスペイン語とポルトガル語を駆使するが、この文明から遠く離れた奥地では、どちらも役に立たない。とはいえ、才能溢れる通訳でもあり、さらに重要なことに、ほんとうに暖かく親切な心の持ち主だった。リストがこの四十人ほどの群れを見つけたあと、チンはブリギットに最初の接触を任せた。

目が醒めるようなブロンドの髪のブリギットは、まちがいなく先住民族の注意を惹くはずだった。幼い子供たちは、ドイツ人科学者の黄金のたてがみのような髪と輝くブルーの瞳にとてつもなく驚き、目を丸くして見つめた。

ブリギットには、彼らの反応が意外だった。見知らぬ人間を見て逃げ出すだろうと思っていたのだ。しかし、奇妙なことに彼らは興味を示していた。親しげだといってもいいくらいだった。

子供や女が髪や肌に触れるのをブリギットが鷹揚に許したので、たちまち親しさと絆ができあがった。だが、鋭い目つきの男たちは、脅威や罠の気配はないかと、森に目を配りながら、距離を保っていた。しかし、数分後には彼らも態度を和らげ、厳しい顔に温かい笑みを浮かべ、笑い声まであげた。

ころあいを見計らったブリギットが、もっと友だちがいて会いたがっていることを手ぶりで示し、姿を現わすようチンに合図した。チンは満面に笑みを浮かべて、ゆっくりと進み出た。見知らぬ人間がもうひとり突然はいり込んだので、男たちは身を固くしたが、女と子供たちは頬が高く輝く黒髪の中国系アメリカ人の見かけに、おなじようにうっとりして、抱きしめようとして駆け寄った。

「理解できない」チンはいった。「よそ者のことを怖がると思っていた」

「怖がるべきよ」ブリギットが相槌を打った。

チンが群れに受け入れられると、ブリギットはしぶしぶリストに姿を現わすよう合図した。

リストが、用心深くジャングルから出てきた。堂々とした体格を見て、部族民のあいだに不安の衝撃波がひろがり、骨でこしらえたナイフや長い弓にたちまち手をかけた。

リストは落ち着き払って、平和と降参を示すために両手を高く上げた。焚火で灼いているペッカリーの肉を味見したいというように、空気のにおいを嗅いで腹を叩く演技までやった。

男たちが顔を見合わせて、いちばん体が大きい男が進み出た。といっても、リストより三〇センチ背が低く、四五キロくらい体重が軽そうだった。パリパリ音を立てているペッカリーの肉をその男がそぎ切って、リストに渡し、湯気をたてているもうひと切れをがつがつ食べた。リストはさもうれしそうに食べてみせて、腹の底から耳障りな笑い声をあげた。部族の男たちが、それにつられて大笑いした。

ここまでは順調だと、チンは思った。リストもそう悪い人間ではないのかもしれない。採血してDNAサンプルを採取しなければならない。それをやるにはブリギットに頼るしかない。

リストは焚火のそばにいて、ペッカリーを焼いている煙の甘いにおいに包まれていたが、部族民にたえず目を光らせていた。女と子供は、チンとブリギットにすっかり魅入られていたが、男たちはペッカリーの肉をそぎ切るために近づくとき、用心深くリストをじろじろ眺めていた。

ブリギットが、マラクジャ（パッションフルーツのブラジルでの名称）やカムカムなど、この地域ではありふれているが、つねに手にはいるとは限らない果物やベリーがはいった容器の蓋をあけた。コーンシロップを使うスナック菓子や遺伝子組換え作物の穀物バーで、この人々の生理機能を汚染することは、ぜったいに避けたかった。ブリギットが土地に固有の食べ物から成る贈り物を渡すと、女たちと子供たちはよろこんだ。ブリギットはすぐにその群れに慕われるようになった。

幼い女の子のひとりが、細いビーズのブレスレットを付けていることに、ブリギットは突然気づいた。目にはいったのはそれだけだった。工業製品にちがいないと思った——ビーズは完璧な形で、対称的だった——だが、ブリギットの知るかぎりでは、この優しい人々は現代の世界との接触がないはずだった。ブリギットは、その女の子の腕を持ちあげた。「ヤンウェン博士、これを見て」

チンもおなじ反応を示した。「これは現地の飾り物じゃない。彼らは外部と接触している」

「いったいだれと？」

「わたしにわかるわけがないでしょう」

ブリギットは眉をひそめた。「彼らのＤＮＡの純粋さに、どんな影響があるの？」

「それを知る方法はない。サンプルを採るしかないけど、ハイタワー博士向けの日誌に記入する」

チンはバックパックをおろし、血液、唾液、皮膚細胞のサンプルを採取する小型ステーションを設置しはじめた。採取したあとは、すべてを太陽光発電の携帯冷蔵庫に慎重に保管する。それらはすべて、傭兵たちが広い背中に担いで、ジャングルのどこかへ運んであるはずだった。

すべて用意が整うと、チンとブリギットは、笑い声や微笑を交えた元気のいい芝居を演じて、これからDNAサンプルを採取することを示すために、脱脂綿で拭いたり、唾を吐いたりしてみせた。部族民の信頼を得たところで、科学者ふたりは血液サンプルを採るというもっと厄介な作業に取りかかった。

奇妙な女たちに注意を集中していた用心深い男たちも含めて、部族民はそこで行なわれていることにすっかり気をとられていた。きわめて警戒心の強い毒矢族の男たちは、目の前の光景に心を奪われていたせいで、キャンプの先の森に聳えていたサムソンとマットの巨体の影に気づかなかった。

いいころあいだと判断したチンは、五歳にもなっていないと思われる健康そうな女の子を選び、体をつかもうとして手をのばした。内気な女の子が抵抗して、母親にしがみついた。

よりによってそのときに、サムソンが亡霊のように音もなく開豁地にはいってきた。巨大な体がいかにも恐ろしい感じだった。毒矢族の戦士たちは、いっせいに向きを変えて、恐怖のあまり目を剝き、戦おうとして手足をさかんに動かした。

「おまえらはふたりとも間抜けだ！」リストがいって、嫌がっている女の子のほうへ突進し、細い腕を巨大な手でつかんだ。「さっさと注射しろ。こいつは我慢するさ。やれ！」

だが、リストが女の子の腕をつかんだとたんに、母親が悲鳴をあげ、白人の巨漢から娘を取り戻そうとした。ほかの母親たちも鋭い声を発し、腹立たしげにつぶやいた。娘の父親が群れを押しのけ、リストに向かってどなり、手にした骨のナイフをふりまわした。

リストが節くれだった手の甲でその父親を殴り、木の葉が散る地面になぎ倒したのが、あまりにも速かったので、チンは愕然とした。

女と子供たちがウズラのように音もなく散らばって叢林に逃げ込み、鬱蒼（うっそう）とした葉叢の奥に姿を消すと、戦士たちが弓を構えた。

一本目の矢が弓弦につがえられる前に、リストとサムソンが拳銃で撃ちはじめ、引き金を精いっぱい早く引いて、弾倉の全弾を戦士たちに撃ち込んだ。何羽もの鳥が、色鮮やかな羽根を撒きちらして木立から逃げ出し、猿が恐怖のあまり悲鳴をあげて、枝のあいだを駆けめぐった。

毒矢族の男たちは全員、拳銃の煙の下で地面に倒れていた。頭蓋骨や上半身にいくつも弾痕があった。一発もはずれていなかった。

耳をつんざく騒音と圧倒的な大虐殺に激しいショックを受けたチン・ヤンウェンが、やめてと叫ぶ前に、サムソンが向きを変えて、ジャングルへ駆け戻った。いま目にしたことに、恐怖のあまりまだ口をあけたままのブリギットのほうを、チンはちらりと見た。

チンは騒音のせいでまだ耳鳴りがしていたが、四方のジャングルで銃声がとどろくのが聞こえた。

「やめろといって！　これ以上殺す必要はないでしょう！」チンは叫んだ。

リストが弾倉を交換し、薬室に一発送り込んでから、ホルスターに収めた。

「目撃者を残すわけにはいかない」

「そんな権利は――」

「やつらが襲ってきたんだ」

「それは、あなたが――」

「おれはあんたたちを護るためにいる。あんたの仕事はＤＮＡを集めることだ。おれは仕事をやった。あんたも自分の仕事をやれ」

「できるわけがないでしょう」ブリギットが、周囲の殺戮を指差していった。「こんなことをやったら」

「そいつらからサンプルを採れ。そいつらは気にしないさ。それとも、おれの部下がべつのやつらをひきずってくるまで待つか。相手はいくらでもいる」

「こんなことをやる必要はなかった」かすれた声で、チンがいった。

「気づかれずに潜入して脱出しろという指示だった。生存者は証人になるおそれがある」

「証人になれるわけがないでしょう？　わたしたちですら、見つけるのに何日もかかったんだから」

「万一ということがある。それに、他の部族と接触していることはまちがいない。こうやったおかげで、そういう部族が警戒し、怯えて逃げることはなくなった。つまり、あんたたちはそっちからもサンプルが得られる」

ブリギットが、怒りのあまり顔を真っ赤にした。「そのあと、そのひとたちも殺すのね」

チンも抗議しはじめたが、リストが片手をあげてふたりを黙らせ、イヤホンに触れた。

「もう一度いえ」リストが、眉をひそめていった。困惑した顔で、チンのほうをちらりと見た。「ここへ連れてこい」

今度はチンが眉をひそめる番だった。「いったいどういうこと?」

茂った葉叢が左右に分かれて、マットが開豁地へ跳び込んできた。鉄のように硬い手が、カーゴパンツにブーツという格好をした黒い髪の先住民族の女の前腕をつかんでいた。女は明らかに怯えていた。マットが、女をぬいぐるみの人形のように、地面に投げ倒した。

チンはその女のほうへ走っていって、ひざまずいた。「あなたはだれ?」

「アリーニ・イシドロ博士。この人たちの世話をしている。あなたがここに来るのは、許可されていない」

チンが目を丸くした。「黙っていたほうがいい。さもないと、厄介な目に遭う」

リストがチンを押しのけ、九×二一弾を装塡(そうてん)するロシア製の特殊な拳銃、SR-1ベクトルを抜いた。

「もう厄介な目に遭っている」

8

サウジアラビア、リヤード

パーティの客たちは歓喜に沸いていて、料理を出すのがいっそう効率的に進んだ。コースは何事もなく終わり、シェフはおおいに称賛された。宴会の主催者ハーリド王子は、六十代のはじめで、絵筆のような濃い口髭を生やし、細い鋼鉄の縁の眼鏡をかけていた。その行事のすべてに、おおいに満足しているように見えた。

上流階級のみが住む西郊外にあるハーリドの豪奢な屋敷は、イタリアの大理石、シルクのカーペット、もっと年配のサウジアラビアの王子たちの好みの金メッキの設備があるのが特徴だった。これみよがしな富の誇示は、あまり抑制がなかった古い時代に遡る。もっと若い世代は、浪費を控えているわけではないが、これほどけばけばしくはない。

サウジの王子は、文字どおり数千人いる——いずれも、サウジアラビア王国の祖とされるムハンマド・イブン・サウードの血を引いている。王族の大多数は、王国が一族に配分する毎月の気前のいい手当てで暮らすことに満足している。贅沢な暮らしの正当な根拠をこしらえるために、政府の〝不要不急の仕事〟に就いたり、企業で役職を得たりする人間もいる。ほとんどは、まあまあ王子らしい暮らしをしている。食欲だけが彼らの宿願だった。

しかし、王族の中核数百人は、本格的な政治力を得ようと争っている。最終的な賞品は王座とそれに伴う絶対的な権力だった。サウジアラビア王国は、一貫してサウード家の特権階級の息子たちに統治される君主制国家で、それを超保守的なサラフィー主義の聖職者たちが加護してきた。国が賢明に運営されれば、今後もそれがつづくはずだった。

しかし、二十一世紀のいま、〝賢明に〟はなにを意味するのか？　それが一族に分裂をもたらしていた。ここ数年、古い世代の権力と知恵は、野心的な若い世代に押しのけられている。未来がどうなるかは、まだ不明瞭だった。

ハーリドは、自分よりも若い世代に同情的だった。若いころにロンドンで一時期を過ごし、イギリスの劇場や魅力的なウェストエンドの女優と恋に落ちた。『マクベス』の創作劇で舞台に立ったこともある。若気の至りだったが、アッラーのおかげで父親が干渉してそこで終わった。ハーリドは自分の歩む道が誤っていたことに気づき、いまでは伝統的な履物で神聖な道をとぼとぼ歩いている。

サウジアラビアの現在の国王――正式な称号は〝国王〟ではなく〝二聖モスクの守護者〟――には兄弟が十三人いて、それぞれに息子が数人いるし、国王にも息子が十一人いる。だが、先ごろの改革によって、皇太子とよばれる推定相続人は、国王ではなく、一族の狭い一系統が王座を永遠に独占することを許さないと決意した王子たちの集団、忠誠委員会によって選ばれる。

現時点では、若い王族のなかで、まずまちがいなくもっとも才能があると見なされているのは、国王の末息子で急進的な改革主義者のアブドゥッラー王子だった。アッラーの御意思と、賄賂(わいろ)によってものにした党派主義者の僅差の投票で、忠誠委員会はアブドゥッラーを皇太子に選んだ。

賢明かどうか疑問だったが、委員会はアブドゥッラーの親友でいとこのムクリン王子を、王位継承第二位の副皇太子に選んだ。ムクリンはたぐいまれな資産家で、サウジアラビア王立空軍大佐として、高度の叙勲を受けている。急速な現代化を進めたいというアブドゥッラーの意向に、ムクリンは同調していた。

現時点では、若い王族が年配の保守主義者との力の権衡（けんこう）で、明らかに優勢で、王国を西側社会にひきずり込もうと決意していた。しかし、この情勢の変化を年配の世代は恐れていて、サウド家を無鉄砲な王位継承者たちから護ろうと決意していた。

国王の健康が急速に悪化していたので、アブドゥッラーとムクリンの地位はこの数週間、かなり高まっていた。サウジアラビアの王子数千人には、このふたりよりも重要な人物はひとりもいない。

今夜のパーティの出席者は、昔ながらのサウジアラビアの権力者たち――王族、将軍、企業幹部、政府の官僚――のおなじみの顔ぶれだった。イギリスのベテラン外交官やアメリカの下院議員など、信頼されている外国の高官も何人かいた。サウジアラビア版のＣＩＡである統合情報統括部（ジェネラル・インテリジェンス・プレジデンシー）（ＧＩＰ）の元長官のハーリドには、こういう有力者の客をおおぜい招待する力がある。ハーリドは情報部門だけではなく王位にも野心を抱いていたが、アブドゥッラーが勃興して権力を握ったために、脇に追いやられた。

国王本人は姿を見せていなかったが、それは予想されていたことだった。国王はこの一年間に知力が大幅に衰えただけではなく、いまでは宮殿でホスピス介護を受けていて、余命いくばくもない。

　国王の息子、アブドゥッラー皇太子も出席していなかった。モルディヴのどこかに所有している極楽の島で、水着のモデルの一団と野営していると噂されている。

　だが、だれもがここで会おうとしていたのは、ハーリドの息子で、高度の叙勲を受けている空軍大佐のムクリン副皇太子だった。

　実績のある戦闘機パイロットで、荒っぽい感じの美男子のムクリンは、国に尽くすために階級に伴う特権の多くを捨てた、勇敢でまじめな王族だと見なされていた。任務に身を捧げ、空軍で戦果を重ね、天性の外交官の技倆がそなわっている。それに、なんといっても重要なのは、つぎの国王となるアブドゥッラーの親友であることで、サウジアラビアの王権の頂点近くにのしあがるのに、それが役立った。

　ハーリドはその晩ずっと、パーティを盛りあげているムクリンのほうを盗み見ていた。生まれつきのカリスマ性と力強い性格で、ムクリンは彼の注意を惹こうとする蔭の実力者たちをあっさりと手なずけていた。王国の運命とムクリンの運命が不可分になることはまちがいなかった。

　もし神が望むのであれば（インシャー・アッラー）。（未来についてできるだけ努力し、あとは神にお任せするという意味。〝かならずそうなる〟という確信が含まれている）

セサル・パトリモニオは、気取らない優雅な威厳を漂わせていた。非の打ちどころのない身だしなみで、糊のきいた白い制服が、鉄のように硬い体にぴったり合っていた。愛嬌のあるフィリピン人のセサルは、サウジアラビアの王族が今夜供する贅沢な食事で給仕を務める外国人十数人のひとりだった。給仕長が部屋の向こうの持ち場からおおげさに手をふって、セサルを呼び寄せた。ウズラのポーチドエッグの皿を置いたばかりだったセサルは、すばやくボスのところへ行った。白髪のパキスタンの給仕長は、またしてもセサルをじろりと見て、用心深い目でセサルの顔とQRコード付きの名札を見比べた。これで三度目だった。ハーリド王子は五カ所の宮殿のような住まいで五百人を超える人間を雇っているし、もっといい仕事に就くために辞めたり、国外退去させられたりした人間の代わりに、つねに新人が雇われている。履歴書によれば、セサルはジェッダの北にあるハーリドの海岸の別荘で、もっとも新しい家事要員だった。セサルがリヤードの屋敷で働くのは、今夜がはじめてだった。

「ピーチティーを出すころあいだ。もちろん、ムクリン大佐が最初だ。おれがおまえに命じるこの役目がたいへんな名誉だというのが、わかっているのか?」

「わかっています」好色なパキスタン人の間抜けが、現金かみだらな行為で報いられるのを期待していることを、セサルは見抜いていた。給仕長は気づいていなかったが、セサルはそのどちらでも報いるつもりはなかった。
「それを忘れるな。さあ、行け。おれはここからおまえを見守っている」
「ありがとうございます」

セサルは、食料庫の角の蔭で用心深くしゃがみ、人差し指で左耳のうしろに触れた。見とがめられたら、調理場の衛生基準違反だとされるかもしれない。だが、セサルは汚いものに触れたわけではなかった。

生物学的マイクロドットが、指先にくっついていた。

セサルはすぐさま姿を現わして、パキスタン人の監視の目を浴びながら、よく冷えたクリスタルのピッチャーを出した。

セサルがピッチャーを持って飲み物ステーションへ行くと、かわいらしいフィリピン人の若い副料理長が笑みを向けて、特別に用意したピーチティーをそれに注いだ。セサルは彼女の視線を捉えていた。副料理長が顔を赤くして、ピーチティーをこぼしそうになった。紅茶の準備を指揮していた料理長(シェフ)が、調理場の向こうから彼女を叱った。副料理長が恥じ入って暗い顔になり、セサルが左人差し指でピッチャーの内側に触れたのに気づかなかった。

マイクロドットが甘い紅茶に触れたとたんに、数十万個のナノボット（ナノメートル＝十億分の一メートルの大きさのロボット）が、その液体のなかに解き放たれた。

「シェフのことは気にするな。間抜けだ」セサルは、副料理長にいった。

「仕事をなくしたら困る。国の家族はわたしが頼りなの」

「もっといい仕事があるさ」セサルは、混雑している調理場のほうを顎で示した。

「急いだほうがいい」料理長のきつい視線の熱さをうなじに感じながら、副料理長は声をひそめていった。「でも、ありがとう」

セサルはウィンクして、自信ありげな笑みを浮かべた。「すぐに戻る」ピッチャーを持ちあげて、ダイニングルームへ向かった。

「待て」声がかかった。セサルは立ちどまり、ふりむいた。

鉛筆で描いたような細い口髭を生やした威張った感じのエジプト人が睨みつけていた。「どこへ行くつもりだ？」

「副皇太子が、ピーチティーをお待ちです」セサルはいった。

「それをおれが知らないとでも思っているのか？」

「失礼しました」

「おれをだれだと思っているんだ？」

「存じません」

エジプト人が、ピッチャーのほうを顎で示した。「それを持ってこい。早く」

エジプト人──王族の家の〝毒見役〟──は、なにもない給仕ステーションへセサルを連れていって、ピッチャーを置くよう手ぶりで示した。エジプト人は、ショットグラスの大きさの容器に紅茶を注いで、スーツのポケットから毒検出キットを出した。検出装置はただの紙片で、タリウム、シアン化物、アトロピンなど水に溶ける致死性毒物をたちどころに検出できる。エジプト人はそれをグラスに入れて、しばらくグラスを持っていた。

セサルは教えられたとおり、速い脈拍を抑えるために、呼吸に集中していた。要旨説明では、食べ物を検査する人間がいるという話は出なかった。どうでもいいと、自分にいい聞かせた。命令に完璧に従っているのだ。

「給仕していいぞ」紙片をゴミ箱に投げ込んで、エジプト人がいった。「つぎはおまえのほうから来い」

「かしこまりました」

ピーチティーは、大成功だった。副皇太子はさかんに褒めちぎった。このためにけさ空輸されたジョージア州産の新鮮な桃のジュース、スリランカ産の茶葉、マダガスカル産のバニラビーンズ入り蜂蜜を使って、念入りにこしらえてあった。セサルのすぐうしろにつづいていたふたり目の給仕が、グラスにミントの小枝を入れ、三人目の給仕が瑞々（みずみず）しい白桃をひと切れくわえた。それもジョージア産だった。

　ムクリン大佐は、ピーチティーが好きな理由を、手短に説明した。テキサス州選出の下院議員に向けて、アメリカ空軍のテキサスの基地でパイロット訓練を受けたときに、このすばらしい組み合わせの飲み物を好きになったのだと述べた。

「アメリカ人は世界でもっとも友好的なひとびとで、テキサス人はもっとも親切なアメリカ人です」下院議員にそういってから、ハーリド王子のほうを向いた。「それに、ありがとう、父上。このすばらしいお祝いを用意してくれて」

　ハーリドがうなずき、片手を胸に当てていった。

「どういたしまして」

　セサルはみごとな給仕を行ない、ハーリド王子からもちょっと褒められて、それが給仕長に伝えられた。身だしなみを整えたパキスタン人の給仕長は、調理場にいる人間が見ていないときに、マニキュアをした手でセサルの腰のうしろに触れて、お返しがほしいことを伝えた。

「すぐに連絡します」セサルは、脇に離れながらいった。

給仕長がいらだって眉根を寄せたが、手をふってセサルをさがらせた。「そうしろ」

セサルは、紅茶を注いでくれた副料理長の流し目を捕らえた。電話番号をきこうかと一瞬思った。きれいな黒い目が誘いかけるようだったので、彼女のほうは教えたいと思っているにちがいない。だが、訓練がその思いを押しのけた。なんの利益にもならないことだ。

セサルは、給仕用ロッカールームで着替え、プリペイド式携帯電話でウーバーを呼んだ。四十五分後、アパートメントに着いて、複製した鍵でそっとなかにはいった。腕時計を見た。午前二時をすこし過ぎていた。あまり時間がない。

最後にもう一度、アパートメント内をすばやく点検した。証拠を残していないかどうか、徹底的に調べてあるが、極端なまでに注意するのは悪いことではない。制服が手にはいるよう指揮官が手配し、王子の個人的な記録とサウジアラビアの国家データベースにハッキングで侵入して、ＩＤバッジ、就業許可証、パスポートを手に入れた。暗殺者は現場へ行って仕事をやればいいだけだった。

なにも残されていないと納得すると、セサルは馬鹿でかいダッフルバッグを持ち、バスルームへ行った。

　本物のセサル・パトリモニオは、陶器のバスタブに横たわっていた。首がぽきりと折れ、喉に首輪のようなどす黒い痣ができはじめていた。セサルを殺して彼に成りすました男は、フィリピンのイスラム過激派の温床、ミンダナオ島のイスマエル・アクバルだった。イスマエルは結束バンドを出して、担ぎやすいようにセサルの手首と足首を縛った。超人的に思える膂力（りょりょく）で、死体をすばやくダッフルバッグに押し込み、楽々と背中に担いで、部屋のなかをもう一度眺めて、ドアから出た。

　イスマエルは、アパートメントの階段を急いで下り、怪しむ目はないかと確認した。そのだだっぴろい共同住宅群は、砂漠のきらびやかな街で働く単純労働者専用の住居だった。つねにだれかが行き来している。だが、イスマエルがひと休みしたとき、だれも周囲にいなかった。

　イスマエルは、ダッフルバッグのストラップをきつく締めて、セサルの死体を背負ったまま小走りに砂漠へ向かった。満点の星のもとで、五キロメートル先の砂漠に不運な給仕を埋めてから、GPSを使い、迎えが来る場所へ行く。そつのない任務だった。指揮官はよろこぶだろう。

　ただひとつ悔やまれるのは、薄汚い不信心者（カーフィル）のパキスタン人を素手で絞め殺さなかったことだった。

9

オレゴン号

　その晩、まだ早いうちにカブリーヨはいつものように船室で、栓をめいっぱいあけて、強烈なシャワーを浴びた。グレッチェンを助けたあと、骨の髄まで疲れ、体が汚れていた。多方向のシャワーヘッドから火傷しそうなくらい熱い湯が皮膚を叩き、赤子のように体がピンクになった。気に入っている〈ドクター・スクアッチ松根タール〝粗粒〟〉石鹼を塗りたくった。オートミール、シアバター、砂、松根タールでできている黒い石鹼は、原生林のにおいがするだけではなく、柔らかい紙やすりのように角質を落とす。

　一日の仕事の垢をようやく落とすと、カブリーヨはエジプト綿のシーツの下に潜り込み、疲れのあまり意識を失った。

だが、数時間後、色鮮やかな夢と、脚の切断面の幻肢痛の容赦ないうずきのために目が醒めて、眠りに戻れなくなった。それと戦ってはいけないとわかっていた。幻肢痛は頻繁につきまとっているが、年々弱まってきた。ハックスリー博士が、神経腫のような物理的原因について綿密な試験を行なったが、なにも突き止められなかった。

カブリーヨは、電気スタンドの旧式な船舶用時計を見た。一九四〇年代の骨董品で、船室の装飾によく合っている。午前四時だった。カブリーヨはあくびをした。幻肢痛から意識をそらすのにやれることは、ひとつしかない。

ねじれたシーツをはぎ、またあくびを押し殺しながら、カブリーヨは起きあがった。

カブリーヨは、オレゴン号のバラストタンクのひとつに造られたオリンピックサイズのプールに通じるドアを引きあけた。そこは船内の気に入っている場所のひとつだった。

こんな早朝には、だれもここに来ない。カブリーヨにはなじみの行きつけの場所だった。ほとんど毎日ここで泳ぎ、だれもいないときを選んで、ちらちら光るプールの照明と水面の小さな波が、弧を描く壁面に巧みに貼られたカッラーラタイルに反射しているここで、静かに独り過ごす。

だが、その読みははずれたようだった。
オレゴン号の司厨長のモーリスが、暗いプールの向こう側に立っていた。両手をのばし、痩せた体をゆっくり動かして、太極拳の優美な型を決めている。汗だくになり、赤い〈スピード〉の水着を着けているだけで、あとは素肌だった。

　モーリスが長年乗り組んでいるあいだに、カブリーヨは彼が運動をすることはおろか、上半身裸になるのも見たことがなかった。元英海軍司厨員のモーリスは、七十代後半だった。折り目がついた黒いズボン、糊がきいている白襟のシャツ、光り輝くオックスフォードが、給仕するときの非の打ちどころがない制服だった。それどころか、モーリスは、独りで旅をするときには古い軍用背嚢を持っていくが、休暇で陸にあがるときも、それ以外の服を着たことがない。

　足音をたてずに元気な足どりで歩き、皺がなく、銀髪が豊かで、目に輝きがあるので、モーリスはいつも齢より若く見える。だが、いまモーリスのほとんど裸に近い姿を見たカブリーヨは、しっかりした筋肉が波打って、長く力強い腕と、よく発達した脚を動かしていることに気づいた。

「カブリーヨ艦長。こんなとんでもない時刻に、いったいなにをなさっているのですか？」カマキリが祈る形で両手を正確に動かし、大股で歩きつづけながら、モーリスがきいた。声がタイルに反響した。元英海軍の司厨員だったモーリスは、船乗りの適切な職名以外の肩書でカブリーヨを呼ぶことを拒んでいる。

「こっちこそそれをききたいね」

「腕立て伏せ五百回、スクワット五百回、プールで二海里。わたくしの日課でございます」

カブリーヨは、テリークロスのバスローブを脱いで、フックに掛けた。

「英海軍の司厨員がそれほどの強者(つわもの)だとは、まったく知らなかった」

モーリスが突然、身を低くして、〝叢(くさむら)を蛇が這い進む〟突進の型をこしらえた。

「メンス・サナ・イン・コンポレ・サノ」

「健全な精神は健全な肉体に宿る」カブリーヨはいいながら、特殊設計のダイバー用義肢のスリッパを脱いだ。水面と水中で泳ぐのを邪魔する余分な浮力を相殺するために、重く造られている。

モーリスがゆっくりと立つ型になり、腕組みをした。

「ラテン語はご存じだと思うべきでした」

カブリーヨは、プールに近づいた。

「ラテン語を知っているわけではないが、何年も前の授業で聞いたのを思い出した。

ユウェナリスの言葉だった。〝健全な精神が健全な体にありますように願いなさい。死を恐れないゆるぎない心を求めなさい。長くつらい日々を、自然のもっともささやかな贈り物であると見なしなさい……〟というような感じの」

モーリスが、組んだ腕を下げて、見えない壁をそっとおすようにひらいた手を腰の高さでのばし、型を終えた。

「そうですよ、艦長。まことにそのとおりです」

プールで一時間過ごしたあと、二度目のシャワーを浴びて、食事をとり、元気を取り戻したファン・ロドリゲス・カブリーヨは、リネンのシャツとズボンという普段着で、オレゴン号の会議室に大股ではいっていった。オソリオのボディスーツ、ウィッグ、コンタクトレンズから解放され、なんの悩みもなかった若き日の南カリフォルニアのサーファーの姿を取り戻していた。身長は一八五センチほど、水泳選手のような体つき、母親ゆずりの澄んだ青い目で、くすんだブロンドの髪を突っ立てて短く刈っている。

天性の役者のカブリーヨが、CIAの潜入工作員という危険な稼業を身につけたのは、数十年前だった。カブリーヨは長年のあいだに、言語学の才能、ゆるぎない沈着冷静さによって、その芸術的ともいえる技倆を完璧なものにした。そしていまは、オレゴン号の乗組員の技術的支援を受けている。

オレゴン号もおなじように、偽装の衣をまとっている。外見は全長一八〇メートルの不定期貨物船で、整備をとんでもないくらい怠っているために、錆(さ)び付き、壊れかけている。しかし、偽の潮の汚れや、わざと剝がした塗装の下には、世界でもっとも優秀な戦闘・情報収集艦が隠されている。オレゴン号は、カブリーヨの民間警備会社〈コーポレーション〉の作戦移動・運搬体(プラットホーム)だった。カブリーヨはオレゴン号と乗組員を企業のように運営しているので、会長を自称し、上級幹部も企業風の肩書を持っている。

カブリーヨは、オレゴン号の会議室にある追悼の壁に近づいた。ホワイトハウスの危機管理会議室にあるもののハイテク版だった。最近の犠牲者で、任務中に亡くなった三人目の乗組員のトム・レイズの額縁入り写真を、カブリーヨはじっと眺めた。その横には、マイク・トロノとジェリー・プラスキーの写真がある。三人とも善良な男、優秀な兵士だった。彼らの同志愛を失ったことが、カブリーヨは心から悲しかった。自分の指揮下で三人が死んだという事実は嫌だったが、この稼業に死はつきものなのだ。

オレゴン号の勇敢な乗組員はひとり残らず、〈コーポレーション〉に参加すると同時に、自分がどういう契約に署名したかを知る。これは危険な仕事で、回を重ねるごとに、前よりももっと危険が大きくなる。この隠密船に乗り組んでいる男女はいずれも、骨の髄まで愛国者で、任務、名誉、国家への価値観が染みついているが、カブリーヨも含めて全員が、最近の軍の権限のもとでは尽くしたくないと考えている。

ひとことでいえば、彼らは傭兵だった。

命を懸け、故郷、家族、友人から離れて時間を犠牲にすることに対し、乗組員は〈コーポレーション〉が世界中で行なっている警備や警護によって得る利益から、気前のいい分け前をもらっている。〈コーポレーション〉は、アメリカのために記録に残らない仕事をやることが多いが、ビジネスチャンスがあれば、外国や民間企業の仕事も契約して引き受ける。アメリカ合衆国の安全保障上の利益に害がある契約はぜったいに受けないという明確な道義心が根本にあるので、そういう利益が大きい任務を引き受けても差しつかえはない。

カブリーヨは、ジェリー・プラスキーの写真をまっすぐに直した。カブリーヨと乗組員たちは、最大の栄誉をもって斃れた同志を追悼すれば、彼らとおなじように卓越した働きができて、彼らに負けない自己犠牲の精神で任務に服することができると確信していた。写真を飾ってあるのは、暗黙の献身を乗組員が自戒するためだった。

カブリーヨの視線が、おなじように壁に飾られた古代ローマの黄金の鷲（わし）に向けられた。カブリーヨの乗組員の勇敢さを象徴するもので、イタリア政府から贈られた。その古代の戦旗は、オレゴン号の非公式な象徴になっている。

鷲の下には、宝石をちりばめたヤタガン剣がある。五百年前にスレイマン壮麗帝が佩（は）いていたものの複製で、オレゴン号が〝カニオン〟事件を解決したことへの感謝を示すトルコ政府の豪華な贈り物だった。オレゴン号の乗組員は、トルコ人数百万人の命を救った。

どちらの記念品も、彼らが何年もやってきた重要な仕事を思い出させる。アメリカ政府には実行できないし、実行するはずもない任務で、悪をくじき、人命を救う。彼らは傭兵であるかもしれないが、誉れ高い義務であり、報酬もきわめて大きい。乗組員が受け取る歩合は、階級や勤務期間によって決まるが、いちばん下級の甲板員でも、マルチミリオネアとして引退できるはずだった。

「会長、オーヴァーホルトさんから電話がかかっています」ハリ・カシムの声が、インターコムから響いた。オレゴン号の通信長のハリは、第三世代のレバノン系アメリカ人だった。唯一の中東系の乗組員だが、ベイルートでボウル一杯のバリラ（ひよこ豆をレモン、ニンニク、オリーブ油で和えた冷菜）をアラビア語で注文することもできない。

カブリーヨは、近くの会議用テーブルへ行った。

「ここで受ける」

「アイ、会長」

カブリーヨは、ビデオ会議のカメラや奥の壁の大型液晶モニターを操作するリモコンをとらなかった。ラングストン・オーヴァーホルト四世はビデオ会議が嫌いだし、カブリーヨもことに好きなわけではない。背もたれの高い重役用の革椅子に座り、〈セバゴ〉の革のモカシンを長いマホガニーのテーブルに載せた。

つぎの瞬間、インターコムからハリの声が聞こえた。

「ラングストン・オーヴァーホルトさんとつながりました」

「ここにまわしてくれ」

10

「親愛なる若者よ、生きていてほんとうにうれしい」オーヴァーホルトがいった。八十代だとはいえ、はっきりした力強い声が、サラウンドサウンド・スピーカー内で響いていた。

オーヴァーホルトは、カブリーヨがカリフォルニア工科大学（カルテック）の学生だったときに雇い入れて、CIA現場工作に投入し、何年ものあいだに数十件の危険な任務を通じて指導した。名高いスパイの親玉のオーヴァーホルトは、昔かたぎで根っからの愛国者だった――それがカブリーヨとオーヴァーホルトの数多い共通項のうちのふたつで、そのためにふたりはおたがいに強い好意を抱いている。

「わたしのほうがその倍以上うれしいですよ、ラング。でも、ありがとう」

「きみのウイングスーツごっこは、やや間一髪だったと聞いている」

「間二髪ぐらいでしたかね」

「きわどいときにミス・ワグナーを救出してくれたことには、いくら礼をいっても足りないくらいだ。彼女の偽装は、あれ以上持たなかっただろう。彼女が悪いやつの手に落ちたら、CIAの世界中の作戦がとてつもない危険にさらされていたはずだ。悪辣な犯罪者によって、彼女がどれほどひどい目に遭っていたかはいうまでもなく」

「わたしに礼をいう必要はありませんよ。グレッチェンのためなら、どんなことでもやります」

「そうかね？　それじゃ、きみのいつも法外な報酬を送金する必要はないんだね」

「〝礼をいう必要はありません〟とはいいましたが、〝払う必要はありません〟とはいいませんでしたよ。毎日食事をしたいと思っている乗組員がいますからね。一日一度ではすまないこともあるし。海軍の豆と堅パンも、昔ほど安くはないんです」

オーヴァーホルトは笑った。カブリーヨが美食家で、コルドンブルーで料理を学んだシェフが用意する豪華な料理だけを乗組員に食べさせていることを知っているからだ。それがオレゴン号で働き、暮らすことに伴う数多くの特典のひとつだった。

「それなら、電子小切手をすでにメールで送った」

「グレッチェンの調子は？」カブリーヨは、グレッチェンのことが心配だった。長くつらい潜入工作任務をくぐり抜けたところなのだ。元海軍戦闘衛生兵曹でオレゴン号の医師助手のエイミー・フォレスターが、タジキスタンから戻るＡＷの機内でグレッチェンをざっと診察し、折れた手首に副木(そえぎ)を当て、小さな傷数カ所を消毒して包帯を巻いた。オレゴン号の医務室ですばやく検査されたあと、グレッチェンはベセズダのウォルター・リード米軍医療センターで総合診療を受けるための長い空の旅を許可された。

「手首にギプスをはめ、健康だという診断を受けて、もうベセズダを退院した。きみのチームをたいそう褒めていたし、きみにやらされたウイングスーツの離れ業について、ちょっと厳しいご意見も述べていた」

カブリーヨはくすくす笑った。「無理もないですね。最高の名案だったとはとてもいえない。バンジーなしでバンジージャンプをやるみたいだった」

「きみたちふたりが苦境を脱して生き延びたことが、いちばん肝心だ」

「それじゃ、どうして電話をかけてきたんですか？」

「頼みたいことがある。最近の冒険の疲れをいやす時間もなかっただろうから、しつこい要求だというのはわかっている」

「いってみてください」

「シュロモ・ゴットリーブという名前を聞いたことは？」

「シン・ベト（イスラエル公安庁）。ＦＢＩのイスラエル版。その男はたしかかなり上のほうの幹部でしたね」

「ゴットリーブは、問題を抱えて、わたしに電話してきた。問題はふたつある」

「ひとつ目は？」

「彼にはアシェル・マッサラという資産（アセット）がいる。イスラエルや世界各地で活動しているイスラエル系ロシア人の犯罪組織、ヤコブの息子たちに潜入する仕事のために徴募された。その組織は現在、ことにアフリカに的を絞っている。あいにく、マッサラが行方不明になった」

「連絡がないのなら、殺された可能性が高いでしょう」

「もっともな推理だ。マッサラの調教師（ハンドラー）の死体が見つかったことからも。拷問され、殺されていた」

「何者に？」

「不明だ」オーヴァーホルトはいった。「ヤコブの息子たちがハンドラーのほんとうの身許を見破り、拷問して、マッサラの偽装が暴かれたというのが、ひとつの想定（シナリオ）だ」

「つまり、マッサラは死んだか、逃げている」

「たしかに……」オーヴァーホルトの言葉が先細りになった。

「しかし、シン・ベトがほんとうに恐れるような、それとはべつの可能性もあります――マッサラが離叛（りはん）し、隠したいと思ったなにかを発見される前か、発見されたあとでハンドラーを殺した。そういうなにかとは？」

「アシェル・マッサラは、刑務所にいたときに徴募された。逮捕される前に、ヤコブの息子たちとつながりがあったようだ。国に尽くすことで、過去の罪の償いをしようとしたのだろう」

「だからシン・ベトは、ヤコブの息子たちに潜入させるのにマッサラがうってつけだと思った。しかし、逆にヤコブの息子たちが、シン・ベトに潜入させるのにうってつけだと思ったのかもしれない」

「シン・ベトにしてみれば、それが最悪の想定（シナリオ）だ」オーヴァーホルトはいった。「彼の殺人は、それに近い最悪の事態だ」

「しかし、アシェル・マッサラはまだ生きているかもしれない。意思に反して拘束されているか、身を護るために隠れているかもしれない。いまもマッサラがシン・ベトの工作員で、ヤコブの息子たちがそれを知っているとしたら、自分たちの手で捕らえたいはずだ」

「そうした悪党どもが、ほかにも十数人いる。シュロモは、マッサラが離叛していてもいなくても、見つけて回収したいと思っている」

「当然でしょうね」カブリーヨはいった。「シン・ベトやモサドまでもがマッサラを捕まえられないのは、どういうわけですか？」

「その地域に資源（リソース）（ある行為・行動に必要な人的・物的・知的資源及び資金の総称）がない。イスラエルはいま余裕がない——ガザ地区、シリア、レバノン。あちこちで鍋が煮えたぎっていて、キッチンから割（さ）くことができるコックがほとんどいない」

「それで助力を頼まれたんですね」

「そう単純ではない」オーヴァーホルトがいった。

「というと？」

「シュロモの電話は、私への好意でもあったんだ。わたしはアシェル・マッサラとは人脈のつながりがある。アシェルの姉のサライ・マッサラは、元モサド工作員だ。わたしの頼みで、サライは一度、ＣＩＡ（ザ・カンパニー）に好結果をもたらしてくれた。きわめていい結果を。あいにく、イスラエルの利益にはならないと見なされた。サライは仕事を失ったが、何人ものアメリカ人の命が救われた。サライは公式にはイスラエル政府にとって好ましからざる人物（ペルソナ・ノン・グラータ）で、イスラエルのインテリジェンス・コミュニティにとっては、なおさらそう見られているだろう」

「つまり、サライに借りを返さないといけないので、彼女の弟を見つけたいんですね」

「もちろんそうだ。しかし、それだけではない。サライはどうやら、アシェルに関する情報を見つけるのに、ひどく攻撃的になっているようなんだ。シン・ベトもモサドも、それが気に入らない」

「それに、アシェルが偽装工作をやっていたことを、シン・ベトもモサドも、のけ者になっている彼女に教えていない」

「教えたとしても、サライはやはりアシェルのいどころを突きとめようとするだろう。知らないと彼らがいったら、彼女に無能呼ばわりされる。サライがマスコミに伝えるか、べつの方法で騒ぎを起こすおそれもある」

「アシェルが離叛したといっても、彼女は信じないかもしれない」カブリーヨはいった。「妨害していると非難するでしょうね」

「サライはひきさがらないよ。シュロモは、サライのしつこさは、現在進行中の作戦を脅かすだけではなく、アシェルの作戦も危険にさらすと、きっぱりいった――まだ無傷だったらということだが」

「わたしだって、きょうだいのことだったら、ひきさがりませんよ」

オーヴァーホルトが、不気味な口調でいった。「アシェルにとって、いい結果にはならないだろう――サライにとっても」

「それなら、サライの弟を見つけるために、CIAの資産を配置する必要がある」

「サライがわたしのためにやってくれたことで、彼女はモサドを解雇され、情報機関二つのあいだに、容易には解決できない危機が生じた。わたしも書面で懲戒された。CIAは、中東のもっとも重要な同盟者と疎遠になりたくないので、結び付きがあることをやっていると見られるわけにはいかない」

「つまり、イスラエルはただ手が足りないだけではない。サライは強く出過ぎたので、アシェル問題をサライ問題に変えてしまった」

「いつものように、きみは全体像をよく捉えている。シュロモは、シン・ベト幹部としてではなく、友人としてわたしに電話してきたんだ」

「わたしがどこに当てはまるのか、見えてきましたよ。わたしになにができますか？」

「サライに連絡して、どう貢献できるかたしかめてくれ。もちろん経費は払う――帳簿外で」

「いつも帳簿外で払ってもらっていますよ」

「訂正する。帳簿外の裏帳簿外だ。それに、かなり急を要する」

「あいにく、バーレーンの寛衣を着た紳士との契約が、すでに予定にはいっているんです。いまそこへ向かっているところです」

「その契約をなんとか延期できないか？　個人的な好意として？」

カブリーヨがＣＩＡを辞めたとき、自分の民間警備会社を創業するよう勧めたのはオーヴァーホルトで、きわめて利益率が大きい政府の契約を最初に獲得して基盤を築くように手配してくれた。それ以来、オーヴァーホルトは――書類に載らないＣＩＡの代理として――カブリーヨのもっとも定期的な顧客だった。カブリーヨはオーヴァーホルトに数えきれないくらい恩を受けている。それよりも重要なのは、オーヴァーホルトが友人であることだった。

「あなたにとってそれほど重要なら、アラブの王様にはべつの手配をします」

「サライが独りきりで活動を開始し、命を危険にさらすのではないかと心配している。元モサド工作員という立場だから、外国の情報機関には魅力のある獲物だ――もっと悪いことに、彼女が追おうとしているテロリストの悪党どもにとってもそうだ」

「グレッチェンの状況のくりかえしみたいですね」

「皮肉なことに、そんな感じだな」

「ウイングスーツはまだドライクリーニングから戻ってきていませんが、できるだけのことをやります」

「サライとはもう話をした。信頼できる人間を、彼女は必要としている。だから、きみの話をした」

「呼び出せるように、電話番号を教えてください」

「じかに会いたいといっている。可能なら、あすに」

「彼女が信頼問題を抱えていると、いいましたね。会う相手を識別できるように、住所と写真が必要です」

「すぐに送る。その前に会いたいと彼女が思った場合に備えて、きみの番号も彼女に伝える。わたしたちの会話が機密（トップ・シークレット）だというのを忘れないでほしい。アシェルがシン・ベトの偽装工作員だということを、サライに知られてはならない」

「彼女のためでなくても、あなたのためですね。その情報について、あなたが情報源だということが、シン・ベトに知られるから」

「恩に着るよ」

「そういうのは、請求書が届くまで待ったほうがいい」

オーヴァーホルトが低く笑って、電話を切った。

カブリーヨは、溜息をつきながら立ちあがった。この会合にはなにか気がかりなところがあるが、それがなにか、はっきり突き止めることができなかった。オーヴァーホルトのメールが届き、私用の携帯電話の着信音が鳴った。カブリーヨはメールをひらいた。会う場所の住所と、サライ・マッサラの写真が、メールに含まれていた。ものすごい美人。

任務にどんな疑念を抱いていたにせよ、たちどころに消え失せた。カブリーヨは、インターコムのほうへ行った。

「ハリ、ゴメスとつないでくれ。送ってもらわないといけない」

「アイ、会長」

通話を切ろうとしたが、だいじなことを思い出した。

「ハックスリー博士から連絡は？」

「これで五時間、無線連絡がありません」

まずいと、カブリーヨは思った。オレゴン号の医務長のジュリア・ハックスリーは、地球の反対側にいるので、彼女が厄介なことになっていたら、窮地から救い出すのにかなり時間がかかる。

ハリが、カブリーヨの考えを読んだ。「そんなに心配しなくてもいいですよ。悪天候のとき、衛星携帯電話は当てにならないことで有名です。だいじょうぶだと思います。だって、心強い連中がいっしょですから」

カブリーヨは笑みを浮かべた。ハリのいうとおりだ。ジュリアがどこにいるにせよ、優秀な男たちがついている。

11

ブラジル、ジャヴァリ谷

オレゴン号の医務長ジュリア・ハックスリー博士は、かなり蒼ざめていた。だいぶ古いセスナ172スカイホークの狭いリアシートに乗っていて、乱気流でセスナが上下に揺れ、横滑りしていた。元海軍医官のジュリアは、地球上のもっとも荒い海を航海する艦船に乗り組んだことがあるが、クッキーを吐いたことはなかった。だがいまは、道端で売っていたおいしいパモーニャ——ブラジル風のタマレ——が喉もとにこみあげるのをこらえていた。なにが材料なのか不明だった。おそらく現地の衛生指導員の体の挽き肉にちがいないと、最初の吐き気のゲップが出たあとでジュリアは思った。

風防から前方を見ることができず、すこし閉所恐怖症を味わっているせいでもあった。フロントシートに詰め込まれているふたりの広い背中が壁をこしらえ、ジュリアの前方視界を遮っていた。

チャック・〝ちび（タイニー）〟・ガンダーソン（見かけとは正反対の綽名をつけられることはままある）は、〈コーポレーション〉の契約パイロットだった。オレゴン号の重役会議には出席しないが、船外で固定翼機を使う作戦では、主要パイロットをつとめている。国防情報局にしばらく勤務して操縦の技倆を磨いたあと、民間セクターに移った。小はハンググライダーから大はボーイング７４７に至るまで、あらゆるものを飛ばすことができる。

タイニーの身長一九五センチ、体重一二七キロの巨体は、フロントキャビンの半分を占めていた。体があまりにも大きいので、数時間前に飛行場でこのレンタルの小型機に乗り込むときには、文字どおり自分を押し込むような感じだった。天井で頭をこすらないように、操縦輪の上で身をかがめていると、元ウィスコンシン大学のタックルだったタイニーは、プロバスケットボールのハーレム・グローブトロッターズの選手が子供の三輪車にまたがっているように見えた。

風防の反対側の半分は、やはりフロントシートのもうひとりの巨漢フランクリン・〝リンク〟・リンカーンによって視界を遮られていた。ウェイトリフティング選手のように筋肉の盛りあがった体にスキンヘッドの頭なので、まるでハウスクリーニング用品のキャラクター、ミスター・クリーンの黒人版のようだった。リンクは、〝ガンドッグズ〟という愛称で呼ばれる、オレゴン号の警備・戦闘員に属している。元SEAL狙撃手で、体こそ巨大だが、舞踏室のダンサーのように足さばきが敏捷なことで知られている。指が太いのに、オレゴン号でもっともロックピッキングがうまい。船内に保存してある特製のハーレーを乗りまわすのが好きで、もうひとつの気に入っている趣味は、航空関連の雑誌を読むことだった。この数時間リンクは、経験豊富なタイニーの知恵をかじっていた。

風防の側の視界が遮られていたにもかかわらず、ジュリアの席の窓からの眺めは、林冠のわずか三〇〇メートル上を飛んでいることもあって、息を呑むようなすばらしさだった。アマゾンの熱帯雨林は、グリーンの海だった――というよりは、さまざまなグリーンに彩られていた。「わたしの顔色みたいに」ジュリアはつぶやいた。ひとつの色がこれほど多彩だとは、思ってもみなかった。すべての樹木、叢林、葉、蔓が、それぞれちがうグリーンで、嵐の前触れの低く垂れこめた雲を抜けて射し込む多種多様な光によって色合いが強調されている。

セスナがまたジェットコースターのように急降下し、ジュリアは低いルーフに頭をぶつけそうになった。

「すみません、先生（ドク）」タイニーが、映画『ファーゴ』の登場人物そのものの発音でいった（ミネソタなまりとして知られている）。三人がつけているおんぼろのヘッドセットから、よく響く低い声が雑音混じりに聞こえた。「温暖気流のせいで」

ジュリアのおなかがぐるぐる鳴った。「だいじょうぶ。あとどれくらいか、わかる?」

リンクが、GPS座標を呼び出したiPadを持ちあげた。

「滑走路はまっすぐ前方。最長で十分」

「まっすぐ飛ぶのならなんとかなるわ。上下に揺れると気絶しそう」

「できるだけなめらかに飛ばすよ」タイニーがいった。

ジュリアは、タイニーの広い背中を叩いた。「あなたの操縦が悪いわけじゃないわ」

ふたりがいてよかったと、ジュリアは思った。男らしい男の定義を知る必要があるようなら、ジュリアの仲間ふたりを見れば、男らしさの美徳の典型がそこにある。ふたりの巨大な上半身は、空からの眺めを邪魔しているかもしれないが、アマゾンの僻地に侵入するときに、合計二七〇キロ近い筋肉の持ち主ふたりに付き添われているのは、たいへん結構なことだった。三人とも武器は持っていない。これは戦闘任務ではなく医療任務だった。それに、外国の国境、ことにブラジル国境を越えて銃を運び込むのはかなり厄介だし、そんな手間をかける必要はない。馬鹿なやつが揉め事を起こすのを、ふたりの威圧的な体が抑止するはずだった。

当初、ジュリアはタイニーとリンクの仕事の予定を乱すことに反対したが、いっしょに連れていくことにカブリーヨが固執した。ジュリアは、きちんと休暇をとって、そのあいだに医学部で仲のよかった友人に必要不可欠な補給品を届けるつもりだった。だが、ジュリアがどこへ行くかを知ったカブリーヨは、上司の特権でそれを〈コーポレーション〉の正式な慈善事業にして、護衛をつけ、経費をまかなえるようにした。ジュリアはカブリーヨの気前のいい措置と気配りに感謝した。

地元の空港で飛行機を乗り換えたときの三人組は、たいへんな見ものだった。タイニーとリンクが、身長一六〇センチの小柄なジュリアの上に聳えていた。ジュリアはブルマスティフ二頭に付き添われたチワワのようだった。おなじ種に属するとは、とうてい思えなかった。

ジュリアの体つきは、だれにとっても脅威ではなかったが、すばらしい曲線美が望ましくない注意を惹くことがしばしばあった。神よ、つつしみのない提案を持ちかけた間抜けどもを助けたまえ——ジュリアが一線を越えた不運な馬鹿者をこっぴどく叱りつけたことは、何度もあった。オレゴン号の乗組員がその点で問題になったことは一度もないが、軍艦に乗り組んでいたとき、ジュリアはジェーン・マンスフィールドなみの体の線をだぶだぶの服で隠し、ほとんど化粧せずに、焦げ茶色の髪を素朴なポニーテイルにしていた。いまのカーゴパンツとそれに合ったシャツという服装も、やはりそのためのものだった。

地球の反対側への冒険旅行で三人が出遭った税関職員たちはジュリアを、セレブだと気づかれないように地味な服を着ている女優だと思った。こんな巨漢の威圧的なボディガードを連れているのは、よほどの要人か有名人にちがいないと知っていたからだ。もちろん、ジュリアはそのどちらでもなかった。

三人は二十一時間旅をして、そういう国境の入国審査と税関を三度通過した。ジュリアは、冷蔵保存されていない抗生剤その他の医療品を、ブラジルの伝道団体の医師で友人のアリーニ・イシドロに届けるために、法的な書類をすべてそろえていた。ジュリアは以前、アフリカで活動していたアリーニに協力したことがあったが、アリーニは最近、祖国のアマゾンの先住民族に奉仕しはじめていた。母親が熱帯雨林の部族の出身で、父親はポルトガル系だった。アリーニは髪が黒く、小柄なので、アマゾン流域のたいがいの部族になじみやすい。

ジュリアはこの奥地へ来たことがなかったので、冒険旅行を楽しみにしていた。たいがいのアメリカ人とおなじように、アマゾンのドキュメンタリー番組や写真を見たことはある。しかし、そのとてつもない広さを経験するのは、それとはまったくべつだった。この地域の違法な農業や金鉱掘りが、先住民族の生活圏を脅かしていることも、資料で読んでいた。焼き畑農業の火事や露天掘りが地平線に点々と見えるのは、その現実の悲しい証拠だった。

「見つけた」風防越しに指差して、タイニーがいった。アマゾン川の曲がりくねった広い支流の向こう、かなり下のほうに、ジャングルを切り拓いた一〇〇メートルくらいの長さの地面があった。タイニーが巨大な手で操縦輪をそっと前方に押した。

三人は、ほっと安堵の息をついた。この一時間、予告されていなかった熱帯の暴風雨が湧き起こって、一帯を覆っていた。不安定な日光がつかのま射したところを飛べたのは、奇跡に近かった。嵐が付近を叩いているあいだ、ほかに着陸する場所はないし、ひきかえすのも不可能だった。

吐き気を催しやすくなっていたジュリアの胃が、ゆるやかな降下を感じた。ふたたび硬い地面を踏むことができそうなので、ほっとした。低い雲の切れ端が、スパイダーシルクのように眼下の樹冠にまとわりついていた。

「視程はどう?」ジュリアはきいた。

「むらがあるが、そう悪くない。この簡易滑走路にまちがいないんですね？」

「アリーニに聞いたことしか知らないのよ。彼女のチームが先月使った。〈スターバックス〉はないと思うけど」

「ダブルのキャラメルマキアートにホイップクリームを追加したいね」リンクがいった。

　キャラメルソースが載っている熱くて甘いべとべとの飲み物を思い浮かべて、ジュリアの胃が縮こまった。

「わたしはやめておくわ」

　タイニーが、切手くらいの大きさで遠くに見えている開豁地に、高翼のセスナの機首を向け、下げ翼（フラップ）とスロットルを調整しながら接近した。ジャングルを皆伐した細長い地面だった。アスファルト舗装ではないが、障害物はないようだった。

　セスナが降下するにつれて樹冠が近づくのを、ジュリアは小さなサイドウィンドウから眺めた。見える範囲が狭くなると、加速しているような錯覚を起こし、木の幹が高速道路の標識のように左右を流れていった。

「うひゃー！」タイニーが叫び、操縦輪を引いた。それと同時にスロットルを押し込んだので、セスナの機首が空に向けて持ちあがった。

ジュリアは、胃が足まで下がっていきそうな心地を味わい、座席ベルトにしがみついた。タイニーが、セスナを急旋回させていた。

「野ブタの群れだ」リンクがいった。ふりむいて、ジュリアが苦痛を味わっているのを見た。リンクが安心させようとして笑顔をこしらえ、大きな白い歯を剝き出した。

「おれたちが着陸するところへ向けて走ってた。脅かして追い払ったんだよ」

「旋回する。だいじょうぶだ」

「そうよね」としか、ジュリアにはいえなかった。

まもなく、タイニーが二度目の降下を開始した。

「野ブタはいない！」リンクが叫んだ。ふりむいて、ジュリアに親指を立ててみせた。

奥地用の太いゴムのタイヤが接地するのを、ジュリアは感じた。でこぼこの地面でセスナがガタガタ揺れ、弾んで、低い切り株や浅い溝を越えたが、まずまず順調だった。

衝突するまでは。

12

タイニー・ガンダーソンは、インド洋のまんなかで、縦揺れする空母の飛行甲板にC‐130輸送機で緊急着艦したことがあった。拘束フックがないので、そう簡単ではない。それを見ていた人々は、酔っ払いがピクニックベンチの上にビュイックを駐めようとしているようだといった。その離れ業のあと、タイニーの金はディエゴガルシア島の将校クラブでは通用しなくなった。一生、ただで酒が飲めた。

タイニーはいま、ちょっと一杯やりたい気分だった。

ジャングルの開豁地にセスナ172で着陸するのは、海上の大揺れする飛行甲板に接地するよりもずっと簡単なはずだった。技術的にはそうだった。タイニーは巧みにスカイホークを地上におろし、でこぼこの地面でタイヤが弾んだ。

だが、突然、体重が二〇〇キロ以上のバク――地元住民は〝森の牛〟という適切な呼び名をつけている――が、行く手を横断した。

タイニーはブレーキペダルを踏み、操縦輪をまわして、鼻の長い野獣に激突するのを避けようとした。正面衝突したら、プロペラがバクを細切れにしてくれるかもしれないが、ブレードが破壊され、機体も損壊するおそれがあった。急に向きを変えたことで、バクとの衝突は避けられたが、セスナは狭い簡易滑走路からはずれた。つぎの瞬間、蔓に覆われた丸太にぶつかった。

リンクの頭が副操縦士席側のウィンドウにゴツンとぶつかり、ジュリアの顔はタイニーのヘッドセットのうしろに叩きつけられたが、それだけで三人とも怪我はなかった。

セスナは無傷ではなかった。

衝撃で前脚の支柱が曲がっていた。

金属が折れ曲がる音が響くと、タイニーが悪態をまくしたてたので、海軍でそういうことに慣れていたジュリアとリンクも、さすがにびっくりした。タイニーがエンジンを切り、ヘッドセットをはずすと、プロペラの回転が落ちた。

「みんなだいじょうぶか？」大男のパイロットは、ハーネスをはずしながらきいた。

リンクもヘッドセットをはずした。「やっぱりキャラメルマキアートがほしい」

タイニーはにやりと笑った。「ホイップクリームをダブルで？」

「あれば、チョコレートスプリンクルも」

「地面におりたいんだけど」ジュリアはいった。「早いほうがありがたいわ」

タイニーが小さなキャビンドアをあけて、巨人のピエロがサーカスのミニカーからおりるような感じで、狭いキャビンから体を出しはじめた。

機外に出て、大きなブーツで腐った枝を踏むと、すさまじい体重で枝が折れた。タイニーは足首をひどくひねり、悲鳴をあげて倒れた。

ディエゴガルシアの将校クラブに戻りたいと、突然思った。


ジュリアは、タイニーのひねった足首を診(み)た。どこも折れていないようだった。ただ、筋肉をかなり傷めていた。副木は必要ない。だが、どこへも行けない。

「この足首はＲＩＣＥしないといけない。安静(レスト)、冷却(アイス)、圧迫(コンプレス)、挙上(エレヴェート)」

ジュリアは、医療キットから瞬間冷却パックを出して、折り曲げ、タイニーの足首に置いて、〈ＡＣＥ〉の包帯で固定した——しっかりと、きつすぎないように巻いた。

「これを付けたままで、どうやってブーツをはくんだ?」

「自分で工夫して。ただ、横になるときには、患部が心臓よりも高くなるようにしないといけない。冷却パックはいっぱいある。三時間たつまで、一時間に三十分ずつ冷やして。足首が治るように、できるだけ使わないようにして」

「飛行機は自分で自分を直せない」

ジュリアは、折れ曲がった前脚を指差した。機首が懺悔するようにうなだれている。

「あれをどうやって直すの?」

タイニーが、痛みに顔をゆがめた。「針金、チューインガム、それと昔ながらのアメリカ人の工夫」

「それだけ?」

「飛行前点検をやったときに、かなりまともな工具が機体下の物入れにあるのを見つけた。修理に必要なものがすべてある。見た目はよくないかもしれないが、直せるよ」タイニーは、リンクのほうを向いた。「松葉杖に使えそうな枝を見つけてくれ」

「いいとも、相棒」リンクが近くの木立へ行った。雨がパラパラ降りはじめ、セスナのアルミ合金の機体と木の葉を叩いた。

「ほんとうに修理できるの?」ジュリアはきいた。水筒と鎮痛剤数錠を渡した。

「ガスケットが割れたんだと思う。ピストンが作動油まみれになってるのは、そのせいだ。離陸できるように直すことはできる」

スウェーデン人の巨漢タイニーの体重を支えられるくらい頑丈な枝を持って、リンクがすたすたと戻ってきた。リンクはフライパンなみの大きさの手を差し出して、タイニーが杖代わりの枝を握って力の抜けた脚で立つのを助けた。ジュリアは、聳え立つ北欧産の肉塊の横に移動して、精いっぱい手伝おうとした。

雨が激しくなり、三人ともずぶ濡れになった。

「わたしたちに残された方策は？」ジュリアはきいた。

「出発前に見た長距離レーダーの画面に、暴風雨は映っていなかった。これがなんにせよ」——タイニーが、掌で雨を数滴受けた——「じきにやむはずだ。十分後かもしれないし、十時間後かもしれない。飛行機が飛べるようになっても、天候が回復するまで、じっとしているしかない」

「あなたを連れ戻さないといけない」ジュリアはいった。「足首をかなりひどく痛めている。レントゲンを撮って、どこも悪くないのを確認しないと」

「おれのことなら、心配はいらない。おれはここで飛行機を直す。あんたたちふたりで、友だちのところへあの医療用品を届ければいい」タイニーは片方の脚と杖代わりの枝でなんなくバランスを取り、自分の意見が正しいことを証明してみせた。タイニーが、リンクのほうを向いた。「あんたはそれで構わないだろう？」厳密にいえば、警護はリンクが指揮しているが、タイニーはパイロットとして、乗客の安全に責任を負っている。

リンクが、ポケットから地図を出して確認した。

「ここから八時間、歩かないといけない。出発が遅くなったが、暗くなる前に着くだろう――もちろん、お友だちが教えた座標が正しければだが」

「簡易滑走路のことは、アリーニのいったとおりだった」

リンクは、薄笑いをこらえながら、損壊した飛行機のほうをちらりと見た。「ああ、そうですね。予備の装備はそんなに重くないし、行く手に重大な障害はなさそうだ」

「あしたまで、ここに独りでいてだいじょうぶ?」ジュリアは、タイニーにきいた。

「スカイホークをきちんと直すのに、それくらいかかる。退屈するひまはないでしょう」

ジュリアは迷っていた。タイニーはいま症状が出ていない内出血を負っているおそれがあるが、その可能性は低い。それよりも、独りにすることのほうが心配だった。ジャングルでは、人間も含めて、招いてもいないのに迷い込んだ動物が殺されたり食われたりすることがある。さまざまな生き物に嚙まれたり、ひっかかれたり、毒牙にかかったりするかもしれない。あるいは、飛行機を独りで修理しているときに、怪我をするかもしれない。

る。

だが、タイニーの母親ではないのだ。それに、アリーニが補給物資を当てにしている。

ジュリアは、セスナの胴体の荷物入れのほうへ行って、自分の装備から小さな非常用医療キットを出し、タイニーに渡した。

「使いかたは知っているわね？」ジュリアはきいた。ジュリアは年に一度、オレゴン号の乗組員向けに非常時の実用的な医療処置の訓練を行なっているが、タイニーは乗組員ではない。

「〈バンドエイド〉ならうまく扱えるよ」

ジュリアは、大男の狙撃手のほうを向いた。「ここにいる？　それとも行く？」

リンクは開豁地を見まわした。木立を切り拓いた踏み分け道のほうへうなずいてみせた。リンクも迷っていた。

「ここまで来て、任務をあきらめるわけにはいかない」リンクは、タイニーのほうを見た。「ほんとうにだいじょうぶなんだな？」

「問題があれば、衛星携帯電話で知らせる。嵐が去ったらすぐに。へっちゃらだ」

リンクはうなずいた。「わかった。それじゃ、おれたちは出発して、このショーの旅回りをはじめる」

13

セスナ１７２スカイホークは、一九五六年に生産が開始され、いまだに製造されている。当初は、自家用機や地方の航空会社の定期便として、文明社会のアスファルト舗装の滑走路を離着陸するように設計されていた。しかし、働き者のこの軽飛行機は、きわめて信頼性が高く、操縦しやすいので、冒険心にあふれた辺境(ブッシュ)パイロットたちは、舗装されていない地面にも着陸できるように、三輪とも大きな〝ツンドラ〟タイヤに交換した。しかも、この機体は胴体下に余分な物入れをぶらさげていた。

タイニーは飛行前点検で、その物入れも調べていた。荷物を保管するのにもじゅうぶんな空きがあったが、辺境での修理用に、格別によく考えられてある工具箱が収められていた。実質的に、軽量化したミニ修理工場だった。

リンクとジュリアがジャングルに行進していく前に、タイニーはふたりに頼んで、小型の手動ウインチ——タイニーの祖父が〝カムアロング〟と呼んでいたもの——を、軽量のツリーセーバーストラップ（牽引などに利用する樹木を傷めないようにするためのもの）二本といっしょに、遠い木に取り付けてもらった。三人が数分で軽い飛行機を牽引して仮設滑走路に戻したとき、頭上で雲が炸裂して、温かい雨が三人の体に降り注いだ。全員が、ポンチョを着た。

リンクが重い丸太を二本運んできて、方向舵の近くで尾部の上に置いた。その重みで前脚が地面から持ちあがり、タイニーが作業する場所が広くなった。

リンクとジュリアが、医療品とハイキング装備からタイニーの分を出してまとめているあいだに、タイニーはずきずき痛む脚で歩きまわって、工具箱をひっぱりながら前脚を調べた。三人が握手を交わして別れたときには、タイニーは損害の状態を見定めていた。

わかっている限りでは、構造そのものは壊れていないようだった。すべてを分解しないと、なんともいえないが、前脚が丸太にぶつかったときに、作動油がOリングの取り付け部から噴出し、Oリングがはずれたというのが、タイニーの精いっぱいの推測だった。とにかく、部品が散らばっていないことからして、そうであってほしいと願っていた。

最低限の修理ができず、簡易滑走路がでこぼこなために離陸できないというのが、最悪の筋書きだった。揚力を得るために、スカイホークは一定の速度まで加速する必要がある――高跳びの選手が、跳躍するために助走距離を必要とするのとおなじことだ。特定の性能を備えた辺境用飛行機なら、前進速度が低くてもなんなく離陸できるが、この旧式のセスナ172はそうではないし、まして三人と重い荷物を積んだ状態では無理だ。

工具箱をあけたとき、タイニーは不意にリンクやジュリアといっしょに行きたかったと思った。ジャングルの長い道のりを、タイニーの重い荷物まで背負ってふたりが行くのは、公平とはいえない。だが、足首をひねったタイニーにはどうにもできないことだった。タイニーは、罪悪感を意識から押しのけた。いまの目標は、この飛行機を直すことだ。

友人たちの期待を裏切るわけにはいかない。

タイニーは、大人になってからずっと、LEDの画面の輝きと、贅沢な革のシートのにおいと、快適なエアコンに囲まれて、現代の航空機のキャビンで過ごしてきた。だが、セスナの機体の下で汗まみれになり、蚊を叩いているいまほど、楽しい思いをしたことはなかった。前脚全体を分解するために、ボルト、ロールピン、スナップリングをゆるめるあいだ、作動油の甘いにおいが鼻腔を満たし、太い指がグリースでつるつるになり、手の甲に擦り傷ができた。

そういったことすべてで、ウィスコンシンの祖父の飛行場で過ごした幼いころのすばらしい思い出が蘇（よみがえ）った。〝じいちゃん（ファーファー）〟ガンダーソンは、農薬散布パイロットだったが、小規模な田舎（いなか）の飛行機学校も運営していた。文字どおりひとりだけの会社で、パイロットと整備士を兼ねていた。やがて、まだ小学生だったタイニーははじめて飛行機に乗った。それ以来、タイニーは飛ぶことについてなにもかも学ぼうとした。祖父が所有していた練習機はセスナ・スカイホーク一機だけだった。タイニーはその飛行機で最初に飛ぶことをおぼえ、修理もおぼえた。

高校を卒業する前に、タイニーは貴重なセスナ172のすべての部品をこしらえ、再製し、交換していた。こどものころのもっとも楽しい思い出は、地上でも空でも技倆が高く根気強い教師の祖父のそばで整備技術の基礎を学んだことだった。

タイニーは、祖父とおなじように、セスナの設計が実用的で非凡であることを尊んでいた。現代の飛行機には画期的な高性能の機器類が搭載されているが、タイニーはスカイホークのアナログで単純なところが好きだった。きょうの修理に必要なのは、ハンマー、レンチ数本、マイナスドライバー一本、タイヤを膨らますだけではなく、前脚のピストンに空気を送り込むのにも使える自転車用の空気入れだけだ。ピストンに最適な作動油と空気を混合するための予備の作動油はないが、空気をたっぷり入れれば、離陸のあいだピストンがある程度、衝撃を吸収してくれる。すこし頼りないが、格好を気にしている場合ではない。

　タイニーは、予備の凹面ゴムリングふたつとＯリングを指先で持ち、丹念に調べた。期待していたとおり、どこも損壊していなかった。ステンレス製のリング・パック・サポート（脚の軸の回転する部分に取り付ける軸受け）をボロ切れで拭いて、エンジンオイルをすこし塗ってから、リングをそのなかに戻さなければならない。祖父に教わったとおりに。

　運がよければ、そしてズキズキ痛む足首が許してくれれば、暗くなる前にすべてを組み立てられるはずだった。間に合わなければ、リンクとジュリアが戻ってくる前に、朝いちばんでやればいい。ふたりが帰ってくるまでの時間を使い、歩きまわって――あるいはよろよろ歩いて――ほかに問題がないことを確認し、基本的な部分、燃料、作動油の飛行前点検を行なえばいい。タイニーは、修理の手順の技術とおもしろさに熱中していたが、ぞくぞくする感じが背中を這いのぼってくるのを感じていた。例の空母の縦揺れする飛行甲板に接近するときや、百カ所もの飛行場へ灯火なしで夜間着陸したときに味わったのとおなじ感覚だった。タイニーはジャングルとの境目を見まわして、揉め事の気配を捜した。矯正なしで二・〇の視力の両眼でも、なにも見つけられなかった。だが、観察されていることはわかっていた。

14

エリトリア、ガシュ・バルカ地方

廃寺になったその修道院は、ジョン・フォード監督の西部劇の背景にふさわしい不毛の台地の麓に、何世紀ものあいだ建っていた。エリトリアは十四世紀にアフリカの国としてははじめてキリスト教を国教とした。異教徒の部族のなかで、この九聖人修道院は、初期のキリスト教信仰の橋頭保だった。

由緒正しいこの修道院は、数百年のあいだに地震と戦争で荒廃し、何度も再建され、拡張された。もっとも大きな利点は、自然の泉があることだった。だが、エリトリアの厳しい政治・経済情勢は、十年前にこの地域の植林の最後の残りを枯らし、それとともに修道院の信仰の目標も滅びた。

そもそもの目的であった伝道は放棄されたが、修道院は傭兵組織〈スールシェヴ〉

の本拠として蘇った。社長のジャン・ポール・サランは、再建計画に惜しみなく費用を注ぎ込んだ。〈スールシェヴ〉のおかげで、サランは一生かかっても使い切れないほどの金を稼いでいた。

ヘリコプターでまもなく到着すると、テドロス・ケフレジギ大統領がだしぬけに知らせてきたことにも、サランはとくに懸念を抱かなかった。軍事施設なみの本社はつねに整然としていて、フル回転で事業を行なっている。

「楽しみにしています」サランは、電話でいった。さいわい、ビデオ電話ではなかった。ビデオ電話だったら、サランの顎の筋肉がこわばり、目つきが鋭くなるのが見えていたはずだ。大統領にいまのような賄賂を渡すことに、サランは怒りを感じてはいなかった。保守点検の経費のようなものだと考えていた。しかし、その賄賂には秘密に干渉しないことも含まれていた。ケフレジギは、これまでサランの事業になんら興味を示していなかった。

なぜ今になって？

砂漠用迷彩塗装をほどこした大統領専用機、ソ連時代のＭｉ‐24ハインド攻撃ヘリコプターが、拠点上空で二度旋回し、ローター・ブレードが空気を激しく叩いた。肌を刺す砂粒の竜巻のなかをヘリコプターが降下するとき、風圧が胸を叩くのが感じられた。何十年も前のソ連による侵攻中、ハインドはアフガニスタンの部族民をさんざん悩ませた。厚い装甲を着込んだトンボのように見え、短い主翼の下にはロケット弾ポッドがあり、機首の回転式銃塔はガットリング機関砲を内蔵している。

　エリトリア人の標準よりは背が高く、食事もたっぷり食べているケフレジギ大統領が、警護官六人を従え、身をかがめてヘリコプターから出てきた。サランは下調べをして、大統領の訓練された殺し屋たちの経歴を知っていた。ふたりは悪名高いエリトリア国家保安省に属している。あとの四人は外国人で、それぞれの国の元兵士だった――ウクライナ人とオランダ人がひとりずつ、ナイジェリア人がふたり。

　サランは、大統領のほうへ走っていって、片手を差し出した。

大統領は、前に立っている男を品定めした。サランはカーゴショーツ、デザートブーツ、ポケット付きの襟のあるシャツという普段着だった。傭兵の隊長というよりは、ロケ地にいるフランス映画のプロデューサーのように見える。身長は一七〇センチにすぎないが、顎鬚を生やした四十五歳のサランは、もっと若い男のエネルギーと力をみなぎらせていた。茶目っ気のある目と愛嬌のある笑みにもかかわらず、明らかに軍人らしい物腰だった。フランスの精鋭部隊、第1海兵歩兵空挺連隊の大尉だったと、サランは大統領に打ち明けたことがあった。だが、軍を辞めた理由は定かでなかった。

いつもながら尊大で威厳のあるケフレジギ大統領が、サランの手を温かく握った。武装した警護官六人が注意深く見守っているので、自信満々だった。

無用の対決を避けるために、サランは部下を連れていなかった。これまでの経験から、ケフレジギのような小物の独裁者に雇われている傭兵は、昇進したりボーナスをもらったりするために、雇い主に好かれようとするはずだとわかっていた。雇い主の好意を勝ち取るには、脅威になりそうな相手よりもずっと暴力的だということを示すのが、最善の方法だ。

「大統領、九聖人修道院にようこそおいでくださいました」サランは、父方の母国語のフランス語でいった。大統領がサン・シール陸軍士官学校——ウェスト・ポイントのフランス版——で軍事教育を受けたことを知っていたからだ。成績はさほどではなかったが、優秀な学生だったにちがいない。エチオピアに対する血みどろの革命の最後の歳月、ケフレジギは反乱軍を指揮し、一九九三年に独立を勝ち取った。憲法が制定され、感謝した議会はケフレジギを大統領に指名した。

だが、大統領に就任したとたんにケフレジギは、世界人権宣言と民族自決のために尽くすという建前をかなぐり捨てた。いまでは、彼の野望を阻止できるような司法も立法も機能しない一党独裁国家の親玉だった。報道の自由はなく、国民すべてが一生——実質的に、強制労働の部隊に——徴兵され、警察がすべての権力を握っている。ケフレジギの冷酷非情な独裁のもとにあるエリトリアが、アフリカの北朝鮮だといわれるのも当然だった。

そういったことすべてから、サランの傭兵組織にとっては、完璧な場所だった。

ケフレジギが、復活した修道院の奥の拠点を、手で示した。

「あれは空からはほとんど見えなかった。ずいぶんたくみに隠してある」

「わたしたちは、長年のあいだにいくつか機略を学んだんです、閣下」

サランは、修道院の建物を一新しただけではなく、基地としてのインフラを拡大した。いまでは大型局地整備掩蔽部（えんぺいぶ）（ＬＡＭＳ）——世界中の軍隊が使っている布製の移設可能な建物——も数棟ある。兵舎、ヘリコプター格納庫、整備・修理工場、訓練施設のために、サランはそれを設営した。ＬＡＭＳはすべて黄褐色で、地形に完璧に溶け込んでいる。上空からの監視で、角度がついているか、直線だと見分けられるようなものはすべて、衛星の詮索の目を避けるために、カムフラージュの網で覆ってある。施設全体の冷暖房は、地中の地熱コイルで行ない、隠蔽された水素燃料電池で電力を供給している。

大統領が銀行家の目つきで拠点を眺めているのを、サランは見守った。

「たいしたものだ」

「まああですよ」

「もっと見たい」

「大統領と警護班の昼食を、シェフが用意しています」

「あとでいい」ケフレジギは、拠点のほうを顎で示した。「案内してくれ」

サランは、ケヴラーの抗弾ベストを付け、拳銃をホルスターに入れて携帯しているボディガードたちをちらりと見た。サランが抵抗するのを期待しているように見える。

「かしこまりました、閣下。ご案内します」

15

「こちらです、閣下」巨大なテントのような建造物内のエアコンが効いているジムに向かいながら、サランはいった。

サランはドアをあけた。ケフレジギのボディガードたちが先にはいった。ケフレジギが、すぐうしろからつづいた。ケフレジギがはいったとたんに、ホイッスルが吹かれ、サランの訓練生――〝新兵（ブーツ）〟――三十八人が、戸口のほうを向いてしゃちほこばった気を付けの姿勢をとった。

ケフレジギは、あたりを見まわして、非情な感じの若い顔を眺めた。三十五よりも上の男はいない、と判断した。肌が白いさまざまな民族のヨーロッパ人が主だったが、アフリカや中東の人間もいた。ごく少数の女や、アジア人数人もいた。新兵はすべてジム用ショーツとTシャツを着ていた。太腿、腕、胸には厚く筋肉がつき、脂肪はひとかけらもなかった。

満足したケフレジギは、そっけなくうなずいた。「直れ」

「大統領のお言葉を聞いたか！　作業に戻れ！」スコットランドなまりの馬鹿でかい声が轟いた。

ケフレジギが向きを変えると、砂色の髪の指揮官が猛然と走りまわっていた。筋肉が浮き出ている両腕全体が刺青に覆われているその男が、また命令をどなった。

サランは、スコットランド人のほうを顎で示した。「訓練監督のアンガス・フェロウズ軍曹です。元ＳＡＳですよ。とびきり精強な連中です」

ケフレジギは、ウクライナ人ボディガードのほうを向いた。悪名高いアゾフ連隊に属していたその男に、ケフレジギは英語できいた。「ＳＡＳといっしょに仕事をしたことはあるか？　評判どおり優秀なのか？」

ウクライナ人がうなずいた。「はい。そいつらがおれたちを訓練しました。優秀な戦闘員であることにまちがいはない。それに、ずる賢い」

「先へ行きましょうか？」サランはきいた。

サランは、ケフレジギを連れて、実用一点張りの施設内を案内した。ボディガードたちが、訓練中の兵士の群れに警戒しながらつづいた――すべて脅威の可能性がある。懸垂バー、ロープ、吊り輪、自由に変えられるウエイトが用意されているステーションがいくつもあった。いずれも使用中だった。

ケフレジギが、懸垂ステーションで立ちどまった。バー一本に腕をのばしたままで男ふたりがぶらさがっていた。となりのバーにも女ふたりがぶらさがり、いずれも静止していた。

フェロウズが突進してきた。「よし、開始し、数えろ！　五十回だ！」

「はい、フェロウズ軍曹！」

男ふたり、女ふたりが、懸垂を開始した。ゆっくりと、完璧な型でやっていた——爪先を下に向け、体を揺らさず、顎がバーに触れるまで引きあげる。

「十八……十九……二十……」四人は声をそろえて数えた。

ケフレジギは、興をおぼえたように見守った。四人は、ドイツ車のエンジンのピストンのように、完璧にタイミングを合わせて上下していた。

「四十一……四十二……四十三……」

新兵四人はけっして速度を落とさず、一体となって懸垂していた。

ケフレジギは、信じられないという目つきで、ナイジェリア人のひとりをちらりと見た。あたりを見まわした。サランの新兵訓練所では全員がそれぞれの筋トレにおなじように没頭し、完全に同期して、やすやすと体を動かしていた。

「五十！」四人がついに大声で告げて、床に跳びおりた。フェロウズがホイッスルを二度吹いた。全員がつぎのステーションへ行って交替した。まもなくフェロウズがホイッスルを三度吹き、新兵たちが筋トレを再開した。

「ロボットみたいだな」ケフレジギはいった。「自動的に動いている」

「そうでもありません。わたしたちの過酷な訓練プログラムは、たんに彼らが一体となって行動し、ただちに命令に従うよう条件づけているだけです。戦闘ではそのふたつの資質が不可欠です」

「そういう新兵を、どうやって見つけたんだ？」

サランは、応えるのをためらった。たまたま思いついたのか、直観かはわからないが、ケフレジギはもっとも重要なたったひとつの質問を投げていた。傭兵プログラムを築くには、徴募が重要だった——だが、それはほんの手はじめにすぎない。

「わたしたちが必要とする特定の肉体と精神の特質をそなえた男女を見つけるのに役立つ、人間関係のネットワークがあるんです」

それはまったくの事実だったが——真実そのものではなかった。

サランは、マルセイユの最悪の貧民街で街の戦士として育った。だが、人間は生まれつき平和主義者ではないことを刑務所の中庭の冷たい石の壁の下で学んだ。人間の生まれながらの闘争本能をいわゆる文明がなまくらにして、人間が進化するうちに身につけた、力で他者を支配したいという衝動を押し潰したのだ。刑務所か戦争のみが、ホモサピエンスの生来の獰猛な性質に社会が押しつけていた外部からの制約から、〝文明化された〟人間をとことん開放する。

だからサランは、自分の兵隊にするために、世界でも最悪の刑務所から男女をえり抜いて、戦闘のためにこの砂漠の訓練キャンプで鍛えあげている。

また、サランの計画にはもっとべつの要素もあった。サランは、世界にこれまでなかったような超人傭兵軍を編成しようとしていた。人間の歴史は、少数の英雄的な人間によって動かされてきた。サランが創り出す殺人者たちによって、それがもうじき動かされる。

だが、そういった情報をすべてエリトリア大統領に教える必要はない。いまも、将来も。

「彼らは見るからに身体的機能がすばらしい。なにか秘密があるのかね?」

サランは笑みを浮かべた。このプログラムの根底に画期的な科学があるといっても、ケフレジギは信じないだろう。嘘のほうが呑み込みやすいはずだ。

「栄養サプリメントと、ちょっとした運動です」

修道院に戻った。
サランは、大統領と警護チームを、新兵たちが信じられないほど高い射撃の技倆を発揮している拳銃用の屋内射場に案内してから、用意されていた食事を供するために修道院に戻った。

付き添いのボディガードたちは、建物の外で警護の位置につき、サランとケフレジギは、朝に紅海で採れた新鮮なカジキマグロを食べた。テーブルの多種多様な果物と葉物は、イスラエルから空輸して、修道院の大型冷蔵庫に保存してあったものだった。

食事を終えると、サランとケフレジギは、太いキューバ葉巻に火をつけ、大統領の好きなアルコール飲料のよく冷えたモヒートをすこしずつ飲んだ。

「いわせてもらえば、あんたはここですばらしい事業を行なっている」ケフレジギが、青みがかった煙を吐き出しながらいった。「何百万ドルも注ぎ込んだにちがいない」

「そんなことはありませんよ、閣下。ご覧になったのは、わたしたちの倉庫にすでにあったものや、他の場所から持ってきたものです。それに、もちろん賃金の安い労働力がありますからね」

ケフレジギは、葉巻でサランのほうを示した。「地味にやっているとは思えないんだがね」

「もちろん、仕事に対して、かなりの報酬を受け取っています」サランは認めた。サウジアラビアの雇い主が支払った莫大な金額を教えて、ケフレジギの貪欲（どんよく）をかき立てる危険を冒すわけにはいかない。「しかし、ビジネスを実行するコストも膨大です。外国の政府は装備が整っていて、つねに高度の警戒態勢にありますから」

「教えてくれ、サラン。あんたはフランスに生まれて、三色旗のもとで戦ってきた。祖国に敵対するような任務を引き受けることはあるのか？」

「いまでは〈スールシェヴ〉が我が家で、わたしの国籍は金（マネー）です。わたしの経験では、愛国心よりも強欲のほうが一定不変です」

「それでは、金のためにひとを殺すことに、道徳的なとがめはないんだな？」

「儲けが大きいのなら、平和を遂行します」

ケフレジギは笑った。「冷笑的すぎる。信仰もないのだろうな」

「マネーは人間の交流においてもっとも純粋な媒体です。マネーへの憎悪は、すべての愚行の原因です。聖人はあっさり嘘をつくことができるが、価格は真実のみを語ります」サランは、肩をすくめた。「しかし、わたしのしろうと哲学など、おもしろくないでしょう。教えてくれませんか、閣下、きょうは、なにを考えておられるのですか？」

「エリトリアは資源もほとんどない貧しい国だし、旱魃で崩壊している。アフリカのどの国よりも、ヨーロッパに逃げる国民が多い」

サランは黙っていた。それは事実だった。仕事も自由もなく、自分を磨く機会もないので、若者はできるだけ早く脱出しようとする。だが、国を崖っぷちに追い詰めたのは、地球温暖化ではなく、ケフレジギのマルキスト集産主義と中央集権的な計画の失敗だった。

「わたしはすでにかなりの額を支払っています、大統領」

「さらなる弁済として、あんたが提供できるサービスがあるかもしれない」

「たとえば？」

「外国にいる売国奴や不満分子を黙らせる」

「殺し屋を金で雇って？」

「あんたがわたしの国に客人としていられるのは、わたしが許可しているからだ。わたしたちの関係を維持するために、あんたは力の範囲内でなんでもやるだろうと思っている」

「大統領は社会主義者の観点からそう考えておられるようなので、起業家の資本主義の仕組みを思い出していただきたいと思います。わたしは、自分のサービスに対して大統領が支払ってくれることによって、金を儲けています。そういうサービスをただ提供するだけでは、儲けられません」

ケフレジギが身をこわばらせ、黄色いクリスタルの灰皿に葉巻を押しつけた。

サランのいったことが癇に障ったのだ。サランはケフレジギは明らかに、自分の望みを否定されることに慣れていない。だが、サランはケフレジギの操り人形になるつもりはなかった。とはいえ、エリトリアの作戦基地を失うのは困る。きわめて役に立つことがわかっているのだ。それに、この問題には簡潔な解決策がある。

「よろしければ、べつの提案があります」

ケフレジギが、両手を組み合わせた。「話を聞こう」

「大統領の警護チームは、かなり有能に見えます。彼らに条件付け体力増強法をほどこしたらどうでしょう。きょう大統領がご覧になったことすべてと、それ以上のことを、彼らに経験させるのです。彼らの水準を高めてから、大統領にお返しします。そのあと、大統領は望みどおりに彼らを派遣すればいい」

「わたしが負担するコストは？」

サランは、葉巻をもう一度ふかした。「ひとりあたりのコストは途方もない額です。しかし、わたしたちは友人なので、ボディガード六人全員のためにサービスをただで提供するのを、好意と見なすことにします」

独裁者ケフレジギの顔に、うっすらと笑みが浮かんだ。

「好意を許可しよう」

サランはモヒートのグラスを持ちあげ、ふたりはその取り決めに乾杯した。サランの顔の笑みは本物だった。ケフレジギは、サランの掌中に落ちた。

大統領のヘリコプターが発着場から離陸し、砂や泥がサランの顔にふりかかった。フェロウズが両手を差しあげて、目をかばった。

ターボシャフト・エンジン二基の雷鳴のような轟きのなかで聞こえるように、フェロウズがどなった。「それで、大間抜けの大統領陛下は、なにを要求したんだ？」

「決まっているだろう。もっと金をよこせというんだ。まあ、あるいは、もっと悪い魂胆があったかもしれない」

ハインドが旋回して首都アスマラにひきかえすのを、ふたりは見守った。ローターの騒音が小さくなりはじめた。

「やつが事業を乗っ取ろうとしていると思っているのか？」

「あいつならやりかねない」

「どうするつもりだ？」

「逆提案をしたら、やつはよろこんで受け入れた」

「どんな提案？」

「やつのボディガードに、われわれのプログラムを受けさせる」

フェロウズは笑った。「なんて馬鹿なんだ。あいつがきょうのことを悔やむのはまちがいない」

サランはうなずいた。フェロウズの頭脳はナイフなみに鋭い。ケフレジギのボディガードが肉体と精神を条件付けするプログラムを経れば、サランは彼らを支配できる。もっとも好都合な機会に、殺戮好きな独裁者を暗殺し、エリトリア全体の支配をものにすることができる。

「あすの任務説明は何時だ？」サランはきいた。インドでの任務は、〈スールシェヴ〉がこれまで引き受けたなかで、もっとも複雑な作戦だった。それを実行するために、サウジアラビア人が王族の富からたんまり報酬を出すので、高度な危険に見合う仕事だった。超人傭兵軍にとっても、最大の試練になるはずだ。

「午前五時。幹部全員が出席する」

「われわれがいないあいだ、この新兵の訓練を頼む」

「任せてくれ。この一群は、二週間後に強化訓練を終える。つぎの一群はいつ来るんだ?」

「ハイタワー博士は、来週中だと見込んでいる」

フェロウズはうなずいた。「結構だね。彼らができあがる数よりも、失う数のほうが多いみたいだから」

「母親がよくいっていた。スフレをこしらえるには、卵をいくつか割らないといけない」

「あんたのおっかさんは、スフレなんか一生こしらえたことがないはずだ。クスクスならともかく」

「いや、それすら作らなかった」

じつは、十五歳を過ぎたあと、サランは母親には一度も会っていない。まさにその日、サランは故殺罪でフランスの判事から刑をいい渡された。

サランは、旧友のフェロウズの肩に腕をまわした。

「一杯やろう。祝うことがいっぱいある」

16

ブラジル、ジャヴァリ谷

「グリーンが大嫌いになったみたい」目から汗を拭いながら、ジュリア・ハックスリーがいった。朝のうちに、ジャングルの林冠のはるか上で、エアコンのきいている飛行機のキャビンに乗っていたときには、ジュリアはエメラルド色の幅広い色彩に魅了されていた。

四時間後のいま、アマゾンは暑く、汗だくで、チクチクして、背中にかけた虫だらけの軍用毛布を剝ぎ取れないような感じだった。簡易滑走路で三人をずぶ濡れにした土砂降りの雨は、一時間前に通り過ぎていた。ジュリアとリンクは、汗が小川のように流れはじめる前にポリエチレンのポンチョを脱ぐのが間に合わなかった。嵐がもたらした暑さが去っていたことだけが、せめてもの慰めだった。

ふたりとも海軍勤務を経験していたが、ジュリアは艦内でも陸上でもずっと、海軍の医療施設という閉ざされた環境で快適に過ごしていた。最後の職務はサンディエゴ海軍病院の主任医官で、アメリカ合衆国の大陸部でも最高の天候のもっとも快適な任務地だった。だが、リンクは海軍にいたときはずっと潜水工作員（フロッグマン）で、とてつもなく邪（よこしま）なことをもくろんでいる危険な殺し屋を追って、地球上でもっとも過酷な地形を徒歩で移動してきた。リンクはこれまでに味わった不快感がまるで堪（こた）えていないように見えた。リンクは厳密にはボディガードなのだが、奥地へ分け入るのにリンクを先に行かせて、あとをついていくほうが、ジュリアにはずっとありがたかった。

嵐がしばらくやんだので、ジュリアはオレゴン号に報告することができた。うまく着陸し、医療用品を届けにいく途中だと伝えた。〝うまく〟という言葉を細かく説明せず、医療用品を背負っていると暑さで倒れそうになることはいわないほうが賢明だと判断した。遠く離れている三人にオレゴン号ができることはないので、心配させても無意味だと思った。

ジュリアは、タイニーのようすもたしかめた。体がつらいにちがいないのに、修理作業に余念がないのがうれしそうで、うまくいくとタイニーは報告した。

タイニーも自分とおなじように嘘をつくのが上手なのだろうかと思いながら、ジュリアは通信を終えた。

パトロール中であるかのように、リンクが大きな右の拳をあげて、とまれと合図した。左手には安物の中国製山刀(マチェーテ)を持っていた。税関を通ったあと、空港近くの小さな食料雑貨店で、いくつかのキャンプ用品とマチェーテ三本を買った。ジュリアは静かにリンクのすぐうしろへ行った。友人のアリーニ・イシドロ博士との会合点(ランデヴー・ポイント)まで、あと四時間足らずだと判断した。

「聞こえるだろう?」リンクがきいた。

「川ね」ジュリアは考え込んでいたので、殺到する水の音に近づいていたことに気づいていなかった。

リンクは、マチェーテの刃を水浸しの地面に突き刺して、防水の地図をポケットから出し、位置をジュリアに教えた。

「おれたちはここだ」

「半分ぐらいね」自分の声がひどく疲れた感じだったので、ジュリアは驚いた。

「ここで待っていてくれ、先生(ドク)。すぐ戻る」リンクがいった。スキンヘッドの頭が、雨樋のように汗を噴き出していた。重いリュックサックのストラップが、広い肩でぴんと張っている。タイニーが来られないので、リンクが七〇キロもの医療用品にくわえ、自分の個人用装備とジュリアの装備の半分を運んでいた。ジュリアの荷物は合計三〇キロに満たなかった。いまはそれが三〇〇キロに思えた。

「わたし、そんなにひどいように見える？」ジュリアはきいた。それまでひとことも発していなかったが、心のなかでずっとぶつぶついっていた。「ごめんなさい」

「ドクのことを心配してるんじゃない。食べ過ぎのかわいそうな蚊のことが心配なんだ」

「わたしならだいじょうぶよ。ほかのなによりも、自分に腹が立っているの」立ったまま、バックパックの重みをずらした。「ジムでさんざんピラティスをやってきた。でも、ここに来たら、日課を変えて、実用的なフィットネスに集中する必要があると、突然気づいた」

「あんたはちゃんとやってますよ、ドク」

「あなたが重い荷物を背負っているおかげよ」

「そもそも、そのためにこの体があるんじゃないですか？」

「そうね。でも、あなたは神様からもらった体を厳しい仕事や訓練で鍛えてきた」

ジュリアのことを、有能な戦闘外科医だと褒めようとしたとき、川の轟音のなかで、遠くから叫び声が聞こえた。ふたりは身をかがめ、リンクは巨大なリュックサックをおろした。

「ポルトガル語だと思う」ジュリアはささやいた。「こんなところで、なにをやっているのかしら？」

アマゾンのジャヴァリ谷は、熱帯雨林の破壊を防ぎ、先住民の部族の生活圏を護るためにブラジル政府が保護している地域だった。そこを旅行するには、政府の許可を得なければならない。ジュリア、リンク、タイニーは、イシドロ博士の案内付きで許可を得て、防水の袖のなかに許可証を携帯している。

「おれはポルトガル語はわからないが、声の調子からして、人類学者の会合じゃなさそうだ」リンクがいった。その言葉を裏付けるように、シャベルが岩を打つ音が、遠くから聞こえた。

「ここで待て」リンクはささやいた。

ジュリアが返事をする前に、リンクは低木の茂みに姿を消した。

樹木に覆われた川岸の赤い花が咲く藪の蔭で、リンクは腹這いになった。

流れの早い川の向こうで、木が数本伐り倒され、植物が刈り取られて地面が露出していた。だが、これは樹木の伐採ではなかった。雑にこしらえて川の水を人力で運び入れた流し樋に、すくいあげた泥を落とし込むのが、対岸の男たちの主な活動だった。

砂金採り。完全な違法行為だ。

男たちのほとんどが、泥か川の水がはいっているバケツを両手に提げ、あとの男たちはシャベルで掬っていた。ひとりがチェーンソーを持ち、始動コードを引いた。オイル混じりの靄のなかで、エンジンが轟然と息を吹き返した。男は回転するチェーンを近くの木の根元に当て、エンジンの回転をあげて、木の破片を撒き散らしながら伐りはじめた。

だが、なかでももっともリンクの目を惹いたのは、泥まみれのジーンズ、テニスシューズ、Tシャツという格好で周辺に群がっていた武装した男六人だった。彼らはさまざまな種類のAK‐47を持ち、予備弾倉を一本か二本、ベルトの下に押し込んでいた。AK‐47を肩から吊っているものもいれば、脇でだらりと持っているものもいた。最も若いティーンエイジャーの射手が、煙草に火をつけた。暑さのために汗だくになっている作業員も含めて、ほとんど全員が煙草を吸っていた。

規律がとれている部隊とはいえないと、リンクは心のなかでつぶやいた。しかし、あの殺し屋どもは、〝銃弾をばらまいて当たるのを祈る〟連射を放つことはできるし、それを食らいたくはなかった。リンクの手が、いつもならホルスターがあるところに思わずのびた。リンクとカブリーヨは、銃をこっそり持ち込むか、地元の連絡相手を通じて現地で確保しようかと話し合った。だが、銃器の密輸や所持は違法だし、イシドロ博士の仕事を危険にさらすにちがいない。一日で往復できる容易な任務のはずだし、安全だとイシドロ博士が請け合っていた。

もうじゅうぶんに見届けた。ひきかえして、悪い報せ(しら)をハックスリー博士に伝えなければならない。

ジュリアは溜息をつき、憤然とした。「砂金採り?」

「五十三人いる。武器を持っているのが六人」リンクはいった。「交替で作業しているとしたら、キャンプにもっといるかもしれない——どこか近くにあるはずだ」

「わたしたちの通り道よ。まったく間が悪いわね」

「卒業パーティの晩にできたニキビみたいに」

「どれだけ遠まわりしないといけないの?」

リンクは地図を出して、指でなぞった。

「安全のために、この砂金採りの現場から八〇〇メートル以上離れないといけない。運がよければ、そこで川を渡れるだろう。運が悪かったら、いい場所が見つかるまで先へ進むしかない。やつらがパトロールを出していた場合のために、川から離れていたほうがいい。やつらがいないとわかったら、川岸を歩く。林を抜けるよりも、そのほうが楽だ」

「二時間くらい余分にかかるわけね」

「行きも帰りも」

「暗くなるまでに着くと思う?」

「地形しだいだ。暗くなっても行くしかない。でも、限界を超えるほど無理しないでほしい」

「時間通りに到着できなかったら、毒矢族が移動する可能性がある。そうしたら、この荷物を運んでいってもしかたがない」

「たしかに。でも、そういう意味でいってるんじゃない」

「わたしならだいじょうぶ」

「嘘をつくのは罪だと、おふくろに教わった」

ジュリアは、肩をすくめた。「〝楽な日はきのうだけだった〟。ちがう?」

リンクは笑みを浮かべた。ジュリアがいったのは、SEALの有名な隊是だった。

「そうらしいね」

「先導して」

17

〈セクメト〉

人道的病院船〈セクメト〉は、アラビア海のセルリアンブルーの水面をふたつに分けて進んでいた。ギリシャの客船だった年代物の船は、現在の任務に転用するために徹底的に改造され、研究室、手術室、スタッフと患者のための宿泊施設が完備している。〈セクメト〉は、イスラム教の赤新月とキリスト教の赤十字の両方の標章を帯びていた。

無神論者だと公言しているヘザー・ハイタワー博士は、〈セクメト〉の白く塗られた船体と、ふたつの宗教の真っ赤な標章が描かれているのを最初に見たときに、顔をしかめた。

「遠くからだと、馬鹿でかい〝C＋〟（合格の下から二番目の成績）に見える」ハイタワーは船長にいった。ハイタワーは、〈セクメト〉を運用しているNPOミカ財団のCEOだった。イェール大学の遺伝子工学プログラムの医学士／医学博士課程で、ハイタワーはすべての研究に関してAのみを取得してきた。

いま、アラビア海のまんなかを航海しながら、コネティカット州ニューヘイヴンから、ずいぶん遠くへ来たものだと、ハイタワーは思った。

ハイタワーは、助手の獣医学技師とともに、動物実験室に立っていた。厳重に隔離されている施設で、最下甲板にある。乗客と乗組員に騒音やにおいが届かないようにすると同時に、その存在が知られないようにするためだった。

部屋の奥は壁いっぱいにケージがあり、それぞれにベルジアンシェパードの一種のマリノアの子犬が一頭ずつ収まっていた。

「どれなの？」ハイタワーはきいた。

若いスペイン人女性のエバ・ケサダが、タブレットで確認した。「四番。雌」

「やりましょう」元オリンピックのバレーボールのキャプテンだったハイタワーは、小柄な技師を見おろしていた。

四十四歳のハイタワーは長身で、肩幅が広く、肉体がこれまでの人生で最高の状態だった。自分の研究の特典でもあり、義務でもあると思っていた。その体つきでたいがいの男は威圧されるが、北欧系の美しい顔、豊かな唇、貫くようなグリーンの目は、たまらなく魅力的だった。肉体に自信がある男が何人か彼女にいい寄ったが、途方もない知力の強烈さにかならず委縮した。彼女の心を勝ち取った男はたったひとり、いまは故人で二十年前に上級生だったジョナサン・ハイタワーだけだった。彼は彼女のことを、おれのキングサイズのスカーレット・ヨハンソンだといったが、そういわれた本人はその綽名を嫌がっていた。

ケサダが、タブレットのトグルスイッチのアイコンをタップし、四番ケージの電子ロックがカチリと音をたててあいた。

ハイタワーは扉をあけた。黄褐色の体で鼻づらが黒い、明るい目をした短毛の子犬が、鋭い白い歯を剝き出し、ピンクの舌をだらりと垂らして、笑ったような顔でハイタワーのほうを見た。子犬にしては大きく、二七キロぐらいある。

「ハロー、かわいこちゃん」ハイタワーはそういって、子犬をたくみに両腕で抱いた。ケサダのほうを向いた。「先に行って——それから、手袋を忘れないで」

「はい、マーム」

となりの部屋の奥には、ケージが一段にならび、さまざまな雑種の成犬が一頭ずつ収められていた。人間ふたりがはいると、ケージに閉じ込められた犬たちが跳びあがったり吠えたりして、獰猛な性質であることをあらわにした。ハイタワーが抱いている子犬を見ると、犬たちはいっそう逆上した。鋼鉄の隔壁に、犬の吠える声が銃声のように反響した。そのなかで話をするのに、女ふたりは大声を出さなければならなかった。

マリノアの子犬は、ハイタワーの腕のなかでふるえていた。ハイタワーは、甲板のなかごろにある壁の低い円形のケージのまんなかに、子犬をおろした。技師たちがそのケージを円形闘技場（コロセウム）と呼んでいるのには、もっともな理由があった。ふるえている子犬は、黄金色の尻をついて座り、優しい茶色の目で長身の科学者を見あげた。

「これを主導するのははじめてなんでしょう?」ハイタワーはきいた。

ケサダの声はふるえを帯びていた。「ドミンゲス博士を二度、手伝ったことがあります」

「なにが起きるか、わかっているのね?」

「はい、マーム」

「わかった。あとは任せるわ」

「はい。マーム」

「さっさとはじめて。わたしは予定が詰まっているんだから」

「ご希望はありますか？」ケサダがきいた。

「あなたのテストよ。あなたが決めて」

ケサダはうなずいた。手にしたタブレットで調べて、小さめの犬を選び、ケージ番号の横のバーチャルトグルをタップした。電子ロックがカチリと音をたてあいた。

「それじゃなくて、もっと大きいのを。それに雄を」

「はい、マーム」

「いちいち〝マーム〟といわなくていい。ヘザーと呼んで」

「はい、マ——たしかに。いえ、小さすぎるという意味です。すみません」

ケサダがまたバーチャルトグルをタップし、ケージが施錠された。べつのトグルをタップした。胸が広く、頭が角張っていて、顎が巨大な、筋肉が発達した野獣が、ケージのなかにいた。短毛は煙草の灰の色で、検査記録では、ピットブルテリアと不明な犬種の混血だとされていた。血走った目が飛び出し、かなり興奮していることがわかった。マリノアの子犬とおなじように、異様に大きかった。

ケサダが、厚い革手袋をはめて、おそるおそるケージに近づいた。ピットブルが鼻づらでケージの扉を押しあけようとしたとき、ケサダが掛け金をはずした。体重四〇キロのピットブルがコロセウムにまっすぐ突進するのをとめるのに、ケサダは渾身の力をこめた。両脚と手袋をはめた手で妨害しながら、手袋をはめたもういっぽうの手を、太い首輪の下に差し込んだ。

怒り狂った獣がうなり、ふるえている子犬に跳びかかろうとして、鋼鉄の甲板を爪でひっかいた。ケサダがしっかり押さえているあいだ、ピットブルの雑種はクンクン鳴いたりうなったりして、力強い後肢を立てて逆らおうとした。

「放さないほうがいいわ」ハイタワーが、おもしろがっていった。ピットブルが小柄なケサダに襲いかかってずたずたに嚙みちぎるおそれがあった。もとから荒々しい性質なのを、テストの手順のために、よけい獰猛になるように訓練してある。

ケサダがどうにか反対の手をピットブルの首輪の下に入れて、勇み立っている街の殺し屋をコントロールし、コロセウムの入口へ向けることができた。

「手伝ってあげる」ハイタワーがデジタル時計のボタンをタップした。それでコロセウムの扉が上にあき、ケサダはピットブルを放すことができた。

ピットブルがうなりながらコロセウムの扉を通り、ケージのなかの血に飢えた犬がいっせいに吠えた。

残忍な殺戮は、数秒で終わった。ケージの犬たちがうなり、吠えたて、クンクン鳴くのが部屋に響き渡った。いずれもいま見た光景への反応だった。

ハイタワーは、デジタル時計をもう一度タップした。マリノアの子犬を持ちあげたが、足や鼻づらが白衣に触れないように、遠ざけて持った。ハイタワーの遺伝子操作によって、子犬が闘いに奇跡的に勝っていた。

ハイタワーはケサダにマリノアの子犬を渡した。ケサダが子犬を両腕で抱いた。子犬がケサダの顔を舐め、子犬の足が白衣を真っ赤に染めた。

ハイタワーのデジタル時計のアラームが鳴った。ハイタワーは手袋を抜いて、近くの診察台にほうった。

「行かないといけない」ハイタワーは、コロセウムのピットブルの血みどろの死体を顎で示した。「甲板員に手伝わせてこの汚れ物を片づけて」

ケサダは、洗い場にマリノアを運んでいくのに苦労していた。

「わかりました」

「それから、きょうの勤務時間中に報告を出して」

ハイタワーは、答を待たず、向きを変えて、早足で実験室を出た。

つぎは人間を処理しなければならない。

18

分析研究室にはいったとき、白衣に血の染みがひとつついていることに、ハイタワーは気づいたが、わざわざ着替える時間をかけるには及ばないと判断した。他人がぐずぐずしているのには耐えられないし、自分に対してもおなじだった。無能な人間はいつでも口実をこしらえるが、時間厳守ほどたやすいことはない。

ハイタワーは、ドアの電子ロックに暗証番号を打ち込み、広い施設にはいって、ドアを閉めた。すべて男のあらたな補充人員十人が、人種や国籍など、自分たちなりにグループをこしらえて、ゴムのマットを敷いたジムの床にうずくまっていた。大柄で筋肉が盛りあがっているものも何人かいたが、小柄で引き締まった体つきの男もいた。ほとんどがその中間だった。肥満体や身長一七〇センチよりも小柄な男はいなかった。

全員がおなじジム用ショーツ、ランニングシューズ、Tシャツという格好だった。携帯心電計を腕時計のように手首にはめ、朝に採血して確認した血液型が、小さな

〈バンドエイド〉に記してあった。頭にかぶっているスイミングキャップの電子脳機能モニターの接続をよくするために、頭は剃りあげてあった。

ハイタワーがはいっていくと、全員の目がそちらを向いた。全員が彼女と会っていたが、そのときは状況がまったく異なっていた。

ハイタワーは、一同のようすを一瞬で見てとった。新人のひとりが問題を起こしそうな態度だったが、いまは無視することにした。

奥の壁に面してトレッドミルが二十台ならび、その上にそれぞれのトレッドミルのデータを表示する大型液晶モニターがあった。べつの壁ぎわには、一二〇ポンドまでのさまざまな重さのゴムに覆われた八角形のダンベルがならんでいた。ハックスクワット・マシン、ディップ・ステーション、懸垂バー、ジャンプロープ・ステーションといったフィットネス器具もそろっていた。

差し渡し六メートルの空のケージも、奥の隔壁の近くに一台置いてあった。

ほっそりしたエストニア人の技師が、ノートパソコンの向こうに立っていた。ハイタワーがはいっていくと、目をあげて、挨拶代わりに笑みを浮かべた。

「対象は準備ができています、ハイタワー博士」

「よろしい。はじめましょう」

エストニア人がノートパソコンのキーをひとつ叩くと、トレッドミルのモニターのうち十台のスクリーンが明るくなった。一台ごとに、異なる識別番号と、脳波や脈拍の生データが表示された。元囚人の新人たちは、ディスプレイに気づいて、興味を示した。名前が表示されていないので、だれのデータがどのモニターに表示されているのか、突きとめようとした。

「みんな、こっちを見て」ハイタワーは、命令する口調でいった。新人が全員、首をまわした。

「おまえたちはすべて、われわれの条件付けプログラムを受けると志願した。ここにいる集団向けのプログラムは、きょう開始される。おまえたちの個々の成績の基準を確立するために、おまえたちが厳密に従わなければならない体力強化法を、われわれは用意している。その基準が確立したら、おまえたちの個々の欠点に応じてプログラムを調整する。全員、理解したか？」

うなずくものもいれば、肩をすくめるものもいた。

「おまえたちの欠点を補うために、われわれはおまえたちの生物学的ソフトウェアにハッキングで侵入し、ゲノムを編集する」

新人の何人かが、不安気に顔を見合わせた。

ハイタワーは、おなじ反応を何度となく目にしていた。

「心配は無用だ。外科手術はやらない。痛みはまったくない。われわれはおまえたちをもっと優秀にし、速くし、強くする。おまえたちの肉体的能力は、どんなプロのスポーツ選手や、特殊部隊戦闘員をもしのぐようになる。さらにすばらしいのは、痛みを感じず、恐怖も味わわないことだ」

「Xメンみたいに！」ひとりが叫んだ。落ち着かない笑い声が、ざわざわとひろがった。

「そんな感じよ」ハイタワーはいった。緊張が解けた。いい兆候でもあるし、よくない兆候でもあった。用心しなければならない。この男たちは、まだコントロールできない爆発性の化学物質が詰め込まれている肉の塊にすぎない。

「ここを出たら、おれたちはどうなるんだ？」べつの新人が質問した。

「わたしの同僚のジャン・ポール・サランが運営している訓練キャンプに送られる。そこで戦闘の基本を教え込まれる」

「銃か？」新人ひとりが期待をこめてきいた。

「ライフル、拳銃、手榴弾、ナイフ、武道、無人機（ドローン）の操縦も。なにもかも」

「そのあとは？」

「サランが選んだ任務に就く」

「拒否したら？」

「刑務所に戻され、刑期の残りを務める」

「金はどれくらいもらえるんだ？」

「一生かかっても使い切れないくらい」

〝一生〟というのは真実だった。ハイタワーは教えなかったが、肉体を強化した結果、余命は大幅に短くなる。せいぜい二年しか生きられない。

男たちが笑い、体をぶつけあって、にわかに部屋が暑くなった。だれもが、巨万の富と、それがもたらす楽しみと幻想に囚われていた。

ハイタワーはにやりと笑った。この男たちは気づいていないが、記憶も消去される。過去の暮らしと、これから経験する条件付けの過程を思い出せなくなるだけではなく、この会話すら憶えていないだろう。

「やめたいひとは？　やめるならいまよ」

ハオというアジア人が、よく発達した上腕二頭筋を大きく見せるために、腕組みをして立ちあがった。左腕に龍の刺青があり、属していた犯罪組織を表わす14K三合会という文字も彫られていた。

「やめるわけがないだろう？　監獄でじっとしているよりずっとましだ」ハオがいった。この場にいるほかの男たちとおなじように、なまりは強いが英語でしゃべっていた。最低限、英語がわかることが、プログラムの採用基準のひとつだった。

そのほかの男たちが笑った。

ハイタワーは、それを無視した。

腰に両手を当てたガーナ人が、強い口調できいた。「ほかに質問は？」「スレマナはどこだ？」

「おまえのいとこは、この船の医務室にいる。けさ健康診断をしたときに、彼の血液がひどい黴菌（ばいきん）に感染していることがわかった。いま抗生物質を大量に打って、治療している。快復したらつぎの集団に参加するはずよ」

「快復しなかったら？」

ハイタワーは、はじめて笑みを見せた。「一生に一度のチャンスを逃すことになる。ほかに質問は？」

もう質問はなかった。

ローズ奨学生で満員の講堂で話をしているわけではないと、ハイタワーにはわかっていたが、全員がＩＱテストで高得点をあげ、ふたりはことに知力が高かった。科学的手法やプログラムの設計について質問があるとは思っていなかった。彼らは虚勢を張り、冷笑的だったが、不安になり、怖がっているのを、ハイタワーは知っていた。だが、すくなくともひとりが、脱け出すことを考えるか、あるいは抵抗を組織しようとするはずだと、経験からわかっていた。

それに、それがだれなのか、おおよその見当がついていた。

ハオがハイタワーの体を眺めまわした。反抗と威圧を示す行動だった。

ハイタワーは、ハオを無視した。「それなら結構。トレッドミルからはじめる。ウォームアップのために、最初は楽なウォーキングよ。そのあと、わたしの助手のソルガ博士が、徐々に速度をあげる。心臓血管系の健康と、スタミナの全体のレベルを測定するのが、このテストの目的よ」

ハオが、となりに立っていた中国人のほうにかすかに首をまわして、なにかをささやいた。

ふたりは、内密のジョークにくすくす笑った。

ハイタワーは、条件付けによって聴力が強化されていたので、それをすべて聞くことができた。北京語も理解できる。遺伝子研究の一環として、中国の科学雑誌や、世界最高の学者が何人もいる中国の論文を読み、話すことができなければならなかった。

おおざっぱに翻訳すると、動悸が起きるような一夜の肉体関係で、ハイタワーの心臓血管の健康がどれほどなのか試してみようと、ハオはいっていた。

「おまえはわたしについてこられないと思う」完璧な北京語で、ハイタワーはいった。

新人の大部分は中国語を話せないが、ハイタワーの口調から、筋骨たくましい中国人ギャングをこきおろしたのだとわかった。彼らは爆笑した。

ハイタワーは、液晶スクリーンに視線を投げた。全員の脳波が落ち着かなくなるとともに、脈拍がすべて速くなっていた。

ハオがにやにや笑い、節くれだった手を脇に垂らして進み出た。ハオの脈拍は、全員のなかでもっとも遅かった。

かなり冷静なやつだと、ハイタワーは思った。

ハオが、まわりの男たちを一瞬見まわしてから、ソルガを見て、ハイタワーに視線を戻した。

「なあ、おばさん。あんた、口数は多いが、ほんとに愛らしい唇だな」

あとの男たちが、歓声をあげたり、笑ったりした。部屋のなかの活力が変化した。

ソルガが、不安になってノートパソコンから目をあげた。

ハオは、ソルガの弱点を見てとった。あとの男たちも、それに気づいた。ハオは、ガーナ人をちらりと見てから、ソルガのほうを指差した。大男のガーナ人が、無言の命令に従い、ソルガのノートパソコン・ステーションのほうへ行った。

そのほかの新人たちは、興奮気味にささやき合った。野卑なエネルギーが、電撃のように彼らのあいだを走り抜けた——襲いかかる直前の狼の群れのように。

そういう男が十人、ハイタワーは独りきりだ。

それに、ハイタワーはものすごい美女だった。

ハオが、鹿に迫るクーガーのように、軽やかに近づいた。

ハイタワーは、ハオの力強い太腿とふくらはぎの筋肉の太い筋を見てとった。

ハイタワーは笑みを浮かべた。

「なにか魂胆があるのね、ミスター・ハオ」

ハオがなおも近づいた。「魂胆？ そんなものはねえよ」

男たちが馬鹿にするように笑った。おもしろくなってきた。

ガーナ人が、肉付きのいい手でソルガの白衣の襟をつかんだ。

「そう。魂胆はないの？ だったらもっとちっちゃいものにちがいない」ハイタワーはいった。「かなりちっちゃいやつよ」

ハオが悪態をつき、掌でハイタワーの顔を叩こうとした。

だが、ハイタワーの片腕が牛追い鞭（むち）のように突き出され、その前にハオの顔をひっぱたいた。鋼鉄の隔壁に音が反響するくらい、激しい平手打ちで、ハオの頰に手の形の赤いミミズ腫れができた。

男たちの半分が大声で笑い、あとのものはハイタワーの攻撃の速さに衝撃を受けて息を吞んだ。

ハオはそのどちらでもなかった。ハイタワーの大きな白い喉をつかんで首を折ろうとして、両手を突き出して突進した。

だが、ハイタワーの強化された視力は、ハオの襲撃前の微小な生理学的指標を感知し、先に跳びかかった。

力強い脚でしゃがんでから、両手を三角形にして、斜め上に躍りあがった。うめき声を発して、掌の付け根をハオの顎の下に叩きつけた。

ハオの砕けた下顎が、ぞっとするようなグシャッという音とともに上の歯列に食い込み、首がＰＥＺディスペンサー（キャラクターの頭を曲げるとキャンディやガムが出てくるおもちゃのような容器）のようにうしろに曲がった。頭蓋骨の付け根のところで脊椎が折れて、ハオは即死した。死体が宙を飛び、鈍いドサッという音とともに数メートル離れたゴムの床に落ちた。

生き残りの新人九人は、恐怖のあまり目を剝いて、ハオの死体を見つめた。

ハイタワーは、自然な姿勢に戻り、何事もなかったかのように、白衣の乱れをなおした。

新人たちは、驚嘆し、啞然として、ハイタワーのほうを向いた。ガーナ人はすまなそうにソルガを解放して離れていった。

ハイタワーは、ハオの液晶モニターを指差した。

新人たちが向きを変えて、それを見た。

ハオの脳波はゼロの状態になり、脈拍はあっというまに直線になった。

「さっきもいったように、おまえたちの条件付けは、きょう開始される。厳密にいえば、もうはじまっている。質問、意見、心配なことはあるか？」

全員が首を横にふった。

「それなら、はじめよう」

19

ブラジル、ジャヴァリ谷

ジュリア・ハックスリーは、友人のアリーニ・イシドロ博士に早く会いたかった。おたがいにハグする機会があってから、二年以上たっている。ジュリアは、アリーニの家族の消息をソーシャルメディアで追っていたが、じかに会うことの代わりにはならない。養女にした双子の女の子や、自分たちが跳び込んだ冒険の数々について話すとき、アリーニはいつもうれしそうな声になる。アリーニは、医師としても公衆衛生の専門家としても、すばらしい人生を歩んでいるが、子供たちのことに夢中になっているのは明らかだった。アリーニが娘たちのもとを離れ、奥地へ分け入ったのは、先住民の毒矢族の幼児死亡率が急上昇しているという不安な情報のせいにちがいない。僻地にいる最後の先住民の生活様式を護るために、立ち入りを厳しく禁止されている地域にはいる特別許可をアリーニが確保できたのも、幼児死亡率が増大したからにほかならない。

ジュリアは、時間のことが心配だった。違法な砂金採りキャンプを迂回(うかい)したために、予定から大幅に遅れている。部族がすでに移動した可能性もある。毒矢族のキャンプに向けて最後の数百メートルを重い足どりで歩くあいだ、ジュリアの脳裏でかすかな懸念がつねに低くざわめいていた。暴風雨が弱まって、衛星携帯電話が通じるようになってから、ジュリアはアリーニに連絡をとろうとしたが、アリーニは電話に出なかった。

いろいろな面で、それももっともだと思えた。アリーニは『スター・トレック』の〝プライム指令〟のようなものに基づいて——先進的ではない文化の自然の発展に干渉しないように——行動しているのだろう。毒矢族が自然な状態を維持できるようにするのが、保護区を設定するそもそもの目的なのだ。アリーニが〝魔法の箱〟を使って、はるか遠くにいる見えない人間と急に話をはじめたら、牧畜をやっているアーミッシュに宇宙人がとてつもなく刺激的なテクノロジーを持ち込むのとおなじように、部族民に大混乱をもたらすにちがいない。とにかく、土砂降りの雨がふたたびポンチョのフードを叩く音のなかで、ジュリアはそう自分にいい聞かせつづけた。

リンクがふりむいた。黒い顔と大きな白い目が、ポンチョのフードのくぼみに囲まれていた。雨具を叩く雨の音のなかで、リンクは叫ばなければならなかった。

「その先だ！」

疲れ切っていて大声で返事できなかったジュリアは、重いバックパックにひっぱられて肩が痛かったにもかかわらず、熱意をこめて左右の親指を立てた。来週に誕生日が来る双子のために持ってきた小さな純金のネックレスを、アリーニに早く渡したくてたまらなかった。

ジュリア・ハックスリー博士は、経験豊富な戦闘医官で、死を何度も目にしてきた。虐殺現場をみずから間近に見たことがあるだけではなく、ちぎれた肉や骨を熟練した手で修復したこともあり、神の恵みで何人かの命が救われる場合もあった。これまでの仕事人生で、何度となく検屍（けんし）を行ない、死因を調べるために、皮膚、内臓、脳を解剖した。患者が生きていても死んでいても、手術台でひるんだことは一度もなかった。長年の医療の経験を通じて、冷静さを失ったことは一度もなく、嫌悪のあまり目をそむけたり、吐き気を催したりすることもなかった。

だがいま、黒焦げになった先住民の遺体の山の前に立ち、泣きわめきたいという激しい思いと、腹のなかのものをすべて吐きたいという衝動にかられていた。

「三十人くらい積まれているにちがいない」リンクが沈鬱な声でいった。「もっと多いかもしれない。あれは毒矢族じゃないか？」

徹底した検査を行なわないと、犠牲者ひとりひとりを識別するのは不可能だった。だが、いくつかの無傷の骨と、頭蓋骨の破片からして、先住民の遺体にちがいないと、ジュリアは推測した。

「そうにちがいない」

ジュリアは、無残な遺体に視線を走らせた。一部は灰になり、その灰がいま降っている大雨でヘドロのようになっていた。だが、骨や頭蓋の一部がかなりの数残っていて、それにくっついている皮膚が古い羊皮紙のようにもろく、黒ずんでいた。

ジュリアは意を決してそこに近づいた。数時間前まで燃えていたにちがいない残り火を、容赦ない雨が消していた。それでも、ジュリアが手を灰の山に近づけると、温かいのが感じられた。

ジュリアは、過酷な長距離の歩行と重い荷物のせいでひきつった首の筋肉と背中の凝りをのばした。バックパックは近くの木の幹に立てかけてある。ジュリアはもっとも近くにあった頭蓋骨の破片のそばでひざまずいた。

「砂金採りがやったのだと思う?」装備から出した鉛筆で額の破片の弾痕に触れながら、ジュリアはきいた。

「その可能性は低い」焼かれた遺体の山の周囲の地面を捜しながら、リンクがいった。しゃがんで、真鍮の空薬莢を拾い、よく調べるために目の前にかざした。

「なにを見つけたの?」ジュリアは、側頭部に弾痕がある、べつの焼け焦げた頭蓋骨を見つけた。

「九×二一ミリ、ギュルザ弾」

「ロシア製?」ジュリアは、手がかりを求めて、焼け焦げた骨の山をつつきまわした。

「ただのロシア製じゃない。抗弾ベストを貫通する威力があり、ロシア連邦警護庁が使っている」

「ロシアの秘密警察。特殊な弾薬」

「連邦保安庁も使っている」リンクはいった。「そういう連中が、いまアマゾンで砂金を採ってるとは思えない」

リンクはなおも地面を見ていた。「ほかに空薬莢はない。片づけたにちがいない。こいつらはプロだ。砂金採りじゃないことはたしかだ」

「つじつまが合わない」必要以上に遺体を乱さないようにして、黒焦げになった大腿骨を鉛筆で押しのけながら、ジュリアはいった。

丈の高い叢で、リンクがべつの光っているものを見つけた。走っていって、それを拾いあげた。

「先生(ドク)――」

だが、ジュリアは、一部が無傷だった手のあまり焼けていない皮膚に目を落とし、動悸が激しくなっていた。手首の小さな蝶二匹の刺青が、炎に焼かれずに残っていた。女の子ふたりを養子縁組斡旋(あっせん)業者から引き取る前に、アリーニがその刺青を入れたことを、ジュリアは思い出した。

「先生(ドク)」

ジュリアは目をあげた。リンクが合わせている指先から、切れたシルバーのチェーンが垂れていた。輪の下に金の十字架があった。

ジュリアはうなずいた。「アリーニのネックレスよ」焼け焦げた手を指差した。「これは彼女にまちがいない」

「どうしてこのひとたちを殺したんだろう?」

ジュリアは立ちあがった。「それを突きとめる」

「埋葬したいと思っているんですか」リンクがきいた。すべての遺体をという意味ではなく、ジュリアの友人のことだった。

「いいえ。法的には、ここは犯罪現場よ。できるだけこのままにして、当局に任せたほうがいい。でも、だれがこれをやったのか、わたしたちが突き止められるかもしれない。どこかにもっと手がかりがあるはずよ」

「あるかもしれないが、ここを離れたほうがいい」リンクはマチェーテを持ちあげた。「銃に対する防御には、あまり役に立たない武器だ」

「犯人はとっくに遠くへ行ったでしょう」

「そうとは限らない。ほんとうにここから遠ざかるべきだ」

リンクは、木立の奥を見あげた。太陽は暴風雨の雲に隠れているだけではなく、高い林冠の向こうで沈みかけていた。じきに暗くなるし、ジュリアは疲れ切っているから、仮設滑走路まで戻るのは無理だ。ことに夜の闇のなかでは。

「五キロ手前で開豁地を通った」リンクはいった。「そこで野営したほうがいい」

ジュリアは、焼かれた遺体の山をちらりと見た。落胆していた。アリーニが埋葬されず、だれにも見守られず、ここで雨風に打たれるままになると思うと、心苦しかった。神聖を汚すという言葉が、心を引き裂いた。だが、ここで友人の遺体のそばにいて一夜を過ごすという考えには耐えられなかったし、アリーニの遺体を持ち出せば、将来の捜査を阻害するかもしれなかった。

ジュリアは、元気を取り戻して、自分のバックパックのところへ行った。「文明社会に戻ってこれを通報するのが、わたしたちにできる最善の方法よ」

リンクが、アリーニの十字架とネックレスを差し出して、ジュリアのひらいた掌に置いた。

「ありがとう」ジュリアはそれをちらりと見て、千々の感情をこらえながら、シャツのポケットに押し込んだ。嘆き悲しんでいる場合ではない。

「医療用品は置いていけばいい」リンクは、ジュリアのことを気遣い、彼女のバックパックのほうへうなずいてみせた。

「その悪党どもにアリーニの医療品を盗まれると思うと耐えられない」バックパックのストラップを両肩にかけながら、ジュリアはうめいた。「わたしならだいじょうぶ。行きましょう」

リンクが、巨大なバックパックのハーネスを楽々とひっぱって、広い背中に背負った。ジュリアにうなずいてから、さきほど通った踏み分け道に向かった。

ジュリアはすぐうしろにつづいたが、ちょっと立ちどまった。ふりむいて、灰の中に横たわる親友に最後の一瞥を向けた。アリーニの夫や娘たちにどういえばいいのだろうと思ったが、たちまち涙が溢れた。ジュリアは涙を拭い、向き直って、叢林のなかに姿を消した。

20

大男で筋肉隆々のナイジェリア人傭兵のサムソンは、早朝の光のなかで葉叢を押し分け、先住民を虐殺したキャンプにはいっていった。リストが、サムソンとマレーシア人傭兵のマットに、捜索範囲をひろげてもっと先住民を捜すよう命じていた。毒矢族のべつの既知の集団からDNAサンプルを採取するために、全員がヤンウェン博士の指示で活動していたが、それが予想以上に困難だった。

リストは、他の集団に知られることなく先住民の一集団を殺すことができたと考えていた。しかし、銃声を聞かれるか、生き残りが逃げて他の集団に警告したおそれがある。理由はどうあれ、毒矢族は評判どおり、ジャングルのなかでは幽霊のように捉えがたかった。

リストは、そのキャンプを標点にして、升目状の捜索範囲を設定していた。サムソンはリストが指定した二〇キロメートルの升目の捜索を終え、つぎの升目を捜索するために標点に戻ったところだった。マットが最初の升目のどこかにいて、リストも自分の受け持っているもっと狭い範囲を、科学者ふたりを連れて捜索しているはずだと、サムソンにはわかっていた。

サムソンは、バックパックをおろして木の幹に立てかけ、水筒を出した。激しい渇きをいやすために、ごくごくと水を飲んだ。溺れかけている人間のように考えがまとまらなかった。この数時間、数多くの疑問が脳に殺到していたが、センテンスも言葉も思い浮かべることができなかった。遠くの岸から、だれかが不明瞭な声で叫んでいるようだった。過去についての思念が、でたらめに入り混じっていた。父親や母親の映像を思い描こうとしても、顔のないぼやけた形しかこしらえることができなかった。意識が曇っているせいで不安になり、激しくなる太鼓の音のようなすさまじい頭痛が、なにもかも押しのけるよう命じたので、サムソンはそうした。空に近い水筒をケースに戻すのとおなじくらい簡単だった。たちまち頭痛が収まった。

ヒスパニックの女のにおいが蘇った。楽しみを味わわずにあんな美人を殺すのは、とんでもない無駄だ。だが、それを思うだけでも、こめかみがずきずき痛んだので、その恨みを押しのけ、すぐさま訪れた安堵を楽しんだ。鋭くなっているサムソンの目が、ことになにも意識することなく、キャンプを見まわした。考えるよりも見るほうがずっと楽だ。だが、叢に見慣れない模様があった。

サムソンは、焚火のあとに近づいてしゃがんだ。太い人差し指が、巨大なブーツの足跡の上で揺れ動き、足跡を乱すことなくその輪郭をたどった。自分の足跡とおなじくらい大きかった。サムソンは立ちあがり、自分のブーツの足跡と見比べられるように、片方の踵をあげた。サムソンやほかの男たちがはいているブーツの底とは、模様が異なっていた——傭兵と科学者たちは、おなじブランドのブーツをはいている。

サムソンは、秘話無線機を腰のケースから抜いた。

「リスト、リスト。サムソンだ。どうぞ」

ナイジェリア人傭兵のサムソンは、つかのま待った。その携帯無線機の実用交信範囲は、最善の状態でもジャングル内では八キロメートルだったが、暴風雨が断続的にあり、樹木が多いので、リストやマットと連絡がとれないことがしばしばあった。しかし、つぎの瞬間、リストが応答した。

「リストだ。先住民を見つけたのか？」

「ちがう。だが、客がいる」

「どんな客だ？」

「サイズ一六のコンバット・ブーツをはいている客だ」

リストは無線機を握り締め、潰しそうになった。とんでもない悪い報せだった。サムソンは抜群の狩人で、そのためにこの任務に選ばれた。サムソンがまちがいを犯すことはありえない。

リストは、送信ボタンを押した。「砂金採りか？」

「ちがうと思う。ほかにも足跡を見つけた。女だ。どうしてほしい？」

リストは口ごもった。サムソンのいうとおりだ。では、いったい何者がこんなところに来たのか？　ボスのサランは、ブラジル政府にコネがある。当局が地方の部隊か連邦軍を派遣したのなら、それを知っているはずだ。

知る方法はひとつしかない。リストはまた送信ボタンを押した。

「ここへ来る手段は飛行機しかない。できるだけ早く、例の簡易滑走路へ行け。だれも離陸させるな。踏み分け道でそいつらに追いついたら、捕らえろ――だが、殺すな。どういうことなのか知る必要がある。そいつらを見つけたら、連絡しろ。わかったか？」

「明瞭に了解」

「それなら、早く行け」リストはマットを呼び出してきいた。「簡易滑走路までどれ

「くらいだ?」

「二〇キロメートル。なにか問題か?」

「訪問者がいるとサムソンが考えている。サムソンを簡易滑走路へ行かせた。おまえもそこへ行け」リストは、サムソンにあたえたのとおなじ指示をくりかえし、通信を切った。

ヤンウェン博士が、リストに近づいた。ショートの髪がもつれ、虫に嚙まれて皮膚に水ぶくれができていた。過酷な夜間捜索で、疲れ果てていた。

「あなたの話を聞いた。もうだれも殺さないことが必須よ」

「警備はおれに任せろ」リストはいった。

ヤンウェンは、疲れ切った体に残された勇気をかき集めた。威嚇、虫、暑さにはうんざりしていた。なによりも、毒矢族のべつの集団に逃げられていることが、腹立たしかった。だが、殺人の共犯として逮捕されることだけは避けたかった。応援を求めて、シュヴェーアス博士のほうを向いた。大柄なドイツ人のシュヴェーアスが、励ますようにうなずいた。

「あなたはわたしの警護を指揮している。そこにいるだれかを殺すのは、わたしを護ることにはならない。わたしたち全員を危険にさらすし、さらに重大なのは、プロジェクトを危険にさらすことよ」

リストが、脅しつけるようにヤンウェンをじろりと見てから、襲いかかろうとしているホオジロザメのような鋭い目つきになった。「おれの命令を聞いただろう。殺さずに捕まえろといった。何者か、知る必要がある」

「そのあと、どうするの？　解放するつもり？」

リストが、にやりと笑った。「あんたはどう思う？」

ヤンウェンは抗議しようとしたが、そうはせず、考えをめぐらした。

「ほら、全体像が見えてきたんだな」リストはいった。「そいつらがおれたちのことを垂れ込んだら、もうプロジェクトはなくなる。とにかく、あんたのプロジェクトはなくなる。刑務所入りか、もっとひどい目に遭う。用済みになったあとで」

「だれがそうするの？　ブラジル政府？」シュヴェーアスがきいた。

「それはありえない。もっと最悪の脅威だろうな。だから、何者なのか突きとめないといけない。おれたちのことをどうやって知ったのか、プロジェクト全体にどういう危険があるかを」

「わたしたちがこのまま出発すればいいんじゃないの」シュヴェーアスがいった。

「わたしたちはまだ任務を終えていない」ヤンウェンが反論した。

リストは、無線機をケースに押し込んだ。「あんたらふたりは、じっとしてて、休憩しろ。一歩も動くな。おれの部下が用事を終わらせ、おれがあんたらの貴重な先住民を捜す。無線機のスイッチを入れたままにしろ。それから、おれがいないあいだに、すこしは役に立つように、ここにキャンプを設営しろ」

科学者ふたりが抗議する前に、リストは捜索範囲を調べ終えるために、叢林に姿を消した。

リストが開豁地から出ていったとたんに、ヤンウェンはシュヴェーアスのほうを向いた。きのうの虐殺以来、ふたりで話ができるのは、これがはじめてだった。

シュヴェーアスの主な仕事は、作戦中に厳密な間隔で傭兵三人に投薬をつづけることだった。遺伝子を操作された三人の体は、過度のアドレナリン、テストステロン、エンドルフィンを分泌している。ハイタワー博士が設計したその遺伝子操作とそのほかの療法が組み合わさり、視力、力、エネルギーなど、人間の肉体と認識の性能のほとんどすべての要素が向上し、痛みの感覚が弱まり、恐怖がなくなり、恍惚(こうこつかん)感を味わうようになっている。

だが、遺伝子操作されている体の点検が行なわれないと、強化されたそれらの要素の組み合わせによって、アクセルペダルをめいっぱい踏んだままで車を運転するのとおなじことになる。実験対象と周囲の人間に、それが壊滅的な影響をもたらす――まさにきのうのように。

ヤンウェンは、大股でシュヴェーアスのほうへ行った。リストが強化された聴力で話をきけるところにいるかもしれないので、声をひそめた。

「これはすべてあなたのせいよ。どうして彼らの医療パッチをなくしたの」

シュヴェーアスが、腹立たしげに顔をこすった。薬剤パッチは、アドレナリンの増加とそれに伴う肉体的・精神的効果を抑えるように設計されていた。要するに、心と体の緊張を和らげ、アクセルから足を離すように仕向けるためのものだった。傭兵たちは、そのパッチが自分たちの健康を守るためのものだと知っている。しかし、それを重視していなかった。それどころか、それを憎み、〝ブレーキパッド〟と呼んで馬鹿にしていた。実弾を込めていつでも撃てる状態の銃器とおなじ状態の傭兵たちは、無敵の超人(スーパーマン)になる。魔法のマントを奪われるのを望む超人(スーパーマン)がどこにいるというのか？

「どうしてなくしたのかわからない。考えれば考えるほど、リストかあとのふたりのうちのどっちかが盗んだような気がする」

「そんな馬鹿な」

「そうかしら？　彼らがブレーキペダルを嫌っているのは、知っているはずよ」

「どうでもいいわ」ヤンウェンはいった。「あとのDNAサンプルを採取したら、すぐに基地に戻って、補給すればいい」

先住民虐殺のことを考えて、シュヴェーアスの目が涙で曇った。「やっぱり、ハイタワー博士に、なにがあったか知らせたほうがいいと思う」

「ハイタワー博士の研究は、日増しに改善されているし、わたしたちには人類の運命の方向を変えるのを手伝う機会がある。その一翼を担うチャンスは逃せない。あなたはどうなの？」

ハイタワーのクリニックは、トランスヒューマニスト・テクノロジー――人類バージョン2・0を創造する科学――の最先端を切っていた。最初の段階は、バイオテクノロジーによって、人体の性能を大幅に向上させることだった。つぎの段階は、その改善された人体と人工知能を、ワイヤレスの脳‐コンピューター・インターフェイス・インプラントで融合することだった。このインプラントは、あらゆる意識を量子インターネットの力とつなぐだけではなく、ほんものの電話通信で相互接続する。最終的に人間生物学は廃され、人間の意識を世界共通の不道徳なクラウドにアップロードすることで、不道徳が勝利を収める。

それは、シュヴェーアスのような無神論者にも信じられる宗教だった。ハイタワーは彼女の信仰で最高位の聖職者であるだけではなく、崇拝と献身の目標でもある。

シュヴェーアスは首をふった。「もちろん、逃せない」

「だったら、わたしたちは口を閉じて、顔を伏せていましょう。これを切り抜けるのよ」

「でも、わたしたちもおなじように、あの火葬の山に投げ込まれるんじゃないかという考えが、頭を離れない」

シュヴェーアスのいうとおりだと、ヤンウェンにはわかっていたが、それはどうにもできない。弱気なシュヴェーアスがパニックを起こさないように気をつける必要がある。

「でも、彼が完全に自制を失うことはないんじゃないの？　心配するのはやめて」

「これ以上、殺人の共犯にはなりたくない」

「どうにもならないことよ。当局がわたしたちを見つけたら、プロジェクトはおしまいになりかねない――わたしたちも」

「わかっている。だからといって、それでいいとは思えない」

「科学が他人の苦しみによって進歩することが多いのは、あなたも知っているはずよ。多数の利益のために、少数が犠牲にならなければならないこともある。愉快なことではないけど、それが現実よ」

シュヴェーアスが、あきらめの溜息をついた。「それじゃ、リストにいわれたように、じっとしているわ」

「賛成。だけど、あいつの家政婦になるのはごめんだわ」

リストが無線通信を切ると同時に、サムソンは拳銃をもう一度点検して、ホルスターに収めた。水の残りを飲み干し、頭のなかで計算した。簡易滑走路まで、直線距離で三〇キロメートルを超える。雨でブーツの足跡が崩れていた。この侵入者たちがどこまで行ったか、判断がつかない。追いつくには、全力で走らなければならない。

21

もっとひどい目に遭っていたかもしれないと、ジュリアは思った。熱帯雨林を抜ける昨夜の強行軍は、ＬＥＤヘッドランプがあっても危険が大きかったし、キャンプ設営はとてつもなくつらかった。

ありがたいことに、リンクの的確な判断で、寝袋用に蚊帳の役割も果たすハンモックが用意されていた。夜通しふたりのまわりに群がっていた容赦ない吸血攻撃機の猛攻を防ぐことができただけではなく、午前二時に雷雲が炸裂して奔流が小さなキャンプを水浸しにしたときも、高みにいて水に浸からずにすんだ。

数時間後、暗い樹冠から朝の陽光が漏れてきて、ふたりは目を醒ました。大男の元狙撃手のリンクは、ライフル、素手での格闘、ナイフでの戦い、地上でのナビゲーションに長けていたが、その朝の食事を用意する技倆は、ジュリアに譲った。リンクは補給品をすべて宙づりにして、文字どおりベーコンを救った（災難を防いだという意味の成句）。食べ物を漁(あさ)る動物に食糧を盗まれるのを防いだだけではなく、夜のあいだに嵐によってハンモックの下で発生した洪水で押し流されるのも防いだ。

ジュリアは、信頼できるドイツ製の〈エスビット〉携帯コンロを出して、小さな固形燃料タブレットに点火した。数分間で湯を沸かし、カップふたつにインスタントコーヒーをこしらえた。オレゴン号で飲む挽きたてのコーヒーとはちがうが、〈スターバックス〉のVIAイタリアン・ダークローストは、元海軍のふたりがじゅうぶんに満足するくらい濃かった。リンクが一杯目を飲み終えるあいだに、ジュリアはフレームレス・ヒーターを使って、ハッシュブラウンポテト、パプリカ、オニオン、ベーコンの朝食用即席糧食(MRE)を温めた。

食事を終え、二杯目のコーヒーを飲み干すと、ふたりはそれぞれに衛生措置を済ませ、キャンプをたたんで、早めに出発した。ふたりともよく眠れなかった。ジュリアは重い荷物を背負ったきのうの強行軍で、これまで経験したことがないくらい体が痛かった。だが、アリーニと毒矢族の群れが残忍に殺されたことを通報するために、文明社会に戻りたいという強い願望が、けさのジュリアの原動力になった。

「そんなに長くかからない」小雨がふりはじめたとき、リンクが肩越しにいった。

「すぐうしろにいるのよ」

「野獣みたいだね、先生(ドク)」

ジャングルの高い林冠が雨を防いでいたが、踏み分け道のそのあたりはぬかるみ、水溜まりができていて、もつれた木の根のせいで進行が捗(はかど)らなかった。

突然、はるか後方で銃の連射音が大気を引き裂き、ふたりは立ちどまった。


雨は数分前にやんでいた。ジャングルはふたたび虫の羽音に満ち、色鮮やかな鳥の甲高い鳴き声が響いていた。

チアゴ・クンハは、薄い肩にボロボロの中古のAK‐47を吊り、また煙草に火をつけた。ティーンエイジャーのチアゴは、砂金採りキャンプを警備する責任を負わされたことによろこんだが、たいして稼げなかった。じつはかなり支払われていたのだが、伯父がその仕事の〝斡旋手数料〟として、チアゴが受け取る報酬の半分をピンはねしていた。どうでもいいと思いながら、チアゴは〈マールボロ〉を長く吸い付けた。武装した見張りの稼業をおぼえて、一日に三度の食事にありつき、日曜日には村で、ボスたちが連れてくる売春婦とタダでやれる。金をもらえなくても、自分が護っているあわれな連中よりもずっとましだ。そいつらはまるで奴隷みたいに、砂金が混じっている泥や砂利を運んでは樋に入れている。

チアゴは鯉のようにぱっくり口をあけて、何度もくりかえし見た映画『ロード・オブ・ザ・リング』のパイプをくゆらす魔法使いを真似て、輪にした煙草の煙をそっと吹きだした。煙の輪ができたので、チアゴは頰をゆるめ、輪が顔からゆっくり離れるあいだ、笑い声をあげた。

だが、ライフルの照準器のような煙の輪のなかに、全力疾走で遠くの木立を抜けてきた巨大な人影がぼやけて見えていた。炭のように真っ黒い男で、筋肉の盛りあがった腕が汗でつるつるになっている。顎鬚を生やしたその男が平らな地面を横断する速度に、チアゴは度肝を抜かれた。男は両脚をポンプのように、両腕をピストンのように動かして、山の斜面を全速力で駆けおりているような速さで走っていた。

その光景に気をとられていたチアゴは、男が侵入者だということに突然気づいた。チアゴが注意しろと叫んでAK - 47を肩からおろす前に、大男の黒人は拳銃をチアゴに向けた。閃光が走り、一発が発射された。

チアゴの死体が泥の地面にぶつかると同時に、サムソンは全力疾走でそのそばを通った。

一度の銃声だけでも、そのほかの見張りの警戒を呼びさますのにはじゅうぶんだった。

たが、大男の傭兵のサムソンは、まったく気にしていなかった。視力が鋭敏になり、疲れを知らない脚は激しく動きつづけ、速度はまったく落ちなかった。ＡＫ‐47六挺の歯切れのいい轟音が空気を切り裂き、でたらめに放った弾丸が何本もの木の樹皮を吹っ飛ばした。甲高く鳴く鳥や悲鳴をあげる猿が、散り散りになって逃げ、砂金採りの男たちは物蔭に跳び込んだ。猛スピードでキャンプを駆け抜けるサムスンに、見張りはひとりとして狙いをつけられなかった。サムソンが引き金をめいっぱい早く引き、拳銃の銃声が響いた。サムソンの大きなブーツがキャンプの横の川で水飛沫をあげるころには、見張り五人が死に、四人が負傷していた。彼らの悲鳴と悪態が、ターゲットに向けて踏み分け道を疾走するサムソンの背後の森で反響した。

「砂金採りのキャンプの方角から聞こえた」ジュリアはいった。「ＡＫ‐47みたいだった」

「それに、拳銃も一挺」リンクがいった。「九ミリか、もっとでかいやつかもしれない」鞘からマチェーテを抜いた。「どっちみち、こっちには銃がない」

「進みつづけないといけない」

リンクは、砂金採りのキャンプに向けてくねくねとのびている、水浸しの踏み分け道をふりかえった。恐ろしいなにかが現われるのではないかという直感を、ふり払うことができなかった。

「ああ、そうだな」

22

サムソンが川を渡ったとき、小雨が降りはじめた。だが、その直後にそれが土砂降りの雨に変わった。ブーツの下の踏み分け道がでこぼこだったので、サムソンはすこし速度を落としたが、力が弱くなったり、疲れたりしているという感覚はなかった。ふつうのランナーの千倍のランナーズ・ハイの絶頂に達していた。感覚が暴走し、神経終末がぞくぞくしていた。最大限度まで肉体を酷使するときはいつも、言葉では言い尽くせないよろこびを感じる。それに、どんな形の戦闘も、自分の力を自覚して、無敵だという感覚を強めるのに役立つ。恐怖という概念は理解できるが、目が醒めたとたんに忘れる夢のように、それがどんな感じだったかはほとんど憶えていない。

前方の木の幹に、大きなバックパックがふたつ、もたせかけてあるのを目が捉え、サムソンの意識は一瞬にしてまた集中した。サムソンはぴたりと足をとめて、耳を澄ました。なにも聞こえない。接近しているのを物音で気づき、装備を捨てて、簡易滑走路に向けて走っていったのだろう。

「まもなくだな」サムソンはつぶやき、脚をさかんに動かしはじめた。小休止と、戦闘が間近だという思いが、残っていた力をいや増して、サムソンは踏み分け道を突進した。ブーツで水をはねかし、前方の暗い踏み分け道に目を凝らしながら、バックパックのそばを猛然と駆け抜けた。水溜まりの多い道で不規則にのたうっている木の根につまずく危険を冒しながら、全速力で疾走していた。

サムソンが、狭くなりはじめていた踏み分け道のゆるいカーブをまわったとき、一本のロープが地面から飛びあがり、踏み分け道を横切って、首の高さでピンと張った。ほかのだれかだったら、追跡者を不意打ちして地面に倒すために、リンクとジュリアが電光石火の早業で張ったナイロンロープに首をひっかけていたはずだった。

だが、ロープを見てから、それにぶつかるまでの一ナノ秒に、サムソンは身をかがめていた。

リンクは自分の目を疑った。一瞬、その大男がロープを駆け抜けたのかと思った。どうしてよけられたんだ?

だが、ナイロンロープは握ったままだったし、踏み分け道の向こうのジュリアのシヨックをあらわにした顔は、リンクの気が遠くなりそうな困惑をそっくりそのまま表わしていた。

ロープの唯一の効果は、怪物じみた巨漢がすさまじい速度で走っているときにかがんだために、バランスを崩し、飛沫をあげて水浸しの道に倒れたことだけだった。

リンクは、一瞬の茫然自失の状態から醒めて、早くも立ちあがって、拳銃を抜こうとしていた泥まみれの男に向けて突進した。リンクはラインバッカーのように跳びかかって、太い両腕を腰に巻きつけ、相手の左右の腕を脇に押さえ込んだ。筋肉隆々のリンクの体が猛烈な速さで飛んだので、ふたりいっしょに地面に倒れ、サムソンは仰向けになった。

リンクは拳銃に手をのばし、発射される前にサムソンの手からもぎ取ろうとしたが、サムソンがリンクの広い背中越しに左の拳で弱いパンチをくり出した。力がはいっておらず、リンクの側頭部をかすめただけだったが、それでも効き目があった。

ジュリアアは、自分のマチェーテを持って駆け寄り、サムソンがリンクになかば押さえ込まれて仰向けになっているあいだに、マチェーテをふりかぶった。

「銃を捨てないと、魚みたいにはらわたを抜く！」

だが、ジュリアアが脅しを叫んでいるあいだに、サムソンが左腕をリンクの首に巻きつけ、ふたりいっしょに転がって遠ざかった。こんどはサムソンが上になっていた。

ジュリアは、サムソンにマチェーテをふりおろせるように近づいたが、それがまちがいだった。サムソンの長い脚がさっと突き出され、ジュリアの向こう脛をブーツで蹴った。痛みのあまり悲鳴をあげて、ジュリアが仰向けに倒れた。

リンクは、自分よりも大きい男に押さえ込まれたままでもがき、片手でなおもサムソンの拳銃をつかんでいた。巨人同士の格闘のあいだに、リンクがマガジンリリース・ボタンに親指を近づけて押し、弾倉が泥の上に落ちた。

サムソンが、マガジンリリース・ボタンが押される音を聞き、リンクの首を絞めていた力を弱めて、弾倉を拾おうとした。

リンクはそのチャンスを待っていた。剃りあげた頭を、ボウリングのボールのように相手の顎に激突させた。

不意を衝かれたサムソンが、拳銃を握っていた力をゆるめ、リンクがその手から拳銃を引き抜いた。リンクは転がって、自分より大きい男の下から脱け出し、体をまわしてしゃがむと、やはりぱっと起きあがった相手に、拳銃の銃口を向けた。

「決着をつけようぜ、あんた」リンクは、相手の胸に狙いをつけながらいった。

サムソンはにやりと笑い――クロスボウから放たれた矢のような勢いで、リンクに跳びかかった。

リンクは引き金を引いたが、泥まみれの拳銃が作動不良を起こし、薬室に残っていた一発は発射されなかった。

今度は、リンクが空中を飛ぶタックルを食らう番だった——ただ、今回はふたりいっしょに倒れ込みはしなかった。

自分よりも力が強い相手に軽々と宙に持ちあげられ、リンクは成人してからはじめて、子供になったような心地を味わった。

ジュリアが悲鳴をあげ、マチェーテをふりながらサムソンめがけて突進した。サムソンが体をまわし、リンクの長い脚を野球のバット代わりにした。リンクのブーツがジュリアの肩に激突した。マチェーテが手から飛び、ジュリアは横向きに泥のなかに倒れた。

ジュリアが短いキャンプナイフを抜いて起きあがったとき、サムソンがリンクをさらに高々と持ちあげて、ぬいぐるみの人形のように地面にほうり投げた。リンクが息を詰まらせてウッという声を漏らし、頭が軟らかい泥にぶつかった。

ジュリアは、刃渡り一〇センチのナイフをサムソンの背中に向けて突き出し、脊椎を切断しようとしたが、サムソンのほうがずっとすばやかった。木の幹のような腕をさっとふり、バックハンドで吹っ飛ばして、ジュリアを気絶させた。サムソンが、まだ呼吸が戻らないリンクのほうへすたすたと歩いていって、ブーツをふりあげ、リンクの頭蓋骨を押し潰そうとした。ブーツをハンマーのように叩きつけようとしたとき、水がはねる音がうしろから聞こえた。

サムソンがふりむいたとき、木の枝を剣のようにふりおろそうとしていたタイニーが目にはいった。枝がサムソンの顔を横殴りに叩き、額に広い切り傷ができた。血が目に流れ込み、なにも見えないまま、サムソンは両手をのばして、大男のスウェーデン人に跳びかかろうとした。だが、タイニーは頭を下げて、頭頂をサムソンの顎に叩きつけた。顎の骨が折れる胸が悪くなるような音が響いた。

サムソンは、痛みよりも不意を打たれたショックでよろめいた。額の傷から流れる血で、顔が真っ赤に染まっていた。

タイニーは、よろめく脚で突進した。アドレナリンの分泌のおかげで、足首のひどい痛みが感じられなくなっていた。

サムソンは破壊的なパンチをくり出した。血で目が見えなくなっていなければ、命中していたはずだった。

タイニーはそれに反撃して、喉を殴り付け、サムソンの喉笛を潰した。

サムソンはよろけ、砕けた喉頭を押さえて、タイニーから遠ざかった。タイニーはなおも攻撃し、巨大な太腿をさかんに動かして、広い背中でサムソンに体当たりした。何年も前にウィスコンシン大学でコーチから教わったタックルのやりかただった。

サムソンが仰向けに倒れ、水飛沫をあげた。

タイニーはその上にのしかかり、鉄床(かなとこ)のような手をあげて、サムソンの顔を押し潰そうとした。

だが、あえいでいたサムソンが、でたらめにパンチを放ち、それがタイニーの顎に激突して、目から星が散った。

タイニーは怒り狂ってうめき、サムソンが気絶寸前になるまで、岩のように硬い肘でこめかみを連打した。つづいてタイニーは、相手の頭蓋骨をつかんでねじり、泥の水溜まりに突っ込んで、深く沈めた。サムソンが手足をばたつかせ、のたうったが、最後の泥の泡が出て、ついに死んだことがわかるまで、タイニーは押さえつけていた。

タイニーは疲れ果てて、深い溜息をついた。リンクのほうをふりかえると、ようやく這って立ちあがったところで、まだ息を切らしていた。

「だいじょうぶか、相棒?」タイニーがよろよろする脚で起きあがりながらきいた。

「足首をひねった男にしては、ずいぶん早く来られたな」

「そうでもない。ここまで来るのに、四時間かかった。医療キットを出してくれ。ハックスリー先生のことが心配だ」

23

気付け薬のおかげで、ジュリアはすぐに意識を取り戻した。

「タイニー?　どうやってここへ来たの?」

「〈ウーバー〉が現われないので、歩いてきた。足をひきずりながら」

ジュリアは、痛む顎をさすった。「リンク、〈タイレノール〉を二錠出してくれる。この頭痛はふつうじゃないわ」

「どこか折れたところは?」リンクがきいた。

「プライドが潰れただけ。オレゴン号に戻ったら、攻撃の技をもっと磨かないといけない」踏み分け道のまんなかに転がっていたサムソンの死体のほうをちらりと見た。

「あのキングコングをついにやっつけたのはだれ?」

リンクはタイニーを指差した。「スウェーデン人の騎士だよ」すでに医療用品のバックパックを持ってきていて、怪我をしているジュリアのそばにそれを置いた。

「わたし、どれくらい気絶していたの？」水筒の水で〈タイレノール〉二錠を飲みながら、ジュリアはきいた。

「ただの二、三分」リンクがいった。

ジュリアが両手を差し出し、大男ふたりが手を貸して立たせた。タイニーは見るからに傷が痛そうだった。ジュリアは倒木を指差した。「わたしの診察室で腰かけていて。副木を当てるから——それに、痛み止めを飲んだほうがいい」

「あいつは何者ですか？」足をひきずって倒木のほうへ行きながら、タイニーがきいた。

「殺人犯のひとりにちがいない」ジュリアが副木ロールと絆創膏(ばんそうこう)を出すあいだに、リンクがいった。

「殺人犯？」

リンクは、暗い顔でうなずいた。「おれたちはキャンプを見つけた。イシドロ博士と先住民が、すべて殺されていた。通報するために、おれたちは急いでそこから逃げ出した」死体のほうを親指で示した。「どうやったのかわからないが、あいつはおれたちを追跡していたんだ」

ふたりが話をしているあいだに、ジュリアが副木テープを切って、タイニーの足首に巻きはじめた。

「早くここを離れたほうがいい」タイニーがいった。「あの男を見ただろう？　なにか異様なところがある」

「おれを抱き人形のラガディ・アンみたいに持ちあげて、泥のなかにスラムダンクしたことか？」

「いや。やつの目や腕。全身だ。よく見ろ」

ジュリアが副木テープを巻き終えると、リンクは足をひきずりながらサムソンの死体のほうへ行った。サムソンのシャツをつかんで、顔を水溜まりから持ちあげ、水をかけて泥を落とした。

「ちょっと、先生（ドク）。これを見てくれ」

ジュリアは、副木テープを軽く押した。タイニーが顔をしかめた。「安静（レスト）、冷却（アイス）、圧迫（コンプレス）、挙上（エレヴェート）は、どうなったの？」

「ああ、やったよ。だいたい。すこし。一度だけ」

「先生（ドク）」

「いま行く」

ジュリアは、死体のほうへいって、そばでしゃがんだ。

「タイニーのいうとおりだ」リンクがいった。「顔の横にニキビがあるのが見えるでしょう？　それに腕。筋肉隆々のやつはジムで何人も見かけるが、これは脂肪がまったくないというのを越えてる。グリーンじゃないだけで、まるでミニ・ハルクだ」

ジュリアは、死体をそっと扱った。なにもかもが大きく、過剰に発達し、変形しているように見えた。不均衡という言葉が頭に浮かんだ。腕の血管までもが、とぐろを巻いている蛇のようだった。

「目が完全に血走っている」リンクがつけくわえた。

「それは溺死したせいかもしれない」ジュリアはもっと近くに身を乗り出した。「でも、そのとおりよ。この男は正常じゃない。内分泌過負荷のあらゆる兆候を示している。信じられないような力は、それで説明がつく」

「でも、こいつが動くのを見たでしょう？　電光石火に輪をかけていた。こんな体格の男が、あんなに速く動けるというのは信じられない」

「そうね。ほかにもなにかあるわね」

「たとえば？」

「はっきりとはわからない」ジュリアは個人用の携帯電話を出して、電源を入れた。さいわい、壊れていなかった。信号受信の棒は一本もなかったが。電話をかけるわけではない。カメラアプリを起動して、死体の写真を何枚か撮った。

「身許がわかるものは？」ジュリアは、医療用品のほうへ行きながらきいた。

「なにも身につけていない」痛みが走り、リンクが目を閉じた。

「わたしに見せたほうがいい」

リンクは立ちあがった。「早くここを離れないといけない。こういうブリッジトロールがほかに何人いて、おれたちを捜しているか、わからないんだ」

ジュリアは、タイニーをちらりと見てから、リンクに目を戻した。

「ここでしばらく休憩する必要がある。ふたりとも体力を回復しないといけない」

「リンクのいうとおりだ」立つときにうめきながら、タイニーがいった。「さっさと逃げないといけない。じいちゃんがいつもいってた。〝悪党は休まないし、正義の味方に休みはいらない〟」

「わかった。すこしだけ時間をちょうだい」ジュリアは自分の装備をあけて、死体のほうへ行った。リンクは踏み分け道で、作動不良を起こした拳銃と落とした弾倉を捜した。

「毎年の健康診断をやるには、手遅れじゃないか」タイニーが、ジュリアにいった。

「オレゴン号に持って帰るサンプルをいくつか採るだけよ」ジュリアは少量の血液と

組織を採取し、死体の口を脱脂綿で拭いて、サンプルが汚染しないようにすべてを密封容器に入れた。

ジュリアがサンプルを集めているあいだに、リンクはサムソンのレッドドット・サイト付きのポリマー製拳銃をせっせと分解し、近くの水溜まりで精いっぱいきれいに洗った。九ミリ弾八発を込めた弾倉も洗った——殺人現場で見つけたギュルザ弾の空薬莢よりも小さい。グロックに似た形式の拳銃と弾倉を分解し、クリーニングし、組み立てて装弾するのに、熟練の戦闘員のリンクはほんの数分しかかからなかった。リンクは弾倉をはめ込んで、一発を薬室に送り込んだ。

ジュリアがサンプルと装備をバックパックに入れて担いだ。リンクが、自分のバックパックに手をのばした。

「だめよ、置いていって。あなたの医師の命令よ」

「でも、悪いやつらに医療用品を渡したくないといったじゃないか」

「足首を痛めているタイニーを助けないといけない。運がよければ、いい人間がここで見つけるかもしれない。でも、早く移動しないと、わたしたちが悪党どもに見つかってしまう」

タイニーの太い腕がリンクの広い背中にまわされ、大男ふたりは二人三脚のような感じで歩きはじめた。ジュリア・ハックスリーは、向こう脛をひどく蹴られていたにもかかわらず、前方を偵察して、障害物がないかどうかをたしかめ、どかさなければならないものがあったときにはどかし、跟けられていないことを確認するために、友人ふたりのほうへひきかえすという手順をくりかえした。

しばらくリンクと交替しようかとジュリアは思ったが、彼女の小柄な体では、タイニーが歩くのを手伝うどころか、とてつもない体重を支えることもできなかった。

何度も休憩し、水分補給のために立ちどまりながら、四時間後にようやく三人は簡易滑走路に出た。滑走の準備ができたセスナ・スカイホークが、そこにとまっていた。三人は開豁地の縁で立ちどまり、最後にひと息入れた。

「かなりいいように見える」前脚の支柱がまっすぐになっているのを見て、ジュリアはいった。

「おれとおなじで、ちょっと痛めつけられてる」タイニーがいった。「だけど、彼女は働き者だからね。飛行前点検は終えてあるから、すぐにここを離れられる」

オレゴン号の仲間三人は、セスナに向けて、足をひきずりながら簡易滑走路を歩いていった。タイニーが機長席側のドアをあけて、装備を持ったジュリアが後部に乗るのに手を貸し、リンクが副操縦士席側のドアをあけたが、乗り込まなかった。

　拳銃の銃声が、遠くで響いた。九ミリ弾が、プレキシグラスの風防を貫通した。

　三人は、銃声の源のほうへ顔を向けた。がっしりした体格のマレーシア人が、一〇〇メートル離れたところにいて、片手に持った拳銃で撃ちながら、全速力で突進していた。さらに数発が、風防を貫いた。

「あいつ、射撃がうまいな！」タイニーがいった。

　リンクが拳銃を抜き、二発放った。「タイニー、エンジンをかけろ。ここから脱出する！」

「やってる」

「リンクを置いていけない！」タイニーがスターターをまわしたとき、ジュリアはいった。リンクが、また二発放った。

「だけど、じっとしているわけにはいかない」エンジンが咳き込んで始動し、プロペラがまわりはじめた。「ベルトを締めろ！」

　元ＳＥＡＬ狙撃手のリンクは射撃の名手だったが、マレーシア人は不規則にすばやく動いていた。リンクはその男を照準に捉えることができなかった。リンクの放った弾丸は命中しなかったが、マレーシア人傭兵のマットは、たびたび進路を変えなければならなかった。セスナのエンジンが咳き込んで始動したとき、マットは速度をあげてまた発砲した。弾丸が柔らかいアルミのエンジン覆いに突き刺さり、プロペラに当たって火花が散った。

リンクは応射したが、やはりターゲットに当てることができなかった――当たっていたとしても、効果がなかった。弾倉には二発しか残っていなかったので、それを発射した。突然、弾丸切れになった。

マットが最後の一発を放ち、風防のタイニーの頭があったはずのところに、それが命中した。マットは拳銃を投げ捨てた。

タイニーがスロットルを押し、エンジンの回転があがった。

マットは一瞬のうちに距離を詰めて、機長席側のドアめがけて突き進んだ。リンクには、マットに向けて突進することしかできなかった。

大きなまちがいだった。

男ふたりは、発情したビッグホーン（オオツノヒツジ）のように激突した。ビュイックに轢かれたみたいだと、リンクは思った。息が詰まり、目から星が散って、一瞬、首が折れたかもしれないと思った。文字どおり体を貫くような体当たりだったが、リンクは自分より小柄な相手の腰に両腕を巻きつけ、必死でしがみついた。上半身にとてつもない重みがかかっているのに相手が動けるのが、リンクには信じられなかった。リンクは、相手の脚を両脚で挟んで転倒させようとした。マットがセスナのほうへ手をのばしたとき、セスナが離れていき、リンクの両脚がようやく効果を発揮して、マレーシア人が転倒して、水浸しの草むらに転がった。

セスナが簡易滑走路の向こうへ滑走していったとき、マットは怒りのあまり吼えた。怒りの矛先をリンクに向けた。リンクは巨大な両手でひっかき、マレーシア人の骨ばった体をつかんで地面に押さえつけようとした。

だが、マレーシア人はなんなくリンクの手をふり払い、ぱっと立ちあがった。ふたりのうしろでセスナのエンジンがうなっていた。リンクは精いっぱい早く躍りあがったが、まっすぐに立ったとたんに、マットに胸を蹴られ、仰向けに倒れた。マットがリンクに跳びかかったが、リンクはマットの下腹をブーツで押して、相手の手がのびてきて首を絞めるのを防いだ。マットの目は血と怒りで真っ赤になり、眼窩から飛び出しそうだった。よだれを垂らしている口からうなり声を発し、殺意に満ちた悪態をついた。リンクにはわからない言語だったが、意味はじゅうぶんにわかった。

リンクは、戦いに負けそうだと察したが、セスナのエンジンの爆音が希望をあたえた。タイニーはいまにも離陸して、真上を飛ぼうとしている。

プロペラの羽根がマットの脊椎に食い込み、おぞましい血飛沫がひらめいて、首が切り落とされた。プロペラの回転の勢いで、マットの死体が横に投げ出され、地上すれすれを飛ぶセスナが轟然と頭上を通過した。前脚のタイヤは、リンクの体から一〇センチくらいしか離れていなかった。

マットの血で体がべとべとになったリンクが、横に転がったとき、タイニーがふたたび飛行機を着陸させていた。自転車の空気入れでピストンに注入した空気だけでなんとか直立していた前脚がじたばたし、機体が無様(ぶざま)にはずんでいた。

数分後、リンクがコクピットに体を押し込み、セスナは空にあがっていた。三人の仲間は打ち身だらけで疲れ切っていたが、生きていて、ようやく我が家のオレゴン号に戻れるので、ほっとしていた。

24

イスラエル、アシュドド

ファン・カブリーヨは、テルアヴィヴとガザ地区の中間にあるイスラエル最大の港湾都市アシュドドまで、ベン・グリオン空港から四十五分かかるタクシーを使った。白いメルセデスのタクシーのリアシートで、時間を有効に使い、メールを読むためだった。

ゴメス・アダムズのティルトローター機が着陸できるもっとも近い場所は、テルアヴィヴのベン・グリオン空港だった。カブリーヨはレンタカーを使おうかと思ったが、やめて、タクシーを拾った。どのみちおなじ時間でアシュドドまで行ける。それに、サライ・マッサラに、できるだけ目立たないようにしてほしいと強くいわれている。偽名をどこかのデータベースに入力されたり、レンタカーの窓口で多少変装している顔を監視カメラに撮影されたりするのを避けられるので、カブリーヨはよろこんで指示に従った。

「イスラエルははじめてですか?」タクシーの運転手が、ロシア語なまりの英語できいた。眉毛がブレジネフのようにもじゃもじゃで、無精髭とおなじくらい硬そうな髪は、白髪交じりだった。運転手が、ルームミラーでカブリーヨの顔を見た。

「アシュドドははじめてだ」

「アシュドドは世界最古の都市のひとつですよ。紀元前(BCE)十七世紀です」B(ビー)、C(シー)、E(イー)を長くのばして強調した。

「ゴリアテ。ペリシテ人」カブリーヨはうめくようにいった。

「歴史をよくご存じですね。アメリカ人にしてはめずらしい」

カブリーヨは、手の甲をうわの空でさすった。

「シスター・バーバラが、旧約聖書を教えるのに熱心な教師だったんだ」

「こちらへはお仕事で?」

「そうだ」カブリーヨは、もう話をしたくなかったので、携帯電話に注意を戻した。

しばらく沈黙が流れた。

「どんなお仕事ですか?」

カブリーヨは、携帯電話から目をあげなかった。「グリーティング・カード」

「グリーティング・カード？」

「ほら、ハッピー・バースデー、ハッピー記念日、ハッピー・バル・ミツワー」

「ああ、なるほど。おもしろいお仕事ですか？」

「とてもおもしろい。旅行が多い」

運転手が、ルームミラーでリアシートを探るように見た。「サンプルのケースは？」

カブリーヨは、携帯電話を持ちあげた。「世界は変わった。ぜんぶバーチャルだ」

運転手が笑った。「ああ、そうですね。まあ。アシュドドはビジネス向きですよ。イスラエル最大の港です。弟が住んでます。移民が多いんです」

「ロシア人が多いのかな？」

「ロシア人、モロッコ人、アルゼンチン人、フランス人、エチオピア人、ジョージア人。なんでもありです。もちろん、すべてユダヤ教徒です」

「なるほど」

カブリーヨは、いらだちを隠そうとした。話好きなタクシー運転手は、たいがい退屈しているか、話をしてチップをもらおうとしている。このおしゃべりな運転手の場合は、話題が尽きるまで話しつづけそうな感じだ。

　タクシー運転手は、格好の情報源でもある。なにも疑っていない客からしつこく情報を聞き出して、合法的な諜報員や犯罪組織の諜報員に伝える。CIAで十五年間、現場の仕事をやってきたカブリーヨは、偶然出会ったタクシー運転手から即動可能（アクショナブル・）情報（インテリジェンス）を聞き出したことが何度もあった。マッサラが元モサドで、自分の身の安全をかなり心配していることを、カブリーヨは知っていた。このロシア人が名高いイスラエルのスパイ組織とつながっている可能性はじゅうぶんにあるし、マッサラと会うことを嗅ぎつけられたおそれもある。

「アメリカのどこにお住まいですか？」

「テネシー州ピジョン・フォージ」

　あまり知られていない地名にすれば、運転手が黙るだろうと、カブリーヨは思っていた。そこを知っているのは、マックス・ハンリーが三人の元妻の二番目と結婚するときに、花婿の付添人を務めたからだった。彼女はテーマパークのドリーウッド（カントリー歌手ドリー・パートンが運営している）にある小さな白い教会で結ばれることにこだわった。カブリーヨは花嫁よりも、焼きたてのフライドポークのほうを、楽しい想い出として憶えている。

「ドリー・パートン？」

「最高だね」

「ご存じで?」

「頭のいい女性だし、曲もすばらしい」

「〝九時から五時まで働くのよ〟(ドリー・パートンが出演した映画の主題曲の歌詞。ちなみにこの言葉は、女性の労働条件を改善する運動の標語でもあった)」

「わたしは『ジョリーン』のほうが好みだね」

「弟が去年、ドリーウッドに行きましたよ。写真を送ってきました。いいですよね」

突然、ブレジネフ氏は質問のネタが尽きたようだった。英語の語彙を使い果たしたのか、それともひそかな事情聴取を終えたのだろう。それよりも、カブリーヨが金目のものを持っていそうになく、服装も地味なので、詮索好きな運転手が興味を失った可能性が高い。

カブリーヨは、タクシーのサイドウィンドウから外を見た。アシュドドは紀元前からあったが、現代の街は一九六〇年代以降にそれと合体したばかりだった。そのため、古代的でもあり新しくもある。タクシーのリアシートから見える光景には、その両方の長所がほとんどなかった。それに、タクシーが向かっている場所は、街のなかでもっとも品位のない地域だった。

カブリーヨは、運転手に料金を払い、コーヒー代にといって数シェケルを渡し、幸運を祈る仕草をして、タクシーのドアを閉めた。

カブリーヨは、街の荒れ果てた地区にあるおんぼろの平屋の前に立った。プラスティックの黄色い庇が汚れ、シャッター二枚が閉まり、南京錠がかけてあった。ガラス戸の上の看板には、英語で〈マッサラ輸入業者〉と書いてあった。ヘブライ語とエチオピアの通商語のアムハラ語でも、おなじことが書いてあった。鍵がかかっていないドアをカブリーヨが押しあけてなかにはいると、ベルがチリンと鳴った。

表の街路が荒れ果てているのとは逆に、ショールームは照明が明るく、魅力的だった。スパイスとコーヒーの甘い香りが、あたりを満たしていた。床の奥のほうに置いてあるコーヒー・ロースターは、使われていない。アフリカや中東の国のさまざまな食料品、服、そのほかの日用雑貨が、陳列してあった。アフリカ特有のとてつもない色と模様の布地の反物が、店内のかなりの部分を占めていた。

カブリーヨは、エチオピアのコーヒーの陳列棚へまっすぐに行った。挽きたてのイルガチェフェの豆をひと袋取った。鼻に近づける前から花のような濃厚な芳香を嗅ぐことができた。

「目が高いわね」女の声が聞こえた。「オーガニック、フェアトレード、それに、ユダヤ教の掟にのっとって製造された」

カプリーヨはふりむいた。驚きを隠そうとした。サライ・マッサラは、写真よりもさらに目が醒めるような美人だった。

四十代のサライは、笑みを浮かべて、ミラノのファッションショーのランウェイからおりてきたばかりのように、奥の部屋から姿を現わした。どういうわけか、ワークシャツとスラックスが、〈トム・フォード〉のオリジナルな着こなしのように見える。サライはかなり背が高く、スポーツ選手のように引き締まった体つきだった。だが、カプリーヨは彼女の自然な美しさに、電撃に打たれたような衝撃を感じた。化粧はしていないが、そんな必要はない。完璧な素肌はいれたてのカプチーノの色で、きらきら輝く茶色の目と、背中のまんなかまで流れ落ちている豊かな黒髪が、それをひきたてていた。

「ファンなので」

「エチオピア・コーヒーの？」サライが、いたずらっぽくほほえんだ。この齢になっても男たちに自分があたえる影響を、よく知っているのだ。

「コーヒー全般ですよ。それに、エチオピア・コーヒーは……格別」うっかりしたことはいえないと思いながら、カプリーヨは手を差し出した。

「ファン・カプリーヨです」

「だと思ったわ」

ふたりの目が合った。手を握りながら、サライは肩幅が広く、顔立ちの整ったアメリカ人を品定めした。うなじのあたりがぞくぞくした。

こんどはサライが後手にまわった。

「サライ・マッサラです。来てくれてありがとう、カブリーヨさん」

「それで、わたしになにができますか、ミズ・マッサラ」

「サライと呼んで」

「あなたがファンと呼んでくれれば」

「オーヴァーホルトさんは、あなたになにを話したの？」

「あなたが助けを必要としているということだけです」

「その言葉だけで、やってきたの？」

「ラングストンのことは、一生信じているんです」

「あなたは信じられると、オーヴァーホルトさんが断言した」

「あなたの命が危険にさらされているのですか？」

「それはまだだいじょうぶ」

25

カブリーヨは、サライのキッチンで、いれたてのコーヒーの最初のひと口を飲んだ。好きなコーヒーは、シェフが朝食のときにいれるキューバ産の豆のダークローストのプアオーヴァー（マシーンを使わず、その場でドリップしていれること）だったが、イルガチェフェをほんとうに楽しんでいた。

「これはすばらしい」

サライが、笑みを浮かべた。「気に入ってくれてよかった。父は商売に誇りを持っていて、ことにコーヒーが自慢だったの」自分のカップから飲んだ。

カブリーヨは、カフェインを必要としていたが、それよりも、まもなく命が危険にさらされるこの美女の経歴についての情報が必要だった。

「きみの家族はイルガチェフェ出身なのか？」

「ちがう。そこはもっと南よ。わたしたちは、北のゴンダールの出なの」

「それに、ベタ・イスラエル――エチオピアに住むユダヤ教徒――もいる」笑みを浮かべた。「感心したわ。エチオピアに行ったことがあるの?」

「本を何冊か読んだ。ゴンダールは〝アフリカのキャメロット〟と呼ばれているんだね?」

「お伽噺の国じゃないわ。それはたしかよ」

「きみの家族は、いつイスラエルに移住したんだ?」

「わたしたちは、ソロモン作戦に参加していた。一九九一年にエチオピアのユダヤ人を救出した空輸作戦よ。それも本で読んだんでしょう?」

「すばらしい偉業だった。一度の作戦で、三十六時間以内に一万五千人近くを、イスラエルが空輸した」

「わたしはそのとき十二歳だったけど、きのうのことのように憶えている。大喜びしていたけど、それでいて怖かった。ほんとうに奇跡だった」

「ご家族はいまどこに?」

「母は到着してすぐに亡くなった。乳癌で」

「お気の毒に。お父さんは?」

「いま入院している。ステージ4の膵臓癌（すいぞうがん）」

「たいへんだね」

表でトラックのクラクションが鳴った。サライが時計を見た。

「失礼するわ。配達が早く来たのよ。ゆっくりしていて。すぐ済ませるから。この運転手は荷物を運んでくれないの。運転台で煙草を吸うだけ」

サライは立ちあがった。

カブリーヨも立った。

サライが、問いかけるように眉をひそめた。「なにをするつもり？」

「きみには助けが必要だと、ラングストンがいっていた。まあ、いまも手伝える」

「注意しなかったなんて、いわないでよ」


カブリーヨは、コーヒー豆の五〇ポンド（約二三キロ）袋を、学生寮にある枕のように担いで、狭い倉庫に積みあげた。そのあいだに、サライが猫車で箱を運んだ。三十分とたたないうちに運び終えたが、ふたりとも暑さで汗だくになっていた。

サライが送り状に受け取りのサインをして、運転手を帰らせ、シャッターを閉めて施錠した。カブリーヨのほうを向いた。

「せっかくコーヒーを飲んでいたのに、邪魔して悪かったわ。いれ直しましょうか？」

カブリーヨは、サライの高い鼻を汗の珠が流れ落ちるのを見た。

「冷えたビールのほうがいいね」

「そういうのを期待してた」

サライは、奥の角の冷蔵庫のほうへ行った。よく冷えた〈ハイネケン〉を二本出して、一本をカブリーヨに渡した。ふたりともごくごく飲んだ。

「きみの話がまだ終わっていなかった」カブリーヨはいった。「到着したあと、なにがあったんだ？」

「わたしたちは運がいいほうだったと思う。両親はある程度教育があったから、たいがいのひとたちよりもうまくイスラエルの社会に溶け込むことができた。悲しいことに、エチオピアから来たひとたちのほとんどが、ここで暮らしを立てるのに苦労した。父はエチオピアで商売をやっていたから、ここでも商売を築くことができた」狭い倉庫を手で示した。「アマゾンやドイツのシュヴァルツみたいな大事業ではないけど、家族を養うことはできた」

「どうしてモサドにはいったんだ？」

サライが、ビールをまた飲みながら、カブリーヨを上から下まで眺めまわした。

カブリーヨは肩をすくめた。「そんなに重要ではないんだが、安全保障にかかわる秘密を漏らすのが心配なら、わたしがCIAにいたことをいっておこう」

「ごめんなさい。つい以前の癖で。あなたは機密にアクセスする資格があると、ラングストンがいっていたけど、どうしてそうなのかは説明してくれなかった。もうあなたはアメリカ政府とは関係がないはずだし」

「ラングストンのために、ときどき臨時の仕事をやっているとだけいっておこう」

「わたしもあなたの〝臨時の仕事〟なの？」

「まあ、ラングストンはわたしに報酬を払う。そういう意味できいたのなら」

「傭兵ね」

「厳密にいうと、ある企業の会長だ。きみのお父さんとおなじ、独立したビジネスマンだ」

「この暑いところから出ましょう」

サライが先に立って、エアコンが効いているキッチンへ行き、ふたりはそこで腰をおろした。

「大学一年生のときに、モサドに勧誘されたの。ちょうど最初のモデルの契約がとれたところで、おもしろい偽装になると思ったんでしょうね。モデルの仕事にも差支えがなかったし。仕事を要求される前に、ヨーロッパとアメリカで最大のファッションショーのいくつかに出たのよ」

「若い女性にとっては、スリルのある冒険だろうね」

「最初はそうだった。パリ、ミラノ、ニューヨーク。美しい都市や美しいひとびとですもの。だけど、卑劣な仕事だった。魂がなえる。イスラエルのためにスパイをやる動機はたしかにあった。わたしたちを救った国に恩返しできるから。でも、家族に大きな犠牲を強いた」

「どんなふうに？」

「弟のアシェル。彼は母親なしで育ち、父親は商売が傾かないように、躍起になって働いていた。弟が幼いときには、わたしは母親代わりになろうとしたけど、モデルの仕事をはじめてからは、そばにいてやることができなくなった。アシェルはギャングの仲間になり、やがて逮捕された――何度も」

「そのギャングの名称は？」カブリーヨは答を知っていたが、知らないふりをしなければならなかった。さもないと、もっといろいろ知っていると、サライに怪しまれる。

「ヤコブの息子たち」

「アシェルは、どうしてそいつらと関わるようになったんだ？」

「最初はマリファナ所持だったけど、それが窃盗になり、強盗になり、過重暴行までやるようになった。ついに実刑判決を受けた。去年、仮釈放中に、国外に逃げた」

「いまどこにいる？」

「手がかりはひとつだけ、ケニアよ」

「だいぶ遠いじゃないか。モサドの友だちはどうなんだ？　だれかしら、手を貸してくれるんじゃないのか」

「ケニアというのは、そこでわかったことなの——でも、わたしの連絡相手は、それしか教えてくれなかった。わたしのために職歴をだいなしにする危険を冒すひとはいない。責められないわ。わたしは公式にブラックリストに載っているから。じつはもっとひどいの。モサドはわたしの解雇通知を公表した。モデルの仕事も、スパイとしての実績も、投げ捨てられてしまった。わたしが刑務所に送られないのは、ラングストンがイスラエル政府に干渉したからなのよ」

「きみがラングストンのためにやったことが原因だね」

「ええ」

オーヴァーホルトが詳しい説明をしなかったので、じっさいになにがあったのか、サライがもっと率直に話をしてくれることを、カブリーヨは願っていた。いまはサライの応答で満足するしかない。

「アシェルの仲間のギャングが、手がかりになるかもしれない。そいつらに接触してみようか」

「わたしもそれは考えた。でも、ヤコブの息子たちは、あなたたちアメリカ人のいいかたを借りれば、食えないやつら（タフ・カスタマー）よ。外国で活動しているイスラエル系ロシア人の犯罪組織なのよ。わたしたちが調査をはじめたら、アシェルは信用できないと見なされて殺されるんじゃないかと心配しているの」

「ああ、その可能性もある。アシェルはきみに連絡しなかったのか？」

「連絡はない」

「それじゃ、彼が生きていると、どうしてわかるんだ？」

「わからない」

「生きていたとしても、見つけられたくないのかもしれない」

「そうかもしれない。だけど、ひとつ可能性がある――その可能性がかなり高い――アシェルは窮地に陥っていて、わたしの助けを必要としているのよ」

「どうしてそういえるんだ？」

「幼いころ、わたしたちはとても親密だった。刑務所から何通か手紙が来た。いまわたしに連絡できるのなら、連絡してくるはずよ。わたしはそう確信している」

「お父さんが入院しているといったね。あとどれくらい、生きていられるんだ？」

「長くて一カ月。もっと短い可能性が高い」サライの目がうるんだ。

「だから急いでいるんだね。弟のためだけではなく、お父さんのために」

「わたしは父にそれだけの恩を受けている。でも、弟もおなじよ。弟がもっと若いころにそばにいてあげるべきだった。わたしが、家族の必要とすることよりも、自分の望みを優先するような身勝手なことをやらなかったら」

「きみは若い女性として自分のことをやり、国のために尽くした。お父さんはさぞかしきみのことを誇りに思ったにちがいない――いまもそうだろう」

サライが、顔を赤らめた。「ええ、そうね」

「それに、きみがそばにいたら、アシェルが人生をしくじらなかったとは、いい切れない」

「それはなんともいえないんじゃないの？」

「こんな諺(ことわざ)がある。〝性格は運命である〟。アシェルは自分で選択した。きみがそばにいてもいなくても、おなじことをやったにちがいない」

「過去は変えられない。アシェルの未来を救うことはできるかもしれない」

「それには、まず彼を見つけないといけない」

「よくいっても確率は低いとわかっているし、無駄骨になるかもしれない。でも、手を貸してくれるわね？」

カブリーヨは笑みを浮かべた。

きかれるまでもなく、そのつもりだった。

イスラエル、テルアヴィヴ

話好きなロシア人のタクシー運転手は、路地のなかで、反対の方向を向いていた新型のヒュンダイのセダンの横に、メルセデスをとめた。〈オークリー〉のラップアラウンド・サングラスをかけたヒュンダイの若い運転手と、向き合う格好になった。運転手はサイドウィンドウをあけて、USBサムドライブをその調教師（ハンドラー）に渡した。メルセデスの車内にはカメラが隠されていて、すべての乗客の画像と会話が録画される。

「とくに変わったことは？」ヒュンダイの運転手が、助手席の女にUSBサムドライブを渡しながらきいた。

「グリーティング・カードだそうだ。どういうことかね？」

「いったいなんの話だ？」

「見ればわかる」

タクシー運転手は、サイドウィンドウを閉めて、家を目指した。

26

サウジアラビア、リヤード

ハーリド王子は、金の縁取りがあるもっとも上等な服(サウブ)を着て、イカールという黒い輪で留める赤と白の伝統的なサウジアラビアの頭布ゴトラを白髪交じりの頭にかぶっていた。流れるような寛衣と頭布は、世界最高級の綿布を使って手縫いで仕立てられ、〈フランチェスコ・スマルト〉のスーツよりも高価で、うだるような暑さのサウジアラビアの砂漠では、はるかに実用的だった。

だが、きょうは実用ではなく象徴として、それらを身につけていた。ハーリドがいるのは、混雑している観覧席の上にある、エアコンの効いたＶＩＰ用スイートで、表の舗装を痛めつけている火ぶくれができそうな暑さからは護られていた。

王立空軍のショーは、サウジアラビア国民向けに企画され、皇太子が主催するあらたな年間行事だった。きょうは去年の倍に近い十三万人を超えるサウジアラビア国民が詰めかけている。

世界中の政治家や国防産業の幹部をターゲットにしているもっと大規模で国際的な世界エアショーとは異なり、地元で空飛ぶ王族(フライング・ロイアル)と呼ばれているこのショーは、一般市民と急速に拡大している空軍との個人的なつながりを深めるための行事だった。なにはさておいても、輝かしいパイロットや将校といっしょに自撮りをして、一機が数百万ドルの戦闘機に乗り、(模擬弾の)ミサイルや爆弾に触り、自分の経験をソーシャルメディアに投稿する機会を、大衆にあたえることができる。国民の不穏な動きを阻止するには、そういう善意を高めることが重要だった。

それに、そういう不満が存在している。若い皇太子の社会改革運動——西側の基準では完全に保守的だが、サウジアラビアの社会通念からすればとてつもなく衝撃的——にもかかわらず、権力と富がきわめて少数の人間の手に握られているという事実に変わりはない。政府の金の大部分は、大幅に増大している国防支出、ことに空軍による防衛に注ぎ込まれていた。空飛ぶ王族(フライング・ロイアル)は、石油マネーで買っている装備をじっさいに経験する絶好の機会だった。それに、サウジアラビア王立空軍内で愛国的な誇りをかき立て、貧しいイエメンに対する残虐な航空戦への反対を鈍らせることも、もくろんでいた。

三百六十機を超える作戦機（戦闘機、爆撃機、偵察機など、作戦に直接参加する航空機の総称）を擁するサウジアラビア王立空軍は、中東で最大でもっとも近代的な航空部隊だった。高速攻撃機がアッラー本人の声のようなジェットエンジンの爆音を響かせ、完璧な編隊を組んで低空飛行するのは、何事よりもスリル満点で、なおかつ恐ろしい光景だった。

そして最後に、空飛ぶ王族（フライング・ロイアル）は、サウジ王家がその荒々しい航空戦力すべてを、外国と国内の王国の敵に対して使用できるという意図を、あからさまに伝えていた。

かつてサウジアラビアの情報機関の長だったハーリド王子は、国民のあいだで不穏な動きが湧き起こりつつあることを、じゅうぶん承知していた。過剰な軍事力をあからさまに誇示することは、解決策にはならない。若い皇太子の無鉄砲な改革計画は、かえって不穏な状況を煽っていた。文化としきたりは、サウジアラビアの社会の根幹をなしている。西側流の近代化は、預言者イーサー（イスラム教ではイエスを預言者のひとりと見なし、こう呼んでいる）が賢くも考えたように、新しい葡萄酒（ぶどうしゅ）を古い革袋に入れたら、古い革袋は裂けてしまう、ようなものだ。

だが、それはどうでもいい。きょうはムクリン副皇太子の大佐昇級を祝賀する行事でもある。ハーリドは、日除けに護られている窓のすぐ外で行なわれている壮大な展示飛行を楽しんでいる王族の友人たちに囲まれていた。スイート内の大画面のテレビが、きょうの行事を生中継で映している。地元のテレビ局、ラジオ局、ソーシャルメディアのストリーミングでも、同時にいくつものチャンネルで放送されている。

　エアショーの司会者（MC）が、各機種について説明し、所属する部隊、パイロット、搭乗員、演技の性質を説明した。表のラウドスピーカーとスイートのスピーカーから、司会者の声が鳴り響いていた。行事全体が、テレビ中継されるフォーミュラ1（ワン）レースのように演出されていた。

　これから登場する航空機の予定が、すでにスイートのテレビで明滅していた。ハーリドのもっとも旧い友だちのひとり、ナーイフが、ハーリドの腕に柔らかい手をそっと置いた。

「つぎは副皇太子だよ」

　周囲にいた王子たちが、ハーリドの背中や太腿を叩き、いっしょに笑った。

司会者（MC）が、つぎはユーロファイター・タイフーンで、有名なパイロットが操縦すると告げた。「副皇太子殿下、ムクリン・ビン・ハーリド大佐です」

　まだ煙を吐いている小さな点でしかない戦闘機と、美男のパイロットのストック画像が、テレビに表示された。大半の固定翼機とはまったく異なる翼の形状が目を惹いた。ユーロファイター・タイフーンは、ふた組の三角翼を備えている。先尾翼(カナード)と呼ばれる機首寄りの小さな三角翼と、それよりもずっと大きい主翼という組み合わせだった。

テレビの画像が、コクピット内の〈ゴープロ〉カメラが送ってくる生動画に切り替わった。それが合図であったかのように、黒いバイザーをおろしているムクリン大佐が親指を立ててみせた。

窓の外の観衆の叫び声と拍手喝采が、ハーリドの耳にくぐもって聞こえた。

「さぞかし自慢だろうね！」ナーイフがいった。

ハーリドはうなずき、音速に近い速度で爆音とともに飛行場に近づいてくる遠い小さな点を見つめていた。満面に笑みが浮かぶのをこらえられなかった。

もちろん、自慢だった。

スイートの厚い窓ガラスも、滑走路のわずか三〇メートル上を飛ぶユーロファイターのターボファン・エンジン二基の爆音をほとんど弱めることができなかった。すさまじい速度で銃弾のように通過するユーロファイターの爆音が、観衆の歓声と愛国心を煽る音楽をかき消し――ユーロファイターは不意に空めがけて急上昇した。

ムクリン大佐は、操縦桿を柔らかく、しっかりと握り、体のほうへ引き寄せた。

近接空中戦闘（ドッグファイト）向けに設計された敏捷な戦闘機は、ムクリンのどんな細かい操縦桿とスロットルレバーの操作にもすばらしい反応を示したが、空に向けて急上昇しているいまは、高Gが体に不快な影響を及ぼしていた。

ヘルメット・マウンテッド・シンボロジー・システム（HMSS）内蔵のハイテク・ヘッドアップ・ディスプレイが閃き（ひらめき）、コクピット内やキャノピーの外のどこを見ていても、パイロットにすべての情報を伝えていた。ムクリンは、バイザーの内側に投影されているバーチャル計器盤に視線を走らせ、瞬時にデータの流れを見てとった。システムはすべて完璧に機能している。

ようやく高度二〇〇〇メートルに達すると、ムクリンはつぎの機動を開始した。地上の人間の目がすべて自分のほうを向いているのを知っていたし、彼らを――ことに父親を――感動させたいと思っていた。

経験豊富なパイロットのムクリンは、よどみなくダンスを踊るように手と足をたくみに動かし、機首がはるか下のダークグレーの舗装面にまっすぐ向くまで、高速宙返りを行なった。

「すばらしい、大佐。完璧な技だ」ヘルメットから、管制官の声が聞こえた。

「つぎのを見てから、そういってくれ」

なにをやろうとしているかを知ったときの、地上の子供たちの顔を想像して、ムクリンは笑みを浮かべた。

だが、突然、鋭い痛みが頭蓋の奥のほうを突き刺した。ムクリンは悲鳴をあげた。

「大佐？」

「信じられないような機動だ」ナーイフが、急降下するジェット戦闘機を魅入られたように見つめながらいった。衝撃的なくらい人間離れした度胸と操縦の技倆を見せつけられている感じだった。

ハーリド王子の笑みが消え、心臓が早鐘を打った。

タイフーンは、憤怒に燃える星のように地表めがけて突き進み、三角翼がおかしな格好にねじれていた。

ハーリドは立ちあがった。

つぎの瞬間、タイフーンは砂漠の地面に矢のように突き刺さった。

十万人を超えるひとびとがいっせいに叫んだとき、遠くで火の玉が噴きあがった。

司会者のあわてふためいた叫び声が、スピーカーから響いた。

ハーリドは口をわななかせた。「わたしの……息子」

ナーイフが、アッラーに向けて大声で祈りを唱えながら、友人を両腕で抱きしめた。

ハーリドが泣き叫んだ。

「わたしの息子！」

27

ペルシャ湾

「ほら、あそこだ」カブリーヨは、ヘッドセットで伝えながら、眼下を指差した。

通信装置の空電雑音のなかでも、サライ・マッサラはカブリーヨの誇らしげな声を聞き取っていた。

その高度から見ると、ペルシャ湾の北の端に投錨(とうびょう)しているオレゴン号の白く塗られた船体と上部構造は、ブルーの別珍(べっちん)の毛布にひと粒の真珠を置いたように輝いていた。オレゴン号には高いデリックが四基ある。前部デリック二基と後部デリック二基が、ともに明るい陽光のなかで白く輝いていた。前部の二基と、後部の二基は、それぞれ向き合い、五カ所の艙口(ハッチ)はすべて白く塗られていたが、まんなかのハッチだけはHを囲む黒い円——ヘリパッドを表わす国際的な標識——が描かれていた。

「すばらしいわ」サライはいった。「あれはどういう種類の船なの？」

「オレゴン号は全長一八〇メートル。ハンディマックス級（載貨重量トンが三五〇〇〇トンないし六〇〇〇〇トン）のばら積み貨物船だ。要するに貨物船だが――いくつか改造をくわえてある」

「どういう貨物を積んでいるの？」

「ああ、見たらきっと驚くぞ」

カブリーヨは、ジョージ・〝ゴメス〟・アダムズのとなりの副操縦士席に乗っていた。警告灯が点滅しているにもかかわらず、ゴメスは落ち着き払い、まったく動じていなかった。

燃料が残りすくない。

アグスタ・ウェストランドＡＷ６０９ティルトローター機は、航続距離の限界を押して、テルアヴィヴからクウェートシティの領海のすぐ外にいるオレゴン号まで直行してきた。イラクの地上は内戦で大混乱に陥っているので、燃料切れになる危険のほうが、それよりはましだと判断したのだ。給油のために着陸したら、二度と離陸できないかもしれない。

サライは元モサド工作員なので、多種多様な航空機に乗ったことがあるが、異界の乗り物のようなＡＷでの二時間半の飛行は、はじめての経験だった。コクピットにはデジタル・ディスプレイが六面あり、最新鋭の飛行機にあるようなスイッチ、ダイヤル、計器、トグルがいっぱいならんでいた。きわめて複雑な情報が提供されている環境だった。パイロットがどうやってそれらすべてを習得するのか、サライには見当もつかなかった。

だが、ティルトローター機のもっとも驚くべき特徴は、左右の主翼の末端にあるプラット&ホイットトニー製ターボシャフト・エンジン二基だった。サイクリックコントロール・スティックのボタンを親指で押すだけで、垂直から水平までそのエンジンの角度を変えて——前進する飛行機からヘリコプターに変身できる。その逆も、もちろん可能だ。それをじかに見て、経験するのは、まさに驚異的だった。

アメリカの戦闘部隊がティルトローター機を使用していることを、サライは資料で読んで知っていた。だが、飛行機モードからヘリコプター・モードに戻るときに、じっさいに乗っているというのは、きわめて珍しい体験だった。自動化されたシステムとバーチャル・ディスプレイに助けられていても、ヘリコプターから飛行機へ、飛行機からヘリコプターへの変身を成功させるには、技倆の高いパイロットが確実に操縦する必要がある。

サライは、最初に乗り込んだときに、ゴメス・アダムズに紹介された。道楽者っぽい美男のパイロットのゴメスは、西部の拳銃使いのような口髭の下に気さくな笑みを浮かべ、アップルバターのようになめらかで甘いテキサスなまりでしゃべった。

「光栄です、マーム」

サライは、世界でもっとも美しい男たちの何人かといっしょに、ファッションショーでランウェイを歩いてきた。彼らはかならずといっていいくらい、どうしようもなく傲慢で、苦痛なほど底が浅かった。ゴメスは引き締まった体つきと、肩まである黒い髪で、そういう男たちとおなじくらい女心をそそった。だが、似ているのはそれだけだった。たしかに見栄は張っているようだったが、茶色の目の奥には、燃えるような知性があった。自信を身につけているのは、遺伝子のいたずらでたまたま美男になったからではなく、じっさいに仕事を達成しているからだった。その自信は数多くの女性にとってたまらなく魅力的にちがいないと、サライは確信した。

「〝ナイト・ストーカーズ〟と呼ばれる第160特殊作戦航空連隊から、彼を引き抜いたんだ」低くうなるエンジンの音よりもひときわ高い声で、カブリーヨはいった。「わたしの最高のドローン操縦士でもある」

カブリーヨとともに座席について、ハーネスを締めると、サライはきいた。「〝ゴメス〟という名前はヒスパニック系じゃないの?」

カブリーヨはくすりと笑った。「本名はジョージ・アダムズだ。わたしたちが〝ゴメス〟と呼ぶのは、モーティシア・アダムズに生き写しの女性と恋愛ごっこをしたことがあるからだ」

「それがだれなのか、わからないんだけど」

「昔のテレビドラマの『アダムスのお化け一家』を見たことがないのか？」

サライは肩をすくめた。

「フェスターおじさんは？　シングは？　ラーチは？」カブリーヨの信じられないという声が響いた。

「ごめんなさい。まったく知らない」

「名作なのに」

すばらしい飛行機で眼下の船に向けて飛ぶあいだに、このファン・カブリーヨという男は、ほかにも想像もつかないような要素を秘めているにちがいないと、サライは思いはじめた。ほかにどんな驚くべきことを見せてもらえるのだろうと、ふと思った。

「乗客のみなさん、まもなく着陸いたしますので、テーブルをもとの位置に戻して、電子機器をしまってください」ゴメスが通信装置でいった。「それから、両手は車内から出さないようにお願いします」

つぎの瞬間、ゴメスはサイクリックコントロール・スティックとスロットルレバーを巧みに操り、オレゴン号のヘリパッドのまんなかにティルトローター機をふんわりと着船させた。機体が安定すると、ゴメスはエンジンを切り、飛行後チェックリストを開始した。

「ありがとう」ゴメスの手を握りながら、サライはいった。「すばらしい飛行だったわ」

「すばらしいのはこの飛行機なんだ」

「それに、フライト中のサービスが悪いって、彼を責めないように」ゴメスは、カブリーヨのほうへうなずきながらいった。「乗客が乗るって知っていたら、〈ゲータレード〉やプロテインバー以外の物を用意していたはずだよ」

「埋め合わせはするよ」カブリーヨはいった。

サライは笑みを浮かべた。「いいの。心配しないで」

カブリーヨとサライが降機すると同時に、ゴメスの〝格納庫のゴリラ〟——航空機整備員——がひとり、キャビンにはいってきた。ゴメスが整備状況についてなにかいうのが聞こえたので、どういうことなのかあとでゴメスに確認しようと、カブリーヨは頭にメモした。

　サライとカブリーヨがヘリパッドから離れると、巨大な油圧モーターの回転があがって、工業機械なみのうなりを発し、ヘリパッドが甲板下の格納庫へおりていった。

　カブリーヨは先に立って船尾のほうへ進み、船橋（ブリッジ）がある上部構造へ行った。エアコンが効いていたティルトローター機のキャビンとはちがって、湿った熱い空気に包まれた。靄のかかった青空高く昇った太陽が激しく燃えていて、鋼鉄の甲板がその熱を吸収し、増幅していた。

「この船は何歳なの？　真新しく見えるけど」

「船齢は二年だ。しかし、いつもこんな見かけではないんだ。ことに甲板は」

「どこで手に入れたの？」

「わたしたちの指定した仕様で建造した。じつは最初の構想から三世代目だし、自分でいうのもなんだが、そのなかでも最高だ」

「一代目と二代目はどうなったの？」

「わたしたちみんなが最期に迎えるのとおなじ運命をたどった」

　カブリーヨは、上部構造の基部にある水密戸をあけ、縁材につまずかないようにとサライに注意した。ペンキを塗ったばかりでリノリウムが敷いてある通路を先に立って歩き、公開されている食堂へ行った。ありきたりのピクニックベンチと、ステンレスの配膳ステーションがある。なにもかもが清潔で、だれもいなかった。

サライには、すべてが正常のように見えたが、乗組員とはひとりも会っていない。天井に防犯カメラがあるのは、海賊が横行する時代なので、格別行き過ぎた用心だとは思えなかった。

やがて、カブリーヨはべつのなんの変哲もない通路でサライの前を歩き、壁二面に清掃用品の棚と流しがあり、ホワイトボードがその横にある清掃作業員用クロゼットへ連れていった。サライがまごついているのを、カブリーヨは見てとった。

「わたしたちは厳密には政府機関ではないので、これからきみが見るものは機密ではない。しかし、個人的な好意として、わたしの船で見聞きすることをだれにもいわないようにしてほしい。秘密厳守と正体を知られないことが、わたしたちの仲間を護る最大の防御策だからだ」

「わかった。あなたの秘密については心配しないで」

「ありがとう」

カブリーヨがホワイトボードを片手で押すと、一秒後に電子ロックがカチリという音をたてた。カブリーヨが棚に覆われた壁を押すと、秘密の通路の入口があいた。

「こういうのは予想していなかった」サライは、隠しドアのほうを顎で示していった。

「あれも」ホワイトボードを指差した。「掌紋スキャナーが隠されているのね？」

「わたしたちは秘密保全に本腰を入れている」

「どれくらい？」

カブリーヨは、あいている隠しドアのほうを手で示した。

「それを知るには、わたしについてきて、ウサギの穴におりていかないといけない」

28

サライが足を踏み入れたところは、狭苦しい清掃作業員用クロゼットのリノリウムの床と蛍光灯のきつい照明とは打って変わって、フラシ天のカーペットが敷かれた豪奢な廊下で、ファインアートの絵画の美しさがピクチャーライトの柔らかな光で強調されていた。

「これは前に見たことがある」サライがそういって、夜にキャンプファイアを囲んでいるカウボーイたちの油絵の前で立ちどまった。

「レミントンの絵だよ」カブリーヨはいった。

「美しい複製画ね」

「じつは署名入りの原画なんだ」

サライが、両眉をあげた。「すごい」

長い廊下の壁に飾られた絵画三点を、カブリーヨは指差した。

「アート・コンサルタントのベス・アンダーズを使って、利益の一部をこういうファインアート作品に投資しているんだ。不動産やそのほかの有形資産よりも値上がりが早い」

「何点、持っているの？」

「あいにく、最高の作品は何点か、前の船を失ったときに海に沈んだ」

「アート愛好家すべてにとって、たいへんな悲劇ね」

「かなりの額の保険金を払わなければならなかった保険会社にとっても。さいわい、陸地で銀行の金庫室に保管してあるものも多い。また船が災難に遭ってもすべてを失うことがないように、ときどき入れ替える」

「わたしはアートの専門家ではないけど、ああいう絵にはとてつもない値段がついているんでしょうね」

「それにくわえて、乗組員がおおぜい、個人コレクションを所有している。絵、彫刻、時代物の家具まである。わたしの部下は、隠そうとしているが、じつは芸術が大好きなんだ」

サライが困惑して、きれいな額に皺を寄せた。「あなたの平均的な傭兵たちとミケランジェロが、どうしても結び付かないんだけど」

「誉め言葉だと受け取っておこう。だけど、わたしたちの会社の年商から判断したら、とても平均的とはいえない――それに、税金がかかっていないし」

「いいかたが悪くてごめんなさい。これまでわたしが見てきたあなたの作戦は、ぜんぜん〝平均的〟じゃなかった」

「気にしていないよ。でも、納得する必要があるのなら――まだきみはなにも見ていないようなものだ」

オーヴァーホルトがサライを信頼していることと、自分が受けた印象から、カブリーヨは、オレゴン号の船内をざっと案内しても心配はないと思った。

「上甲板から上はふつうの貨物船だが、ほとんどは見せかけだ。ほんとうのオレゴン号は、上甲板の下の〝船内船〟で、わたしたちはいまそこへ向かっている」

カブリーヨはサライを連れて、軍艦ではなく豪華なクルーズ船にあるようなガラスと鋼鉄の階段をおりていった。戸口の前で立ちどまり、そこを通るようサライを手招きした。

サライはなかにはいり、たちまち凍り付いた。その部屋全体を見てとったとたんに、くすんだ茶色の目を大きく見ひらいた。カブリーヨは、サライの横へ行った。ふたりは作戦指令室(オプ・センター)の船尾寄りに立っていた。

最初にサライの注意を惹いたのは、床から天井まである三六〇度ラップアラウンド・ディスプレイだった。その８Ｋ・ＨＤＲ・液晶スクリーンを見ていると、上甲板を見おろすブリッジの張り出し甲板に立っているような感じで、どちらを向いても周囲の世界をすべて見ることができた。

部屋のそのほかの部分も、おなじように印象的だった。オプ・センターそのものでは、鋼鉄、ガラス、金属製のタッチスクリーンがあるワークステーションが、階段教室のような半円形を成していた。ワークステーションの最上段の出入口近くの中央に、船長用の椅子があり、リンダ・ロスが座っていた。

「これは……信じられない。宇宙船のデッキに立っているみたい」サライがいった。

「まるで『スター・トレック』みたい」

「まんざらはずれてもいない」カブリーヨはいった。

「それじゃ、あなたはピカード船長ね」サライが冗談をいった。

カブリーヨは、おどけて身ぶるいした。「いや、いや、ちがう。ジェイムズ・Ｔ・カークだ。相も変わらず」

リンダが椅子をまわして、笑みをひらめかせ、立ちあがった。小柄だが引き締まった力強い体をのばして、手を差し出した。ボブにカットした髪の金茶色と濃い栗色の条（すじ）が、交互に輝いた。

「わたしはリンダ・ロス。あなたはサライ・マッサラね。あなたのこと、ファンから説明を受けているわ」指揮官らしい存在感とは裏腹に甲高い声で、淡いグリーンの目に強さがあった。

　ふたりは握手を交わした。「はじめまして」サライがいった。「あなたの髪、すてきね」

「ピーナツバターとゼリーって呼んでいるの。しょっちゅう髪の色を変えるの。変な癖ね」

「そんなに変じゃない」カブリーヨはいった。「リンダはアメリカ海軍のイージス巡洋艦に情報将校として何年か乗り組んだあと、国防総省（ペンタゴン）の幕僚に任命された。わたしは心理学者ではないが、海軍の規則に長年従ったあとで、すこし自由にやりたいと思ったんだろう」

「本業を忘れないで、会長」リンダがウィンクしていった。「通俗心理学者としてよりも、船長としてのほうが優秀なんだから」

「海軍はおろかにもリンダが艦を指揮するのを拒否したので、わたしたちが引き抜いたんだ。わたしがオレゴン号を指揮していないときには、リンダかマックス・ハンリーが指揮する」

「すごく責任が重いわね」サライはいった。「あなたはものすごく優秀なんでしょうね」

「ファンはわたしに一生に一度のチャンスをくれた。最善を尽くす以外のことはやらない。それに」リンダは、船長席を指差した。「これは船長にとって世界一やりやすい船かもしれない。ここにいる乗組員はみんな、航海、兵装、通信、機関みたいな、それぞれのシステムを運用できる」カブリーヨのほうを顔で示した。「それを設計したのはこのひとよ。というより、船全体をね」

サライはうなずいた。「途方もないことだと思う」

「ここはだいぶ暑くなってきた」カブリーヨはいった。「船内巡りをつづけよう」

カブリーヨはサライをオレゴン号の奥深くへ案内し、ハイテクの磁気流体力学機関を見せたが、マックスを見つけられなかったので、彼の秘蔵っ子の説明をしてもらえなかった。

「マックスは〈コーポレーション〉社長だけど、自分は見かけ倒しの整備員（グリース・モンキー）だと謙遜するはずだ」

「どういうこと？」

「マックスはわたしの機関長だ。この機関（エンジン）とあらゆる可動部品の世話をしている。いつもここにいるんだ。きみに会わせたかった」

「わたしは船の構造のことはよく知らないけど、この機関室はわりあい静かね」機関のゴトゴトという音が低かったので、サライは大きい声を出す必要がなかった。「これが正常なの？」

「正常そのものだ。わたしたちは海を渡るテスラなんだ。磁気流体力学機関は海水によって動力を得る」カブリーヨは説明した。「超電導磁石を使い、海水から自由電子を得る。それによって発生する電気で、パルスジェットが四本、推力偏向チューブから噴出する。この大きさでは世界最速の船だし、エネルギーはただ同然で、無尽蔵にある」

「どれくらい速いの？」

「六〇ノットを超える」

サライが、信じられないというように笑みを浮かべた。はじめは冗談かと思ったが、カブリーヨがじっと見つめたので、そうではないと気づいた。「ほんとうに？」

「ほんとうだ」

　カブリーヨはサライを案内して、ムーンプールを見おろし最下甲板へ行った。プールの上で架台に収まっている潜水艇二隻を指差した。

「大きいほうは〈ノーマド〉、小さいほうは〈ゲイター〉」

　大きいほうの潜水艇は、鼻づらが太い〈チックタック〉のミントのようだった。力強いグリッパーハンドを備えたロボットアーム二本の操作をやりやすくするための強力なキセノンライトと丸窓三つが艇首にあった。

　小さいほうの潜水艇〈ゲイター〉は、設計と機能が〈ノーマド〉の対極にあった。長さ一二メートルの甲板は平坦で、一〇〇〇馬力のディーゼル機関二基により、シガレット・レーサーなみに水面上を五〇ノットで航走できる。だが、コクピットが低いので、バッテリーパックを使って水面のすぐ下を航走すれば、ほとんど音をたてず、姿が見えない――隠密潜入(ステルス)にはうってつけだ。

「変身できる貨物船に、潜水艇二隻とティルトローター機。戦闘能力も備えているんでしょうね」

「陸、海、空から手をのばして、だれかに触れる能力がオレゴン号にあることはたしかだ」

「それで……オレゴン号は情報収集船なの？　それとも軍艦？」

「その両方だ」

いっぽうのバラストタンク内にあるオリンピックサイズのプール、トレーニング機材が完備したジム、ジョギング用トラックも含めた乗組員向けの娯楽施設の一部を、カブリーヨはサライに見せた。「健康な乗組員は、満足した乗組員だ」カブリーヨは説明した。

カブリーヨが気に入っている場所のひとつ、射場を見にいこうとしたとき、エリック・ストーンからのメールが届いた。

都合がよければいつでもどうぞ。

29

カブリーヨとサライは、オレゴン号の鏡板張りの会議室へまっすぐに行った。エリック・ストーンとマーク・マーフィーが、マホガニーの長いテーブルに向かって座り、それぞれのノートパソコンに完全に没頭していた。

「サライ・マッサラ、わたしたちの引き出しでもっとも切れ味のいいナイフ二本、エリック・ストーンとマーク・マーフィー博士を紹介したい」

マーフィーとエリックは、ちらりと目をあげた。二十代のふたりは、感情の面で未熟だったので、サライのものすごい美貌を見て明らかにうれしがっているのを隠すことができなかった。エリック・ストーンが椅子からさっと立ちあがった。マーフィーも立ったが、その拍子に両膝をテーブルにぶつけた。

エリックが手を差し出した。元海軍将校だった初々しい見かけのエリックは、いまも茶色い髪を短く刈り、きちんと分けているが、軍服ではなくいつものボタンダウンのシャツとチノパンという服装だった。エリックは最近、インターネットのデート・ゲームで勝ち目がよくなるように、ふだんの眼鏡をかっこいい〈ワービー・パーカー〉に替えたばかりだった。

「友だちは、ぼくをストーニーと呼ぶんだ」

「はじめまして、ストーニー」

「ストーニーは、世界一流の研究者であるだけじゃなくて、わたしの腕っこきの操舵手でもあるんだ。オレゴン号の操船にかけて、彼の右に出るものはいない」カブリーヨはいった。

「会長はべつとして」エリックがいった。

カブリーヨは、同意のしるしに肩をすくめた。

エリックが企業のキュービクル（仕切り付きワークスペース）で培養された若手幹部社員のように見えるのに対し、マーフィーは都市用迷彩服を見せびらかしているパンクロック好きなスケートボーダーという感じだった。〈アディダス〉のスケートシューズ、黒いチノパン、最近気に入っているシンスパンク・バンドのスナイド・フェアリーズのTシャツというでたちで、Tシャツには最近のそのバンドのヨーロッパ・ツアー〝おれにいたずらするなよ〟のライブの日程が描かれていた。でかい頭のてっぺんのもじゃもじゃのモップのような髪に、薄い顎鬚が似合っていた。胼胝ひとつないゲーマーの手を握った。

「マーフィー博士」サライはいった。

「ああ、やめて。マーフでいいよ」

「マーフ博士がいくつ博士号を持っているか、最初の博士号を何歳で得たかは、いわないでおこう」カブリーヨはいった。「しかし、彼がオレゴン号の砲雷長だということには、れっきとした理由がある――それに、やはりたぐいまれな研究者でもある」

「やめてくださいよ、ボス。気恥ずかしくなるから」

カブリーヨは、会議テーブルを手で示した。

「諸君、見つけたものを教えてくれ」

エリックとマーフィーが、スクールバスでかわいい女の子のとなりの席に座ろうと競争しているふたりの小学生のように、それぞれのステーションに駆け戻った。元ファッションモデルのサライを感心させることができると思っているのが見え見えだった――だが、サライの好意を勝ち得たとしても、じっさいに彼女をどうするのかは、だれにもわからない。

エリックとマーフィーは、〈コーポレーション〉に参加する前に民間セクターでともに兵器設計者として働いていたころからの親友だった。だが、ひとりの女性を巡って争うときはいつも、本気でやりあう。

カブリーヨはふたりに要旨説明(ブリーフィング)したときに、アシェル・マッサラがシン・ベトと関係があることを伏せるようにと注意した。モサドとシン・ベトのデータベースには手をつけるなとも命じていた。それ以外のデータベースは、いくらでも漁っていいことになっていた。オレゴン号がイスラエルのインテリジェンス・コミュニティのシステムにハッキングで侵入したことがわかったら、オーヴァーホルトがその反動を食らう。それに、それらの情報機関がアシェル・マッサラについてなんらかの即動可能情報(アクショナブル・インテリジェンス)をつかんでいたら、とっくにアシェルを拉致していたはずだ。

オレゴン号の最優秀研究者ふたりは、それぞれ壁の液晶モニターの電源を入れて、自分たちが発見したことをノートパソコンのディスプレイからそこに転送した。地図、写真、警察で撮られた顔写真、ソーシャルメディアのページ、その他のデータ要素がスクリーンでひらめくと同時に、ふたりがしゃべりはじめた。

サライは、ふたりの指——と脳——の動きの速さに目を留めた。

「当然だけど、ぼくたちはあなたが送ってくれた情報から手を付けました、ミズ・マッサラ」

「サライと呼んで」

エリックはつづけた。「彼の経歴を深く探るのに、それを最初の手がかりにしたんです」

エリックが話をしているあいだに、学校で撮影された集合写真のアシェルの顔の部分が、壁のモニターに数枚表示された。年齢順にならび、スポーツをやっている写真や、学校の記録——成績、標準テスト、教師の評価——も表示された。

「アシェルは才能のあるスポーツマンで、学生としても優秀だった——しばらくのあいだは。IQも高い」

マーフィーが口を挟んだ。「それが、やがて車輪がはずれた」また警察で撮られた顔写真が現われた。

「最初に逮捕されたのは十七歳で、商店での窃盗だった。執行猶予付き。三カ月後に暴行で逮捕されたが、公判にはかけられなかった。証人がいなかった。十八歳で自動車の重窃盗。十六カ月の刑を宣告され、十二カ月で仮釈放。二十四歳で非故意故殺により有罪。四年の刑のところを、三年服役後に保釈。保釈違反。所在は公式には不明。外国に逃亡したと考えられている」

「ちょっと待って」サライが遮った。「でも、それはみんなアシェルの個人的な記録よ。どうやって調べたの？」

　エリックとマーフィーが、きまずそうに視線を交わしてから、カブリーヨのほうを見た。

「ボス？」マーフィーがいった。

「彼女はわたしたちの味方だ」

　エリックが笑みを浮かべた。「ぼくたちはオレゴン号の専門家集団(タイガー・チーム)なんだ」

「電話ハックとか」マーフィーがいった。

　サライが、わけがわからないという目つきをした。

「ハッカーだよ」カブリーヨが、すこし厳しい口調でいった。

「そうです」エリックがいった。「ハッカーです」

「すごいわね」サライがいった。「イスラエルのデータベースは、かなり安全なはずなのに」

　マーフィーが、にやにや笑った。「そう思っていいよ」

「つづけろ」カブリーヨはいった。

「ぼくたちは、検索パラメーターをケニアに絞り込むことからはじめたんです。最後にいたと報告されたのがそこだったから」エリックが切り出した。

「そして、あなたの弟の名前、アシェル・マッサラで、基本的な検索をやった」マーフィーがつけくわえた。「まずケニアの警察の記録から――」

「それもハッキング？」サライがきいた。

マーフィーが、いそいそとうなずいた。

「つづけろ」カブリーヨはいった。

「そうだよ。急いで」エリックがいい添えた。

「黙れ」マーフィーがささやいた。壁のモニターのほうを顎で示した。イスラエルの警察が撮影したアシェルのもっとも新しい顔写真が、まだ表示されていた。「ケニアにはエチオピア系のユダヤ教徒がかなりいるけど、あなたの弟の名前や年齢と一致する人間は、ひとりもいなかった。それで、特製の顔認識ＡＩプログラムを使って、彼と一致する画像がないか探した」

マーフィーが、ノートパソコンのキーをひとつ押すと、アシェルの顔写真の横に、ケニア人やそのほかのアフリカ系の人間の顔写真が、トランプのカードのように積みあがった。

サライが、びっくりしてカブリーヨのほうをちらりと見た。

「ああ、わかっている。このふたりは天才なんだ」カブリーヨはささやいた。

エリックが説明をつづけた。「ぼくたちの仮の結論は、アシェルは逮捕されていないか――」

「――それともケニアの当局が、囚人の写真を撮るのを手抜きしているか。その可能性もある」マーフィーがいった。「ケニアの記録は、だいたいがめちゃくちゃなんだ」

「それに、アシェルは当然ながら、偽名ですばやく移動しつづけているだろう。逃亡犯なんだから」エリックがいった。「それで、ぼくたちは捜索を方向転換して、彼が関係していたギャングを調べあげることにした。ヤコブの息子たちを」

「ロシア語ではスイノーヴィヤ・ヤーコヴァ」マーフィーがいった。完璧な発音だった。

「もっと練習したら、ドクトル・ジヴァゴ？」エリックが、声を殺していった。カブリーヨのほうを向いた。「とにかく、そのギャングが国際的に活動してることがわかりました」

「どういうたぐいの組織だ？」

「インターポールの記録によれば、金で雇われて殺人、拉致、恐喝、麻薬など、さまざまです。ほんとうに悪辣な連中です」

サライの顔に絶望がひろがるのを、カブリーヨは見た。きみの弟はシン・ベトのために潜入工作を行なっていると教えて、慰めることができればいいのだが、と思った

――あるいは、せめてそうだったと教えるだけでもいい。しかし、考えればほど、サライがそれを知らなくてよかったと、カブリーヨは思った。サライはイスラエルの愛国者だ。弟がこともあろうに売国奴になったと知ったら、ひどく傷つくにちがいない。

「そしていま、ヤコブの息子たちは、ケニアで活動している」マーフィーがいった。「アシェルについてこれまでわかっていることすべてと、それが一致する」

「どうしてケニアなの？」サライがきいた。

「ケニアはアフリカで五番目に豊かな国だとされているんだ。もちろん、富の大部分は少数の人間に集中しているけど」エリックがいった。

「やつらはケニアでなにをやっているんだ？」カブリーヨはきいた。

「ケニアのあらゆる不正行為にはいり込んでるけど、おもな活動は高級車を盗んで、ヨーロッパに売ることです」

「アシェルの犯罪歴と一致してる」マーフィーがいった。

「ケニアのことを考えるとき、ランボルギーニは思い浮かばない」サライがいった。

マーフィーが、薄い顎鬚を掻いた。「ケニアにどれくらい高級車があるか知ったら、きっと驚きますよ――ランボルギーニ、メルセデス、ＢＭＷ、ブガッティ――」

「ケニアにはそういう車があるだけじゃなくて、警察がろくにだれも逮捕していないし、犯罪組織をぜんぜん取り締まっていないんですよ」エリックがいった。

「賄賂か？」カブリーヨはきいた。「それとも、警官がぐうたらなのか？」

「嘆かわしいことに、ケニアはアフリカでもっとも腐敗した国のひとつなんです。どういうことか、それでわかるでしょう」エリックはいった。「でも、それは一長一短なんです。いい面は、ケニアはあんがい殺人がすくないことです。でも、窃盗犯罪は飛び抜けて多い」

「わかった。アシェルがヤコブの息子たちと結び付きがあり、ヤコブの息子たちが車の窃盗を大がかりにやっていることがわかっている。そこから、わたしたちはどうたどればいいんだ？」カブリーヨはきいた。

エリックが、指を一本立てた。「ムハンマドが山へ行くことができなければ、山をムハンマドのほうへ持っていけばいい」

「そのたとえは大失敗だぞ、きょうだい」マーフィーがささやいた。

エリックは、それを聞かなかったふりをした。「アシェルの逮捕記録が見つからないとわかったんだから、主要港のモンバサや、ケニアの首都の最大都市で、高級車がもっとも多いはずのナイロビで、あちこちの個人用防犯カメラを調べればいい」

「車の窃盗そのものを捜索するんだな」カブリーヨはいった。「頭がいいな」

「車の窃盗もだけど、具体的には車の強奪も調べる」マーフィーはいった。「現代の車は、ことにハイエンドの高級車ほど、ありきたりのピッキングでは盗めない。リモコンキーがなくても、あらゆる種類の電子的手段で、走っている車そのものを停車させ――」

エリックがそのあとを受けていった。「銃を突きつけて乗っている人間をひきずり出して盗むほうが簡単だ」

「地元のニュースでは、抵抗しなければ車を盗まれるだけですむと報告している……」マーフィーのゲーマーのエネルギーが、急に冷めた。

エリックも、おなじように生真面目になった。「ぼくたちのＡＩ顔認識で防犯カメラのデータベースを調べて、これを見つけた……」

エリックが、キーをひとつ押した。上のほうにあるカメラからの粒子の粗い動画が、現場を映し出していた。動画だけで、音声信号はなかった。

メルセデスの黒いＧクラスが、赤信号のために、トヨタのピックアップと日産のセダンのあいだでとまった。若い黒人ふたりが乗ったモペッドが、猛スピードでそこに横付けした。カメラは通りの向かいの銀行ビルの高いところにあるので、ふたりの顔は見えなかった。

モペッドのうしろに乗っていた顎鬚の男が、身を乗り出して拳銃を抜き、運転席側のサイドウィンドウを叩いてどなった。

速度をあげて逃げることができたあとの二台は、赤信号の交差点を突破した。歩道の歩行者たちが、散り散りになった。

メルセデスのサイドウィンドウはあかなかった。若い黒人が拳銃のグリップでガラスを割った。運転していた男が、割れたサイドウィンドウ越しに手をのばして、拳銃をつかんだ。

粗い画質の動画で、発射炎が二度ひらめいた。

サライが息を呑んだ。撃った男の顔を見なくても、だれだか想像がついた。

「さっさとやれ、ストーニー」カブリーヨはいった。

「すみません」エリックが動画を早送りした。拳銃で発砲した男が、車内に手をのばして、ドアをひきあけ、運転していた黒人の男の襟をつかんで引き出し、舗装面に転がした。

拳銃を持った男がメルセデスの車内に跳び込んだとき、助手席に乗っていた女が悲鳴をあげて、そちら側から跳びおりた。

エリックが、キーをひとつ押した。

画像が停止した。

マーフィーが、べつのキーを叩いた。

画像が拡大され、拳銃で撃った男の顎鬚を生やした顔が、スクリーンいっぱいに映し出された。

エリックが、さらにキーをいくつか押した。防犯カメラが捉えた顔の画像と、髭をきれいに剃ったアシェルの顔写真が、いずれも突然ワイヤーフレームで囲まれて、主要な識別のための交点が強調表示された。ワイヤーフレームで囲まれた画像ふたつが、それぞれのもとの画像から切り離され、その画像の上のほうで重なって、ふたつの顔の目鼻立ちがほとんど完全に一致した。確率九九・四%という言葉が、スクリーンでひらめいた。

「アシェル」サライがいった。声がとぎれた。

「ちょっと調べてみたんだ」マーフィーがいった。「運転していた男に怪我はなかった。至近距離で発砲されたために、聴覚がすこし損なわれただけだった」

「よかった」サライはいった。「これはいつ起きたの?」

「三カ月前」マーフィーがいった。

「逮捕されなかったんだな」カブリーヨはいった。

「ええ。でもこれを見つけました」エリックが、またキーをひとつ押した。

顎鬚を生やしたアシェルの顔が、ソーシャルメディアの投稿に現われていた。トタン波板で造られた二階家の前に立っていた。

「これは二日前に投稿されました」いつかときかれるのを予測して、エリックがいった。

「どこで撮られたのか、わかっているんだな？」カブリーヨはいった。

エリックがうなずいた。「位置情報（ジオタグ）が付いてました。そのときはまだ、ナイロビにいました」

「だいたいはね」マーフィーがいった。

「〝だいたい〟とは、どういう意味だ？」カブリーヨはきいた。

「写真が撮られた場所は、キベラです」エリックがいった。

「キベラ？」サライがきいた。

マーフィーが、あらたな画像をスクリーンに呼び出した。環境が劣悪な地域を上空からドローンで撮影したニュース通信社の写真で、かなり広い範囲にわたって錆びたトタン波板の屋根がひしめいていた。

「アフリカ最大のスラム街。だれに質問するかによってちがうけど、五十万人ないし百万人が、四平方キロメートルくらいの地域に詰め込まれてる」

「それで、わたしたちがつぎにやるべきことは？」カブリーヨはきいた。

サライがモニターに近づき、画像を見つめた。

「弟は暴力的な犯罪者で、殺人者たちと結び付いている。人間の蟻塚（ありづか）のどこかに隠れている。弟を彼自身から救うどころか、弟を見つけてもどうにもならない」サライは、カブリーヨのほうを向いた。「無駄な手間をかけたわね。時間をとらせてごめんなさい」感情が昂（たかぶ）って、声がかすれた。

マーフィーとエリックは、自分たちのノートパソコンに注意を戻した。

「アシェルを見つけるのは、わたしたちに任せてくれ。でも、わたしが考えているのは、彼のことだけではないんだ」

目の縁の涙を指先で拭いながら、サライがうなずいた。

「ほんとうにそのとおりよ。父のこともある。思い出させてくれてありがとう」

「船室に案内するよ。そのあとで、つぎの手段について計画を立てよう」

カブリーヨは、エリックとマーフィーのほうを向いた。「きみたちは持ち場に戻らないといけないだろう。検索エンジンを自動にするか、なんでも必要なことをやってくれ。アシェルがべつのカメラに捉えられたら、知らせてほしい。もうべつの場所に移動したか、ひょっとするとべつの国へ行くかもしれない。それがわかるまでは、キベラがわたしたちのつぎの目的地だ」

「アイ、会長」ふたりがいった。額を寄せ、声を落としてふたりが捜索計画を練っているあいだに、カブリーヨはサライをドアに向かわせた。

やることが数多くあり、それに使える時間はあまりない。アシェルは干し草の山の針一本にひとしい。風が吹き荒れるサハラの広大なうねる砂漠で、ひと粒の砂を捜すようなものだ。じっさいに発見することはまず望めないだろうと、カブリーヨは思っていたが、やってみなければならない。

カブリーヨがもっと心配だったのは、じっさいに発見したときに、なにが起きるかということだった。

カブリーヨは、壁のデジタル時計を見た。移動をはじめなければならない。時間はアシェルの味方ではないし、カブリーヨたちの味方でもなかった。

ジュリアやリンクを出迎えて、アマゾンでの冒険について、じかに話を聞きたいと、カブリーヨは思った。だが、ジュリアがハリ・カシムに送ったメールによれば、ドバイに到着するのは明後日だという。ジュリアが旅程をじかに電話で知らせずに、ハリに伝えたのが、なんとなく嫌な感じだった。つまり、ジュリアはなにかを隠している。それがなにかを突きとめるのは、ナイロビから帰ってくるまで先延ばしにするしかない。

30

インド、カルナータカ州カルワルの近く
ヴァジュラコシュ・インド海軍基地

ジャン・ポール・サランは、輸送機の貨物室で兵員席のもっとも機首寄りに座っていた。御しがたい部下の傭兵十二人とおなじように、ライフル、バンプヘルメット、暗視ゴーグル、パラシュート装備を身につけていた。薄暗い貨物室には、JP‐8燃料と隔壁に取り付けた〝ハニー・ポット〟容器のなかで揺れている液体のにおいが漂っていた。

C‐130ハーキュリーズ輸送機は、空挺降下員を最大で六十五人搭載できる。だが、サランは十二人――と道連れ六匹――だけで任務の模擬演習(ウォーゲーム)を済ませていた。サランと傭兵たちは機内のいっぽうにならんで座り、向かいには犬舎があった。いまは

機内の赤い灯火を暗くし、エンジン音が響いているなかで、犬はおとなしくしている。まもなくそれが変わるはずだった。

ハーキュリーズを飛ばしているターボプロップ・エンジン四基の爆音で、ふつうなら会話は困難だが、彼らは通信装置で接続されていたので、それは問題ではなかった。どのみち、話好きな一団とはいえない。彼らはサランの命令で、一体となって動き、考えるように訓練されている。サランは社交クラブを運営しているわけではないし、ハイタワーとともにやってきた仕事は、戦闘のチームスピリットを創り出すのが――あるいは、もっと正確にいうなら、それを解き放つのが容易だということを証明している。

サランは腕時計を確認した。まもなく降下開始点に近づく。サランは胸掛け装備帯(チェストリグ)のパウチからタブレットを出して、ドローンの生動画をもう一度見た。基地を監視し、動きを追い、ドローンを飛ばしつづけるために、前の週に女ひとりを地上に配置していた。この月明かりのとぼしい夜、なにもかもとどこおりなく進んでいた。

いつもの癖で、サランは作戦計画を頭のなかでもう一度なぞってみた。どんな計画にもひとつくらい欠陥があるが、今夜の任務は、こうして頭のなかでチェックリストを最後になぞっても、なにも欠陥が見当たらない。サランは心配していなかった。敵と最初に接触したとたんに計画はだめになるものだし、攻撃にさらされながら即興で工夫するのが、サランの戦術技能だった。いずれにせよ、これまでで最大の契約を結んだ相手であるサウジアラビア人の雇い主が満足するように、今夜の任務を完了するつもりだった。

サランの耳で通信装置がカチリと音をたてた。「シニョール、降下まであと十分です」ミラノなまりが強い機長の声が、大きく明瞭に聞こえた。

「了解した」

サランは立ちあがり、部下との通信チャンネルに切り換えた。全員がサランのほうを向いた。

「装備点検！」

傭兵十二人が、ただちに立ちあがった。おのおのが前にいる戦闘員のストラップを強く引き、バックルをひっぱって、点検を行なった。三十秒後、全員が向きを変えて、やはり前の戦闘員に対しておなじ点検を行なった。

装備点検が完了したとき、油圧モーターがうなりはじめ、降下に使う尾部の傾斜板がおろされた。たちまち風が貨物室に殺到し、轟々と鳴り響いた。

特殊なハーネスを付けて横に立っていた男を、サランは指差した。そのうしろの五人も、おなじハーネスを付けていた。

「犬舎へ行け。降下の準備をしろ」

　サランは、身体能力を高めるために、ハイタワーの条件付け体力増強法の一部を受けていたが、そばのひらけた野原に降着した傭兵十二人の力とスタミナには及びもつかなかった。高高度降下・低高度開傘（HALO）用の特殊なハーネスを付けた体重九〇キロ以上のマリノアを運んだ六人には、ヘラクレスなみの力があった。だからこそ、筋骨たくましい猛犬と、短時間ではあるがその興奮しきった状態をコントロールできるのだ。

　パラシュート降下は何事もなく成功し、傭兵たちは音もなく指揮官のサランのまわりに集まった。サランはまだ巨大な犬たちを作動していなかったが、犬たちは警戒し、勇み立ち、訓練されたとおりに、怒りを爆発させるよう身構えていた。サランは犬たちを小さな火山と呼んでいたが、小さいところはどこにもなかった。サランが電気信号で作動すると、犬たちは狂乱し、暴力への強い欲望をほとんど制御できない完全な殺人機械に変わる。サランと傭兵たちが無事でいられるのは、特殊な電波発信機を身につけているからだった。その装置は、人間の耳には聞こえないが、犬に攻撃するなと警告する超音波パルスを発信する。そのような装置を身につけていないと、たちどころに襲撃される。

サランと傭兵十二人がパラシュートのハーネスをはずしたとき、ドローン操縦士が森から駆け出してきて、開豁地にやってきた。フレームヘアを短く刈ったそのアイルランド女が、サランに親指を立てて、近づきながら通信装置でささやいた。「なおも敵影なし」

サランは、にやりと笑った。「よくやった。ドローンのバッテリーは？」やはり超音波パルス発信機を身につけていた。

「残量はあと二十八分。予備バッテリーは六十分」

「よし。それに注意して、離れていてくれ。だが、おれの合図で合流しろ」

「了解」

サランは、傭兵十二人と犬六頭を従えて、長方形の海軍補給処を囲む密生したマホガニーの林を抜けた。数分後に、林をはいったところにあるフェンス近くで、全員がしゃがんでいた。彼らの主要ターゲットは、敷地の東側にある建設されたばかりの倉庫だった。

だが、まず本部ビル内に徹夜で詰めて、感知装置類(センサー)で倉庫を監視している警備兵ふたりを始末しなければならない。本部ビルはターゲットの倉庫の五〇〇メートル南、施設群の南東にあり、正面ゲートのすぐ奥に位置している。

サランは、ドローンの動画が送られてくるタブレットを確認し、基地の鳥瞰図を眺めた。警衛はすべていつもとおなじ持ち場にいて、上等兵曹が敷地の遠い側を車両で巡回している。

「行け」サランがささやいただけで、本部ビルでの仕事を割りふられている三人組のチームが突進した。金網の上の二重に巻かれたレザーワイヤーを越えるのにじゅうぶんな高さの伸縮式梯子を、ひとりが持っていた。

ハチドリくらいの大きさに見える昆虫が、敷地のずっと上でブーンとうなっているナトリウム灯に惹かれて飛びまわり、そのガラスに容赦なく激突していた。ナトリウム灯の光は、基地内の動きをすべて遠隔操作カメラが捉えられるくらい明るかった。不意にフェンスに近づいた傭兵三人も、それを逃れることはできなかった。

五メートル近い長さの梯子がすばやくのばされ、レザーワイヤーの上にひっかけられた。ふたりが想像を絶する速さで器用に登り、フェンスの奥に跳びおりた。四・五メートルもの高さから地面に落ちたのに、そのまま大股に駆け出して、本部ビルへ全力疾走した。

ふたりがフェンスを乗り越えたとたんに、三人目が梯子をフェンスから遠ざけて、森のなかにほうり投げ、合図を待った。

チャクラヴァーシー上等水兵は、鉛の錘（おもり）でもついているような重いまぶたが閉じそうになるのをこらえながら、あくびをした。チャクラヴァーシーの狭いワークステーションには、動画と信号のモニターがならんでいた。夜から早朝にかけて、技術員のチャクラヴァーシーがおもに集中していたのは、友人数人といっしょにビデオゲームのコードを書くことだった。それをメタの仮想空間（メタバース）のホライゾン・ワールドに載せたいと思っていた。チャクラヴァーシーやそのほかの下士官がインド海軍（バーラティーヤ・ナウセナー）でいくら働いても、家を買ったり妻子を養ったりする金を稼ぐことはできない。メタバースは未来だし、その未来で金が儲かるはずだった。

チャクラヴァーシーは時計を見てから、ブーツをデスクに載せて椅子でぐっすり眠っている友人のバハドゥールに目を向けた。バハドゥールが当直に就くまで、あと十分ある。その一時間後に上等兵曹が、いつものように紅茶を飲むために来るはずだった。

上等兵曹が前触れもなしに跳び込んでくることを考えただけで、チャクラヴァーシーの血圧はあがった。シン上等兵曹はわめき散らす。一カ月前に、持ち場で眠っているのを見つかったとき、チャクラヴァーシーは、生き地獄のような思いを味わった。だから、いつものように不安にかられて、周辺防御のカメラのモニターに目を向け、シンのポラリス全地形型車両を捜した。

チャクラヴァーシーが、一番下の列のモニターをよく見ようとして、身を乗り出し、政府支給の眼鏡を鼻の上に戻したとき、ドアが勢いよくあいた。チャクラヴァーシーはその音にぎょっとして、ひっくりかえりそうになった。

だが、どうなっているのかをシンに弁解しようとして、チャクラヴァーシーが椅子をまわそうとしたとき、サプレッサー付きの拳銃から九ミリ・ホローポイント弾に後頭部を貫かれた。

椅子に座ったまま眠っていた友だちのバハドゥールも、おなじ悲運に遭った。

「掃討した」本部ビルの監視チームふたりを殺した傭兵がいった。

「了解」チームのあとのものといっしょに林にいたサランがいった。「おれの命令があるまで、その位置を維持しろ」最初に送り込んだ傭兵ふたりは、ヒンディー語が母国語だった。だれかが警告か不安を伝えてきたときには、ブラフでふたりが追い払うことができる。

サランは、ドローン画像のタブレットを、もう一度確認した。警衛はすべて所定の位置にいる。兵舎は静まりかえっているし、上等兵曹はポラリスにのっていまものんびり巡回している。サランはすばやく計算した。

攻撃開始の時間だ。

元空挺隊員のサランが、ハンドシグナルで命じると、先鋒のひとりが突進して、携帯用蒸気トーチで、フェンスに人間が通れる穴をこしらえた。ふつうならフェンスを破れば警報が鳴るはずだが、監視ステーションを排除したので、察知されるおそれはなかった。

サランは、犬の首輪をつかんでいる六人のほうをちらりと見た。

「グループ1(ワン)、用意は?」

「用意よし」と応答があった。

「放せ」サランは、通信装置に向かってささやいた。

一頭目のマリノアが、サランのほうへ突進したが、目はフェンスのそばの男に向いていた。あとの五頭が、それに折り重なった。

「行け!(アリエ)」サランが命じると、犬六頭はフェンスの穴に向けて突撃した。犬がフェンスを通過すると、サランは腕時計の作動スイッチを押した。

「あとの全員――ついてこい」

31

アガルワル一等水兵は、母親が好んでいる乱暴で粗野な男との決められていた結婚から逃れるために、インド軍にはいった。逃げてよかったと思った。うまくすると、女好きな馬鹿者は、軍の任期が終わるまでにほかの女に目を向けるにちがいない。

だが、海のない内陸部のニューデリーで生まれ育ったアガルワルがことにインド海軍を選んだのは、世界を見ることができるからだった。とにかく大海原は見られる。最初の勤務地が、海から数キロメートル離れた内陸部だったのは、なんとも皮肉な成り行きだった。

雲の多い空で、新月の光も届かなかったが、アガルワルの足に水ぶくれを生じさせている重いコンバット・ブーツの下のコンクリートから立ち昇る熱気は弱まらなかった。小柄な体には、海軍のブルーのデジタル迷彩作業服のもっとも小さいサイズでも大きすぎるほどだし、肩から吊っている重いライフルは、身長とほとんど変わらないように見えた。シャツの厚い布地の下で、汗の流れが絶え間なく背骨の上を伝い落ちていた。

だが、そういう不快感は、海軍のミサイルと弾薬の集積施設での退屈きわまりない勤務から気をまぎらすのに役立っていた。どの夜も、シン上等兵曹のポラリス全地形車両——四輪駆動のゴルフカートのような車——が、長さ一キロメートル、幅五〇〇メートルの周辺防御を延々と巡回し、決まりきった間隔で通過するほかには、何事も起こらない。ターバンをつけているシーク教徒のシン上等兵曹は、かならずアガルワルの持ち場に寄って雑談をする。直属の上官なので気遣っているふりをしているが、監督すること以外の魂胆があるのを、アガルワルは気づいていた。

十八歳のアガルワルにとって、ほかに気を散らす物事は、彼女とおなじように退屈して、それぞれの持ち場の一角を歩きまわっている警衛の姿をちらりと見ることぐらいだった。兵士らしくないふるまいだと叱るに決まっている上等兵曹が近くにいないとき、警衛はたがいにこっそり手をふり合う。

今夜、アガルワルは施設の北西の角の持ち場にいて、三十秒ごとに腕時計を見たくなるのを必死でこらえていた。海軍を辞めないたったひとつの理由は、家にかえったらすぐに婚約者と結婚させられるとわかっているからだった。その男は脂ぎった肌の下っ端銀行員で、腐った肉のような口臭がある。

アガルワルは、鼻先に汗の珠ができているのに気づき、それが落ちるようなことはぜったいにやらない、というゲームをはじめることにした。汗の珠を見るために寄り目になったとき、遠くから突然、男の低いうめき声が聞こえた。その方角を向いたとき、その男がじたばたしている脚をひっぱられて見えなくなった。叫び声はなかった。

アガルワルは、パニックに襲われ、脈拍が速くなった。襟に取り付けられた無線のマイクに手をのばし、送信しようとしたとき、それまで見たこともなかったような大型犬が、信じられないような速さで音もなく突進してくるのが見えた。犬はうなり声を発するときのように口をねじ曲げ、獰猛に牙を剝き出していた。あまりにも恐ろしい光景だったので、アガルワルはショックのあまり凍り付き、叫ぼうとする前に、犬が跳びかかった。巨大な前肢がアガルワルの胸に叩きつけられ、犬の体重と速度が相まって、アガルワルは吹っ飛ばされた。布の制帽は、コンクリートに叩きつけられた頭蓋骨を護るのには役立たなかった。脳のなかで激痛が炸裂し、視界に白い斑点が散った。

アガルワルは悲鳴をあげようとして口をあけたが、犬の鋭い牙が喉に食い込んだ。犬が巨大な首を一度ふっただけで、アガルワルは絶命し、犬はつぎの獲物を捜すために猛スピードで走り去った。

シン上等兵曹は、全地形車両でゆっくりとつぎの周回をはじめていた。今夜立哨している若いアガルワルについていやらしい妄想にふけっていたとき、新設の集積施設の正面で、部下のひとりが腕と脚を痛ましい感じに曲げて倒れているのが、遠くに見えた。

シンはアクセルを踏みつけ、マイクを持って兵舎に警告しようとしたが、言葉を発する前に、サプレッサー付きのライフルから発射された、ささやくような音しか出ない〇・三〇〇口径ＡＡＣブラックアウト亜音速弾三発が胸に突き刺さった。シンは死に、顔がハンドルにぶつかった。

兵舎では海軍の下士官二十四人が、周囲で恐ろしいことが起きていることにも気づかず、寝棚で眠っていた。兵舎は敷地のなかごろにあり、海軍基地の全周にあるのとおなじマホガニーの林に囲まれていた。施設科の工事がずさんだったのか、あるいは国防省の予算が足りなかったせいで、硬木の林は伐りはらわれていなかった。この弾薬集積所が戦場になるとは、だれも思っていなかった。

それが誤りだった。

兵舎の外には、警衛がひとり立っていた。敷地のほかの部分への視界は、周囲の高い樹木に遮られていた。警衛は考え事をしていたし、両手は煙草の火をつけるのに使われていた。遠くで靴が落ち葉を踏みしだくようなかすかな音が聞こえた。そちらを向いたとき、長身のセネガル人がそばを駆け抜けるのが見え、麝香のようなにおいを嗅いだ。顎の下にチクリと痛みを感じたのを意に介さず、警衛は向き直ってホルスターに手をのばした。だが、傭兵の手にナイフが握られていて、その剃刀のように鋭い歯から血が細く流れ落ちているのを見て、警衛の手は凍り付いた。警衛は灼けるように痛い喉に手をのばしたが、切り裂かれた喉から勢いよく噴き出す血に指が触れただけだった。

目の前が暗くなる前に、警衛が最期に見たのは、腕をのばせば届くところに立っているセネガル人が、にやにや笑いながら血まみれのナイフをズボンで拭いている光景だった。

セネガル人がナイフを鞘にしまったとき、インド人警衛の目が裏返った。だが、引き締まった体つきのその傭兵は、警衛が地面に倒れる前にその両腕をつかんだ。ドアから数メートル離れた地面に、セネガル人がそっと死体を横たえると、仲間の傭兵六人が音もなく兵舎に忍び寄り、サプレッサー付きの短銃身のライフルを構えて、ドアの横でスタックを組んだ。

先頭の傭兵がハンドシグナルで指示してから、兵舎のドアを引きあけ、突入した。あとの五人もつづいた。

セネガル人は、まうしろを警戒するためにドアのところへ駆け戻った。その持ち場についたとき、サプレッサー付きの自動火器が兵舎内で無駄のない連射を放つ音がくぐもって聞こえた。驚いて何人かが叫んだが、すぐに叫び声がとぎれた。

兵舎の敷地の向こうの森の濡れた葉叢を通して、十数人が走っている重い足音が聞こえた。セネガル人は向きを変えた。マリノア三頭が森のなかで狩りを開始し、全速力で獲物を追っているのが、強化された視力で見えた。

32

たくましいエジプト人傭兵が、死んだ上等兵曹をポラリスからひきずり出し、古ぼけたスーツケースでも持つようにズボンのベルトをつかんで、大きな倉庫のドアのそばに立っていたサランのほうへ運んでいった。もうひとりがポラリスに跳びのって、目につかないように建物二棟のあいだに入れた。

サランは、シン上等兵曹のターバンをむしり取り、長い髪をつかんで顔を持ちあげた。シンの右まぶたを無理やりあけて、虹彩リーダーに死体をもっと近づけるよう、エジプト人に合図した。赤いライトは依然として点滅していた。サランはシンの眼球を指で強くつかみ、眼窩からはみ出すようにした。

点滅していた赤いライトが、グリーンに変わり、巨大なシャッタードアがばかでかいボールベアリング軌条の上でガタゴトと音をたててあいた。

シャッターが数メートルあいたとたんに、サランはしゃがんで倉庫内に跳び込んだ。

エジプト人も含めた傭兵三人がつづき、エジプト人は死体をかついでいって、床にほうり出した。

倉庫内のようすが偵察員の説明どおりであることを、サランは見てとった。彼女がひそかに撮影したドローン動画とすこしも変わっていない。

サランは腕時計を見ながら、全チーム向けの通信チャンネルでいった。

「七分二十九秒後に撤収する。復唱しろ」

十二人が応答した。「了解です」

顎鬚を生やした元港湾労働者のブルガリア人傭兵が、トヨタの大型フォークリフトの梯子を昇って運転台に乗り込み、エンジンをかけた。四・三トンの荷物を運ぶことができるきわめて頑丈な〈ローデッド・コンテナ・ハンドラー〉には標準の四〇フィート・コンテナを六段積むことができる。ふつうは港で使用されるのだが、この倉庫にはうってつけの重機だった。施設内にはそういうコンテナが二十四台あり、四列六段にきちんと積んであった。

そして、その特製コンテナそれぞれに、超音速ミサイル一基が収められていた。

再設計されたその兵器は、コンテナ式発射システムに装填されていて、目立たないように輸送され、あらゆる艦船の甲板やトラックの荷台から発射できる。

「あれだ」サランは、もっとも積み込みやすい、いちばん近い列のてっぺんのコンテナを指差しながらいった。ブルガリア人が通信装置で了解したことを伝え、アクセルを踏んだ。フォークリフトがガクンと揺れて前進するとき、滑りやすいコンクリートの床で巨大なタイヤが鳴き、ディーゼル燃料の燃える刺激臭があたりに漂った。

サランの腕時計が、イヤホンを通じて警告音を発した。ヘリコプターが五分後に到着する。倉庫チームが分捕り(ぶんど)品を確保するあいだに、敷地内のあとの傭兵たちは、引き揚げに備えて、死体を隠し、痕跡を消す。

巨大なフォークリフトのグリッピング装置が、ミサイルコンテナの隅金具(コーナーキャスティング)四つと噛み合い、なんなく持ちあげた。ブルガリア人はフォークリフトを巧みに操り、コンテナを積みあげたところから引き出して、ほとんど音をたてずにコンクリートの床におろした。

サランは、大きな口髭を生やしたトルコ人といっしょにコンテナのほうへ駆けていった。その男はトルコ海軍の砲雷長だったが、バーでの激しい喧嘩で同僚の将校を殺したために除隊になっていた。

トルコ人が、ポケットにはいる大きさの装置を出して、コンテナを密閉している電子ドアロックに近づけた。そのスキャナーが、さまざまな周波数で発信した。適切な周波数が見つかると、コンテナの両開きの扉が自動的にあき、中身が見えた。

サランは、口が裂けそうな笑みを浮かべた。「まさに目当てのものだ、諸君」

インドの最新鋭超音速巡航ミサイル、ブラモスＮＧｖ２がそこにあった。インドとロシアが共同開発したミサイルで、一基だけで大型艦を撃沈できる。戦闘で実力が証明されているロシアのツィルコン超音速ミサイルとほぼおなじ弾道特性を備えている。大きなちがいは、固体燃料を使用するブラモスのほうが小型で、発射運搬体も含め、完全に自律していることだった。ブラモスは、光学、レーザー誘導、ＧＰＳ座標など、目標照準の選択肢も多い。

トルコ人が、ミサイルコンテナの狭い内部に駆け込んだ。ミサイルの滑らかな表面を両手でなぞり、見える部分をすばやく調べ、即応状態を示す札を確認した。小さな電動ドライバーで主アクセスパネルをあけ、ＬＥＤフラッシュライトでなかを照らした。最後に、壁に取り付けてあった携帯発射ステーション——専用ソフトウェアをインストールした堅牢(けんろう)型ノートパソコン——をはずして調べた。

ヘリコプターのブレードが空気を叩く重い打音が、遠くから聞こえた。時間があまり残されていない。「ミサイルの発射準備はできているか？」サランはきいた。

「燃料充塡済み、電源よし、それに」——トルコ人は、にやりと笑って、発射ステーションを持ちあげてみせた――「発射準備よし」

「コンテナを閉めろ」

ブルガリア人が、二台目のコンテナを一台目のそばの床におろした。トルコ人が走っていって、おなじ手順をくりかえした。

「あと二分だ。急げ！」

「イエッサー」

「了解」Mi‐26〝ヘイロー〟大型ヘリコプターの爆音のなかで、機長がいった。サランが着陸命令を下したところだった。

機長は、副操縦士のほうを向いた。「突入する」

「イエッサー」

「対空レーダーは？」

「依然として安全」

サランのロシア製ヘリコプターは、インド軍が使用している型だし、近くのカダンバ空軍基地――インドの唯一の空母の母港で、その地域で最大の海軍基地――はつねに活発に運用されている。夜中のこういう時刻でも、ヘリコプターのローターの音がだれかの注意を惹くことはない。

　もっとも重要なのは、副操縦士が予防措置として、インド軍のヘリコプターに化けるために、偽の敵味方識別符号(IFF)を発信していたことだった。ヘイローは、大きくて不格好だが、仮想ステルス・モードで飛行していた。

　Mi-26ヘイローは、弾道ミサイルや重い軍用車両を最大二〇トンまで輸送できるように設計されている。きょうの貨物、ブラモス対艦ミサイルのコンテナ二台は、輸送能力の範囲内だし、広い貨物室にはサランのチームと装備を積むスペースがじゅうぶんにある。


　タイミングがすべてだった。サランは自分の計画に自信を抱いていたが、無用の遅れは探知されて撃墜される可能性を高めるおそれがある。

「行け(アリエ)！　行け(アリエ)！」基地周辺部のコンクリート舗装の道路に着陸したヘリコプターに向けて、部下と犬が基地のあちこちから走ってくるあいだ、サランは叫んだ。大型エンジンは緩速運転(アイドリング)の状態で、八枚ブレードの大揚力のローターがゆっくりまわっていた。

　サランの部下の傭兵四人が、重ねて積んであるブラモス・ミサイル発射機コンテナ二台のてっぺんによじ登り、上のコンテナの隅金具(コーナーキャスティング)にケーブルを取り付けた。上のコンテナと下のコンテナは、きわめて頑丈な緊締装置(ツイストロック)、ラッシングロッド、ワイヤーで固定されていた。軍仕様の特製コンテナは、いまや文字どおり溶接されたようにつながっていた。

四人がケーブルを取り付けているあいだに、ドローン偵察員の女とあとの傭兵たちが、貨物室にはいってきた。鼻づらが血まみれになり、体や肢(あし)に汚物が点々とついている犬たちは、サランに作動を停止されると、たちまちおとなしくなった。いうことをきくようになり、抵抗せずに犬舎に入れられた。

着陸の二分後に、サランはロシア製のヘリコプターに乗り込み、親指をあげた。ターボシャフト・エンジンが轟々となり、回転があがるたびに機体が振動した。まもなく巨大なローターによってヘリコプターが離昇すると、ケーブルがぴんと張り、ブラモス・ミサイルのコンテナが夜明け前の空に着実に昇っていった。

33

ケニア、ナイロビ

確率は低いとカブリーヨにはわかっていたが、アシェル・マッサラを見つけるには、それしか方法がなかった。とはいえ、四平方キロメートルに百万人もの人間がいるという人口稠密(ちゅうみつ)なスラム街で、ひとりの男を見つけるというのは、気が遠くなるような難題だった。ニューヨークのティッカーテープ・パレードの最中にだれかがうっかり落とした当たりの宝くじを拾うほうが、確率が高いだろう。だが、無難なことをやったり、難しいと文句をいったりするのは、カブリーヨの仕事ではない。

特殊空挺部隊(SAS)の隊是を思い出せと、カブリーヨは自分を戒めた。〝危険を冒すものが勝つ〟。

カブリーヨはゴメス・アダムズが整備員に話しかけるのを小耳に挟み、ティルトローター機に問題があるのではないかと思ったが、その不安は的中した。油圧系統の一本の圧力が落ちていた。技倆の低いパイロットだったら、飛行中に懸念をあらわにしていただろうが、元特殊作戦ヘリのパイロットだったゴメスは、平然としていた。油圧に問題があるということは、ハイテクのティルトローター機をただちに修理し、総合的な安全点検を行なわなければならない。そんなわけで、カブリーヨはクウェートシティで自家用ジェット機を雇って、ケニアのナイロビまで行かなければならなかった。

自家用ジェット機は、活気に満ちたジョモ・ケニアッタ国際空港よりもずっと小さいウィルソン空港に着陸した。乗客が駐機場からじかに飛行機に乗り、フードサービスは自動販売機二台だけというような空港だった。発着のすくない空港だが、サファリ、キリスト教の伝道団体、国連の食糧支援などのチャーター便には人気があった。三階建ての青い屋根の管制塔や、手描きの壁画がある格納庫など、ジョモ空港よりずっと古風な魅力があった。それに、ナイロビの中心街にも近い。

それに、ウィルソン空港は税関の検査や入出国審査もさほど厳密ではないという評判で、ことに高級な自家用ジェット機の乗客に対して甘かった。カブリーヨとサライは、〈トゥミ〉のおしゃれなスーツケースを持って通り、どちらも税関職員に調べられなかった。新設の自家用機用ターミナルにことに配置された職員は、美人の若い女性だった。カブリーヨが世界中で経験してきたように、金持ちはあたえられるべきではなく、賢明でもない特権を許される場合が多い。きょうも、それを当てにしていた。

「こちらには何日くらい滞在なさるのですか?」税関職員がきいた。

「一日か二日です」カブリーヨは答えた。「あるいは三日」色褪せたデザイナージーンズ、皺の寄ったポロシャツ、はき古した〈ニューバランス〉のランニングシューズという格好だ――金持ちなのをごまかそうとするミリオネアのプレイボーイの非公式な制服だ。サライも、小粋なトップブランドでドレスダウンしていた。ケヴィン・ニクソンの大量のワードローブクロゼットと、器用な仕立て屋の手さばきのおかげだった。

「ビジネス? それともお楽しみですか?」

「お楽しみのビジネス」カブリーヨは、颯爽（さっそう）とした笑みをうかべていった。税関職員が、美しいサライをちらりと見た。

「そうですか」

「それに、サファリも」

「ケニアにおいでになるときには、いつでもそれが名案ですね」

「荷物をホテルに届けるよう手配してもらえないかな?」高級リゾートのビジネスカードをカウンターに置きながら、カブリーヨはきいた。

「かしこまりました」税関職員がふたりにパスポートを返した。カブリーヨとサライは、免税店を抜けて、出発ゲートのすぐ先のタクシー乗り場へ行き、列にならんで二台目のバン型タクシーに乗った。

「どちらまで?」ブルーのベストを着たタクシー運転手が、アフリカの男に共通する豊かな響きのバリトンできき、運転席から満面の笑みを向けた。

「キベラへ」

運転手の笑みが消えた。

「キベラはスラム街ですよ」一本指を掌に押しつけて、その言葉を強調した。「ほんとうにひどいところです」

「ああ、それはわかっている。どうか、そこまで乗せていってくれ」

「本気ですか?」

「もちろん」

運転手がふりむいた。「ほんとうに?」

「問題があるのか？」

「キベラに行ったことがあるんですか？」

「いや、行ったことはない」

「キベラに住んでるやつらは、神に呪われてる——悪魔にも！」

「それは知らなかった」

だが、じつはカブリーヨは知っていた。ある意味では、たしかに呪われている。ここへ来る機中で、カブリーヨはキベラのスラム街の住民の苦境について資料を読んだ。ほとんどが、都市部で持続する仕事を探そうとして、経済が破綻した奥地から逃れてきた農村地帯のひとびとだった。発展途上国のつねとして、ケニアは急速に都市化していて、生き延びる方法を見つけようと必死になっているひとびとが溢れかえっている。ナイロビの五百万近い住民の三分の二近くが、なんらかの形のスラム街で暮らしている。

問題は、農村地帯から来た技術も教育もない労働者が、都市では低賃金の単純労働しか見つけられないことだった——手当てが出て給料がもらえるような仕事を見つけるのは、まず不可能だった——だから、移住者たちはキベラのようなスラム街で暮らす稼ぎしか得られない。だが、キベラに来たら、二度と脱け出すことはできない。質の悪い飲料水から、彼らが使う公衆〝便所〟に至るまで、生活のすべての面に金がかかる。つかのまプライバシーを守れるだけの、トタン板で囲まれた便所の使用料は法外なのだ。シャワー施設――やはりトタン板で囲んでいるだけ――までもが有料で、湯の代金も合わせて、一所懸命稼いだ金をむしり取られる。

ほとんどの家族が、トタン波板でできた三メートル四方一間の掘っ建て小屋に住んでいる。掘っ建て小屋には暖房も冷房もなく、水道は通じていないし、洗面所もない。家族は冬には凍え、夏にはうだる。毎朝、夜明け前に、住民数十万人――ほとんど男――がスラム街を出て、町まで何キロメートルもとぼとぼ歩いて、大半がキベラのようなところは存在しないというふりをしている中流階級やその上の階級のために、清掃や料理や下働きをやる。

カブリーヨの考えでは、もっとも腹立たしいのは、キベラは政府の土地なので、だれもなにも所有していないのに、賃貸料がとられ、容赦なく立ち退かされていることだった。政府の公式の建築規制はなにもなく、家主が家を建てたり、借家を改築したりすることは許されていない。下っ端の悪党が手数料、家賃、使用量を取り立てている。それに、カブリーヨが読んだある研究によれば、そういう金の大部分は、貧困の果てしないくりかえしをつづけさせている腐敗した政治家のポケットにはいる。研究論文を読みながら、一部の西側政府となんら変わりがないと、カブリーヨは思った。

キベラのような場所を救おうとして資金を提供する善意の組織ですら、その金の上前をはねたうえに、残りで自分たちや仲間の家を建てるような、不正な役人が私腹を肥やすのを手伝っているにすぎない。

「キベラは危険なところだし、ことに白人にとっては危険だ」運転手がいった。サライのほうをちらりと見てから、カブリーヨに視線を戻した。「きれいなご婦人がたにとっても。どこにどんな用事があるんですか？」

「友だちを捜したいんだ」

「麻薬、銃、売春婦がお望みなら――安全に届けますよ。キベラへ行く必要はない」

「そういうことではないんだ」カブリーヨはなおもいった。「友だちを捜しに行くだけだ。ほんとうに」

「わたしの弟なのよ」サライがいった。「それに、彼は呪われていない」

「それなら、電話して、ホテルに来させればいい。どこに泊まるんですか？」

カブリーヨは財布を出して、運転手にケニア・シリング札をひと束渡した――一万シリング、アメリカドルで九十ドルに満たない。タクシー代よりもだいぶ多い。オレゴン号には、こういう緊急の旅行に備えて、さまざまな国の通貨が保管されている。

たとえ少額でも空港で両替して、政府機関に警戒されるのは避けたかった。

運転手は、ユダのように仏頂面で金を受け取り、シャツのポケットに突っ込んだ。

「お好きなように」

空港を出て数分が過ぎると、ナイロビのわりあい清潔で現代的な街路は、たちまち気が滅入るような荒廃した都市へと悪化した。

キベラに車を入れるのは会社に禁じられていると、タクシー運転手が弁解したが、事実ではないだろうとカブリーヨは思った。運転手はキベラのすぐ先にあるケニャッタ市場でふたりをおろした。悪名高いスラム街へ歩いていく道順を運転手が教えたが、カブリーヨはすでに携帯電話の地図アプリにその座標を入力していた。

カブリーヨは運転手に厄介をかけた礼をいい、また千シリング渡して、手をふった。運転手が嘆かわしそうに首をふり、十字を切って、幸運を祈ってから、走り去った。

サライとカブリーヨは、ゲートを通って、キベラ地区から北東へ徒歩で約二十分のところにある、だだっぴろいケニャッタ市場にはいった。市場には商店が延々とならび、ほとんどは露店だったが、ビニールの防水布かトタン波板で雨を防ぐようにしてあった。安物の中国製工具からコピー商品のデザイナーブランドの時計に至るまで、あらゆる物が売られていた。色とりどりの果物や野菜はほぼおなじ値段だった。肉屋には捕りたての魚や肉があったが、たいがい冷蔵されておらず、蠅がたかっていた。排気ガスや煙草の煙に混じって、大型のバナナの甘いにおいや、チキンを焼くにおいがときどき流れてきた。入口から遠ざかるにつれて、足の下の舗装がなくなり、土の道に変わった。

カブリーヨがこれまで見てきた第三世界の野外市場とよく似ていたし、世界中の市場は何千年も前からこんなふうに作られてきた。アメリカ風の食料品店のほうがずっと衛生的だが、そのほうがずっと便利だとはいえないし、平均年収が六百ドルの国でそういう店を建設して維持することはできない――まして、スラム街のひとびとは、その半分の収入しかないのだ。

ふたりはようやく混雑している市場を抜けて、マーフィーがカブリーヨの携帯電話に送ってきたGPS座標に従い、その先の不潔な人通りの多い通りに出た。崩れかけたコンクリートブロックの建物、トタン波板の掘っ建て小屋、捨てられた古物を積んだ手押し車、顔が汚れている裸足の子供たちを、ふたりは目にした。地獄の奥から送られてきた第三世界の絵葉書そのものの光景だった。

しかも、そこはまだキベラではなかった。

ふたりはキベラ地区を迂回して南西に進み、ケニア政府機関と国際的な開発業者の共同事業だと、幟に誇らしげに書かれている公共住宅群に達した。建設されたばかりなのに、旧ソ連時代の郵便局のように醜くて飾り気がなかった。信じられないことに、カブリーヨが見ている地図によれば、ウッドで三打ほどの距離のところに、ゴルフ場がある。

公共住宅は、その背後にあるもの――極貧できわめて不潔な孤立地帯キベラ――に対する国境の壁のようなものだった。ナイロビの富裕な住民は、キベラの周囲にそこよりも不潔ではなく悲惨ではない壁を建てて、キベラに潜む〝呪い〟から身を護ろうとしているようだった。それでいて、ナイロビ市はスラム街の住人に完全に依存している。金持ちのケニア人が貧しいケニア人を植民として残忍にこき使っている。おなじ縮図が、アフリカのあらゆる地域で見られる。

サライとカブリーヨは、公共住宅群の横を通って、ライーニ・セイバ側からキベラにはいった。カブリーヨは、地球上でもっとも汚く貧しい街のいくつかに行ったことがあった。ここで見聞きする事柄は、そういった地域よりもずっとひどいにちがいないと、カブリーヨは感じていた。

34

通り――といっても、標識がなく、名称もなく、ただの通行が多い土の道――が、延々とつづく、たがいにもたれ合っているトタン波板の建物のあいだを曲がりくねってのびていた。通りの脇には蓋のない溝があり、人間の排出する汚水のにおいがしていた。ぼろを着た裸足の子供たちが、溝の横を走りまわって、交換するか売る価値がある物はないかと、ゴミを漁っていた。小さな手に握られたガラクタがろくにないことから判断して、そういう物はめったにないようだった。

サライがそういう光景とにおいについ反応していることに、カブリーヨは気づいた。ファッションショーのランウェイにいるときはもとより、エチオピアでの子供時代にも、これほどはなはだしく醜悪なものは、見たことがないのだろう。

だが、あながちなにもかもが最悪の状況だとは限らない。生まれつき楽天家のカブリーヨは、肥しにもかすかにいいところがあるのを見てとる。不潔な状況でも、人間はそれなりに繁栄するものだ。生き延びるのに社会の安全ネットを利用できないので、ここの働き者の住民は、有名なケニャッタ市場によく似た小さな商売を築いている。

彼らは自分の入用にも対応していた。ハンマーで叩く音、鋸の音、グラインダーの音が、四方で響いていた。小さな売店――スワヒリ語でドゥカという――があって、携帯電話を売り、散髪をやり、服を仕立てていた。鍋を修理し、刃物を研ぎ、靴を直し、服を繕う。どういう程度のものかはわからないが、医療サービスを行なう小さなトタン波板の小屋まであった。それに、至るところに子供たちと、それを世話する女たちがいた。そう、ここにはたしかに暮らしがある。たとえ過酷な容赦ない貧困のさなかであっても。

それに、現代文明の悩みの種である空のポリ袋が、至るところにある。棘のある植物の藪や釘の頭にひっかからなかったポリ袋が、通りの上でタンブルウィードのように風に流されていた。数千枚とはいわないまでも、数百枚はあった。ほとんどが空だったが、そうではないものも多かった。キベラには公衆衛生やゴミ収集のような公共サービスはない。カブリーヨが読んだ資料によれば、金を出してトタン板の奥で排泄する特権に浴する余裕がない住民は、必要に応じて〝空飛ぶトイレ〟を使って、脇に投げ捨てるのだという。道端にそういうものがいっぱいあった。

　携帯電話を確認していたときに、このあたりにいる白人は自分ひとりだということにカブリーヨは気づいた。ケニャッタ市場の入口には、イギリス人観光客がふたりいたが、このキベラでは、カブリーヨは一角獣（ユニコーン）とおなじくらい希少種だった。マイノリティーになることに不安はなかったが、外見についてタクシー運転手に注意されたことを思い出した。

「そんなに遠くない」モペッドのすり減ったタイヤを、継ぎ当てと接着剤で男ふたりが修理している売店（ドウカ）のそばを通りながら、カブリーヨはサライにいった。カブリーヨは気づかなかったが、そこにもうひとり男がいて、携帯電話をポケットから出し、ふたりが通ったときにメールを送った。

　くねくねとのびている歩道の前方のS字形カーブをまわって、若者三人がぶらぶらと出てくるのが見えた。汚れて色褪せたコンサートTシャツ、野球帽、ミラー・サングラス、穴あきバギーパンツという格好だった。アメリカのラッパー風ギャングスターに見せかけようとしているスラム育ちの若者たちだった。ほとんど滑稽としかいいようがなかったが、ひとりが隠そうともしないで、細い脚のうしろで鉄パイプを握っていた。カブリーヨとサライにこっちへ来てみろとでもいうように、三人は立ちはだかっていた。鉄パイプを持った若者が、威嚇する目つきを見せるために、サングラスを引きおろした。

カブリーヨは自分を叱った。外国の都市でのいつもの作戦では、監視探知ルートをたどる。商店のウィンドウや駐車している車のミラーを使って、襲ってくる可能性のある尾行者を捜す。だが、このスラム街ではそういうことをやるのが不可能だった。この悪党どもが、それを知っているのかどうかわからないが、その弱点につけこまれていた。

地形はつねに戦術に影響するので、カブリーヨは新しい環境にできるだけ合うように戦術をただちに変えた。

がたがきたカードテーブルに中古の工具をならべて売っている売店の前で、カブリーヨは足をとめた。さりげなくまわりを見て、べつの若いチンピラ四人組が、反対側から近づいてくるのを見つけた。

おもしろくなってきた。

カブリーヨは、錆びた自在スパナを取りあげて、じっくり眺めた。

「わたしのバースデープレゼントを買うのなら、一カ月早すぎるわよ」サライがささやいた。「それとも、なにかほかに考えがあるの?」

「何人か、友だちができたみたいだ」

カブリーヨはつぎに、青銅器時代に作られたとおぼしい、かなり使い込まれたバールを持ちあげた。深いへこみと錆を隠すために、けばけばしいカナリヤ色にスプレー塗装してある。重さがちょうど手頃だった。

「いくらだ？」華奢な折り畳み椅子に座っていたかなり高齢の女性に、カブリーヨはきいた。

女が、茶色く、節くれだった、オークの小枝のような指を四本立てた。

四ドルなのか、それとも四千ケニア・シリングなのか、その中間なのか、カブリーヨにはわからなかった。財布を出して、ケニアの紙幣の束を抜こうとしたとき、低くてよく響くやさしい男の声に遮られた。

「わたしの教会では、あんたのような建設労働者が必要なんだ」

カブリーヨはふりむいた。その男の身長はせいぜい一六五センチくらいだったが、存在感はそれよりもはるかに大きかった。目が明るく輝き、いたずらっぽい感じで、思わずつられてにっこり笑いたくなるような笑みを浮かべていた。薄くなっている髪がところどころ灰色なので年配だとわかるが、年齢不詳の感じだった。これまで見てきたここの住人とはちがって、ポリエステルのズボンをはき、長袖のドレスシャツを着て、クリップオンタイを付けていた。

「すまないが、あんた。わたしは建設労働者ではないんだ。ただの観光客だ」男が、バールのほうを顎で示した。「だったら、そんなものは要らないだろう」男がいっそう大きく微笑んで、手を差し出した。「わたしはアントニー・オルンガだ」

一瞬にして相手の性格を判断するのは、カブリーヨの才能のひとつだった。アントニー・オルンガをひと目見たとたんに、きわめて格別な人間を相手にしていると感じた。まったく見知らぬ男なのに、カブリーヨは彼を即座に信用した。

カブリーヨは財布をポケットに押し込み、オルンガの手を握った。胼胝のできた労働者の手で、力強かった。「ファン・カブリーヨだ。こちらは友だちのサライ・マッサラ」

オルンガが、サライのほうに会釈した。「お会いできてくれしい、おふたかた」

「わたしも」サライがいった。

カブリーヨは、オルンガのクリップオンタイに目を向けた。

オルンガが、その視線に気づいた。気恥ずかしそうに笑みを浮かべて、そのネクタイに触った。「いいネクタイを汚してしまったんだ。今夜の教会の礼拝用には、これしかなかった」

「牧師さんなの？」サライがきいた。

オルンガが肩をすくめた。「わたしたちはみんな、神に仕える身ですよ」

「まあ、牧師さん、正直いって、わたしは聖職者だと非難されたことはないんだ」カブリーヨはいった。「それがいいことだとはかぎらないが」

「どうか、アントニーと呼んでくれ。それに、こんなキベラにようこそ。あんたの役に立てることはあるかな？」

カブリーヨは携帯電話を出して、自分たちが見つけたGPS座標の位置をオルンガに見せた。オルンガがシャツのポケットから老眼鏡を出し、カブリーヨは小さな地図を指で拡大した。

「ああ、もちろんここは知っている。すぐ近くだ」オルンガは、幅広い鼻の先っぽに老眼鏡をずらした。「しかし、表の若い衆が、あんたたちの行く手を阻んでいるようだね」

「わたしよりもだいぶ目がいいようだ」

「そんなことはない。よければ、あんたたちの目的地まで同行するよ。しかし、〈バー・ロイアル〉へ行きたい理由を聞かせてくれないか？　キベラにはもっとましな酒場があるし、ナイロビ市内のほうがずっといい店がある」

「わたしたちは、この写真をアップロードした人間を捜しているんだ」そういって、カブリーヨは携帯電話に保存されていたアシェル・マッサラの写真を見せた。「この男を知らないかな？」

「わたしの弟なの」サライが、期待をこめていった。「名前はアシェル・マッサラ」

「善き羊飼いは、迷える羊一頭を捜すために、九十九頭を置き去りにする」

「弟はたしかに迷える羊よ」

オルンガが、老眼鏡を目の前に押しあげて、写真をじっくり見た。「いや、すまないが、見おぼえがない。この写真をアップロードしたのはだれかね？」

「ローレンス・アブヤという男が、〈バー・ロイアル〉にいるときに撮った。やはり知らない男だろうね？」

「知らない。すまない。しかし、バーの持ち主のボニフェイス・ムグナが知っているだろう」小柄なアフリカ人牧師は、安物の老眼鏡を慎重にたたんで、シャツのポケットに戻した。「彼のところへ連れていってあげよう」

カブリーヨは、椅子に座っている年配の女のほうをちらりと見た。工具を売り損ねたのが癪に障り、冷たい顔をしていた。カブリーヨは財布を出して、千シリング札――約八ドル相当――を一枚渡した。「手間をとらせたね、マーム」

女が目を輝かせて、歯のない口をほころばせ、カブリーヨに笑いかけた。

アントニー・オルンガが先に立ち、日除けのある小さな売店からきつい陽射しのもとに出た。若者のギャングスター二団が、通りの突き当りでひとつの大きな群れにまとまっていることに、カブリーヨは気づいた。その連中が、落ち着きのないハイエナのようにうろうろ歩きながら、行く手をふさいでいた。

「なにも心配はいらない。わたしといっしょにいれば」オルンガが請け合った。「だが、そばにいてくれ」

カブリーヨは、ホルスターに入れた銃、ナイフ、あるいは小さな棍棒(こんぼう)を隠し持っているのかもしれないと思って、オルンガのズボンやシャツをひとしきり見たが、なにもなかった。オルンガの馬鹿でかい手は、重労働で暮らしを立ててきたことを物語っていたが。もしかするとボクサーの手であるのかもしれない。この小柄なアフリカ人の自信がどこから生じているのか、見当もつかなかった。殴り合いになったら、乱闘の群れのなかでもっとも小柄な男なのに。

オルンガは、群れのなかでもっとも背が高い、鉄パイプを持った若者に、大股でまっすぐに近づいた。カブリーヨとサライは、指示されたとおり、オルンガのそばを離れなかった。あとの若者が、たちまち三人を取り囲んだ。カブリーヨはターゲットを選別しはじめ、まもなく起こりそうな殴り合いからオルンガとサライを救う手順をひねり出そうとした。

長身のギャングスターは、目の前の小柄なオルンガを見おろして、脅しつけようとした。鉄パイプを握る手に力がこもるのを、カブリーヨは見た。

はじまるぞ。

「お母さんはきょう、ぐあいがよくなったかな、フィリーモン?」オルンガがきいた。心から気遣っているのが、声からわかった。

「よくなった? うん」

「だったら、薬が効いているのかな?」

フィリーモンが、ほんのかすかな笑みを浮かべた。「うん、効いてる。薬を手に入れてくれてありがとう」

「薬を見つけたのは神のおかげだ」

フィリーモンのポケットで、携帯無線機が雑音をたてた。スワヒリ語でしゃべっている声が、ひずんで聞こえた。カブリーヨにはその言葉はわからないが、口調はわかった。フィリーモンは無線に応答しなかった。

オルンガは、べつの若者のほうを向いた。「マシュー、お父さんから連絡がないんだ。仕事に就いたのかな?」

マシューが肩をすくめた。「そうだよ。あんたに会ったらお礼をいうようにいわれてる」

オルンガは笑みを浮かべた。「お父さんがそういうはずはないと思うが、おまえが礼儀正しくそういってくれたことにお礼をいうよ」

気遣われたことが気恥ずかしそうに、マシューがうなずいた。

「ブラザー・アントニーを通してやれ」フィリーモンが、ようやくそういって、そばの若者たちを押しのけた。

「お母さんによろしく伝えてくれ」オルンガがフィリーモンにそういって、カブリーヨとサライの先に立ち、揉め事の海が分かれたところを通っていった。そのうしろで若者たちが解散した。

角を曲がると、オルンガがいった。「彼らをあまり厳しく責めてはいけない。わたしは彼らが幼いころから知っている。いい子なんだが、非常に悪い世界で育ったんだ。しかし、神のもとへ戻るまで、彼らはずっと悪魔の召使でいるだろう」

「みんなあなたを尊敬しているのね」サライがいった。

「わたしが彼らのギャングスターの暮らしを憎んでいても、彼らを愛していることを知っているんだ」オルンガは、自分の頭の横に触れた。「ギャングスターの音楽は、麻薬とおなじくらい、彼らの頭を毒する」

35

紅海
アメリカ海軍空母〈ジェラルド・R・フォード〉

巨大な太陽が遠い水平線に半分沈み、はるか下で砕けている波を熾火（おきび）のような暗いオレンジ色に染めていた。キム・ダダシュ大佐は表情を変えなかったが、水面のはるか上に聳え立つ司令部艦橋の傾斜した風防ガラスの奥で、生きているよろこびを隠すことができなかった。

彼女が若い海軍航空将校だったころには、技術面でもっとも先進的な世界最大の航空母艦を指揮することになるとは、どんな突拍子もない夢でも想像したことがなかった。〈ジェラルド・R・フォード〉は、アメリカの最新鋭空母で、アメリカ海軍が保有する艦艇のなかで最強の無敵兵器だった。ダダシュはマサチューセッツ工科大学（MIT）の数学科を卒業し、一九九〇年代にE2-Cホークアイ早期警戒機を飛ばす最初の女性搭乗員のひとりになった。パイロットや指揮官としての才能を備えていたダダシュは、戦闘と部隊の褒章を何度も授与されて、さらに上級の指揮官へとどんどん昇進した。

ダダシュがとてつもない才能によって迅速に昇進するのを、海軍は是認した。そしていま、ダダシュは司令部艦橋に立ち、E2-Dアドヴァンスト・ホークアイ一機が、カタパルトによって発艦し、夜間哨戒のために空へ上昇するのを見守っていた。機体がもがくように上昇するあいだ、操縦輪を両手で握っている感触と、ロールスロイス・ターボファン・エンジン二基の振動が、じっさいに感じられた。機体の上の巨大な回転式ドーム――祖母のコーヒーテーブルに似ていると、いつも思う――が、戦場の全景を神の目のような視野に捉え、敵の車両、航空機、対艦ミサイルに対する早期警戒を提供する。ホークアイは、〈ジェラルド・R・フォード〉を史上最強の海軍艦にした多数の攻撃・防御システムのひとつにすぎないし、〈フォード〉は空母打撃群――アメリカの軍事力投影（国の軍事力のすべてもしくは一部を、危機対処・抑止・地域安定のために発揮すること）の具体的な形――の中核だった。〈フォード〉打撃群は、タイコンデロガ級ミサイル巡洋艦一隻、アーレイバーク級駆逐艦二隻を含む護衛艦隊を擁している。最新鋭のヴァージニア級攻撃潜水艦二隻も、海中で艦隊に付き添っている。

〈フォード〉の真の軍事力投影能力は、アメリカのもっとも先進的な戦闘機F-35CライトニングⅡを含む、九十機近い有人機と無人機だった。

この空母を指揮する責任の重さを、ダダシュ大佐はじゅうぶんに承知していた。イランに支援されているフーシ派が、海への機雷敷設、ミサイル発射、小型攻撃艇の出撃などの手段で、紅海を通航する船舶への攻撃を再開していた。どの兵器もイラン製か、イランで調達したものだった。多国籍任務部隊が、フーシ派の攻撃を阻止できなかったので、アメリカ政府はついにその地域の当事者に対して強力な意思表明を行なうことを決断した。無敵の原子力空母を攻撃するのは、パナマ船籍の貨物船を手当たりしだいに襲撃するようなこととは次元がちがう。

〈ジェラルド・R・フォード〉の強力な軍事力投影能力は、多種多様な兵器の使用にとどまらなかった。〈フォード〉は不死身だという認識が、搭載しているミサイルや航空機とおなじくらい重要だった。地域の安定を脅かすような物事は、搭載されているミサイルか航空機によって即座に叩き潰すことができる。敵が手出しできないかぎり、〈フォード〉は思いのままにそれをやることができる。ダダシュの艦が不死身であるかぎり、武力を行使して平和をもたらすことができる。

ダダシュは双眼鏡を目に当て、バンクをかけて遠ざかるホークアイを見送った。タ陽の最後のオレンジ色の光が、ホークアイの灰色の機体下面を染めた。ホークアイのセンサーのデータが、すでに〈フォード〉のコンピューター、艦載のいくつもの監視レーダーとセンサーに送られていた。付近に脅威の気配はなにもなかった。いかなる物も〈フォード〉に危害をくわえることはできない。

36

ケニア、ナイロビ、キベラ・スラム街

　数分後に、カブリーヨ、サライ、アントニー・オルンガは、〈バー・ロイアル〉に着いた。

　カブリーヨが見たところでは、昔ながらのバーではないし、〝風格がある(ロイアル)〟ところもまったくなかった。さきほど行った工具店の二倍くらいのみすぼらしい売店(ドウカ)だった。色褪せた銀と青の防水布が、飾りのつもりでトタンの壁にかけてあったが、狭い店内を表よりも暑くて不快な場所にしただけだった。だらしない格好の男数人が汚れたグラスから透明な液体を飲んでいる粗末な合板のテーブルで、安物の扇風機がまわり、ガタガタ音をたてていた。

　カブリーヨたちが入口をふさいで、店内が暗くなったので、三人が目をあげ、焦点

の合わない目をしばたたいた。あとの男たちは、グラスに気をとられていた。カブリーヨは長年のあいだにかなりひどい怪しげな酒場を何度も目にしていたが、これほど哀れを誘う場所はめったになかった。

「彼らはチャンガーを飲んでいる」オルンガが教えた。「地元のものすごく強い酒だ。貧乏人にはそれしか買えない」

太鼓腹の男が、薄いカーテンの奥から出てきた。笑みのない丸顔に、三日分の無精髭がのびていた。カブリーヨとサライを見ると、男は眉間に皺を寄せたが、オルンガを見て表情を和らげた。

アフリカ人牧師は、そのバーテンダーにスワヒリ語で親し気に挨拶し、バーテンダーが笑みを浮かべた。オルンガはケニアの公用語の英語に切り換えた。

「ボニフェイス、こちらはわたしの友だちで、ひとを捜している。手を貸してもらえないかな」

バーテンダーが肩をすくめ、グラスをふたつ出した。「チャンガーをどうだ?」ときいた。

「結構だ。でも、ありがとう。わたしは運転するので」カブリーヨはいった。サライのほうを親指で示した。「それに、彼女は妊娠している」

サライが、笑いを噛み殺した。

バーテンダーがわざとらしく咳払いをして、酒が売れなかった不満を表わした。

「だれを捜してるんだ？」

「ローレンス・アブヤ」カブリーヨはいった。

バーテンダーが、嫌な顔をした。「あいつになんの用だ？」

カブリーヨは、携帯電話を持って近づいた。「ローレンス・アブヤは、数週間前にここからこの男の写真をアップロードした。それについて話を聞きたいんだ」

「ローレンスは死んだ」バーテンダーが、道を指差した。「一カ月前に、そのドアから三メートルも離れていないところで、警官に殺された」

「それは気の毒に」

「気の毒じゃない、あいつは泥棒で酔っ払いだった。ギャングスターそのものだ」

「それなら、神が彼の魂を憐れんでくれますように」オルンガがいった。

サライが近づいた。「写真に写っている男を知っている？　わたしの弟なの。名前はアシェル・マッサラ」

バーテンダーが、カブリーヨの手から携帯電話を取った。だいぶ長いあいだ見ていた。

長すぎると、カブリーヨは思った。いうべきかどうか迷っているのだ。

「いや。この男は知らない。一度も見たことがない」

「たしかか？」カブリーヨはきいた。

「あんた、おれを嘘つきだというのか？」バーテンダーの声が鋭くなった。彼らのうしろの酒飲みたちが、急に活気づいた。

「ちがいます」サライがいった。「ただ、弟のことがものすごく心配なので」

バーテンダーが、サライをいやらしい目で眺めまわしてから、カブリーヨの目を見据えた。

「あんた、ブラザー・アントニーの友だちでよかったな。人捜しがうまくいくことを祈るよ」

ブラザー・アントニー・オルンガ、カブリーヨとサライは、〈バー・ロイアル〉を出た。女たちとその子供たちの流れが、そばを通った。背の高い白人の男と、その横の上品なエチオピア系イスラエル人の女に、ほとんどがこっそり視線を向けた。

「アシェルを捜せるような場所が、ほかに考えられないか？」カブリーヨはオルンガにきいた。

「だいぶ長いあいだ行方知れずなの」サライがいった。「父がとても心配している」

「あんたの弟がローレンス・アブヤの友だちだとして、アブヤがギャングスターなら、気の毒だが、あんたの弟はギャングと関わりがあるだろう」

サライは、暗い顔でうなずいた。

「そういう暮らしから救い出された親しいブラザーを知っている。彼がなにか知っているかもしれない。彼と話をしてみよう」

「それはありがたい」カブリーヨはいった。「案内してくれ」


つぎの場所への移動は、カブリーヨが望んでいたよりも長くかかったが、理由は納得がいった。キベラの住民の多くが、敬愛する人物としてブラザー・アントニー・オルンガを知っていた。そして、祈りや助言を求め、食料や薬や燃料に至るまで、どうやって手に入れればいいのかとたずねた。オルンガはそれをいっさい断わらないで、ケニアの王族に接するように相手をした。ブラザー・アントニーは〝言葉と行ないの両方で聖なる人間〟だと、何人もがカブリーヨとサライにいい、カブリーヨのオルンガへの第一印象が裏付けられた。

三人はようやく、トタン波板の二階建ての前に着いた。巨大な黄色い看板に、〝牧師と聖職者のリーダーのための聖書研究所〟と書いてあった。なかにはいると、踏み固められた土間に、学生用のデスク数十台がきちんとならべてあった。

オルンガは、誇らしげに笑み崩れた。「わたしもここを卒業したんだ。キベラの貧しい働いている聖職者向けの学校なんだ。福音書の真実の言葉と、それに一致している暮らしをする方法を教えている」

「わたしの国でも、それは容易なことではない」カブリーヨはいった。「ここではもっと大きな難題にちがいない」

「あんたたち西側の人間も、それなりに難題を抱えている。しかし、神がいればどんなことでも可能だ」オルンガは満面の笑みを浮かべた。「わたしたちはキベラを変えている。一度にひとりずつ」そのとき、目当ての人物を見つけた。木の棒で把手をこしらえた粗い造りの素朴な工具箱を持っている用務員が、遠くに立っていた。オルンガがにこにこ笑って、スワヒリ語で叫んだ。用務員が笑みで応じて、よたよたと近づいてきた。

その男が近くまで来ると、銀色の無精髭が生えている顔に、下手に縫合されたために皺になっているナイフの傷があり、両手に火傷の痕があることに、カブリーヨは気づいた。片手は指が二本なくなっていた。弱々しそうに見えるが、いざ喧嘩となったらいまも危険な男にちがいないという雰囲気があった。オルンガが、年上のその男を温かく抱きしめた。

「ブラザー・パトリック、わたしの新しい友人、ファンとサライだ」

パトリックが工具箱を置き、すこし頭をさげて、笑みを浮かべた。

「新しい友だちと会うのは、いつだってうれしい」

カプリーヨはうなずいて、同感だということを示した。「光栄です」

パトリックは、オルンガのほうを向いた。「どんな役に立てるのかね？」

「友人たちは、行方知れずになったサライの弟を捜している。ローレンス・アブヤという男の仲間だったことがわかっている。その男はこのあいだ殺された」

パトリックが、重々しくうなずいた。「そいつのことなら知ってる。クール・ボーイズとつるんでた。キベラとナイロビ市内で、ロシア人の下働きをしてた。ものすごく悪いやつらだ」

「弟のこと、知っているかもしれないわね」サライが携帯電話を出して、アシェルの写真を見せた。

パトリックの鋭い目が細くなった。「ああ、知ってる。この若者と会ったことがある。名前は……デューク・マタシーだ。ケニア人の名前だったから憶えてるんだが、スワヒリ語と英語に外国のなまりがあった」

「彼について、なにか教えてもらえることがあるかしら？」

パトリックが、同情するような笑みを浮かべた。どうしようかというように、オルンガのほうを向いた。

「真実を教えるんだ、ブラザー」オルンガがきっぱりといった。「真実はいつだってわたしたちを自由にしてくれる」

パトリックがうなずいた。「彼もロシア人とつるんでた。キベラの反対側にチョップ・ショップ（部品を個々に売ったり、べつの車に流用したりするために、盗難車を解体する作業場）がある――警察がぜったいに行かない場所だ。しかし、七週間くらい前に手入れがあった。全員、逮捕された。あんたの弟も」

「いま、彼はどこにいるの？」

「最後に聞いた話では、カミティで服役している。超厳重警備刑務所だ」

「それはいい報せでもあり、悪い報せでもある」オルンガがいった。

「いい報せは？　悪い報せは？」サライがきいた。

「それで、ここから車で四十分くらいのところにある」

「そこはこの世の地獄だ」

37

アラビア海
〈クラウド・フォーチュン〉

　ジャン・ポール・サランは、コンテナ船のブリッジの張り出し甲板に立ち、星の輝く空にぼうっと浮かんでいる満月をほれぼれと眺めていた。長い髪を梳いている指のあいだを暖かい夜気が流れ、素肌を冷やした。眼下の広大な甲板には、さまざまな色の鋼鉄のコンテナが高く積まれていた。サランはことに一台のコンテナを見ていた。

　丸見えのコンテナの列に、ブラモス超音速対艦ミサイル発射機を収めた四〇フィート・コンテナが隠されていた。サランは部下に命じて、実在する企業のロゴ、コンテナ識別用の英数字、検査数字、ＩＳＯコード、重量と大きさなどのコンテナ取扱用数値を書き込ませた。左の扉の左下に、安全なコンテナに関する国際条約のプレートまで取り付けた。熟練者が見ても、正規のコンテナに見えるはずだった。

韓国の設計によってルーマニアで建造されたこのコンテナ船に、なんらかの検査官が乗り込む可能性は皆無に近い。コンテナの情報を読み取るのに望遠カメラやドローンが使われる可能性はさらに低い。

だが、サランが危険な人生を生き延びて、傭兵組織の秘密をほとんど維持してきたのは、考えも及ばない、ありえないようなことまで予想していたからだ。

サウジアラビアの雇い主の指示どおり、もう一基のミサイルとそのコンテナは、イラン政府高官が所有する〈アヴァータル〉という船に届けた。イラン側が自分とおなじぐらい用心深く輸送するかどうかは、サランの知ったことではなかった。いまサランが責任を負っているのは、このミサイルをイエメンに届けて、命令によって発射することだけだった。

気に入っている〈ジッポ〉のライターで煙草に火を付けるために、サランは両手をまるめて風をよけた。ヴァジュラコシュ海軍基地の作戦で、傭兵十二人と犬六頭がみごとな働きをしたので、かなり気をよくしていた。人間も犬も肉体と態度の条件付けが、抜群に優れていた。通常の傭兵を展開することが求められたとしたら、三倍以上の部隊が必要だっただろうし、死傷者も多く、探知されて、成功率は五〇パーセントに満たなかっただろう。

サランは、臭みの強い〈ゴロワーズ〉を深く吸い、肺の奥に煙をとどめながら考えた。サウジアラビア人の雇い主、ハーリド王子は、超音速ミサイル二基を盗むのに成功して、一基がすでにイランに引き渡されたと知らされて、おおよろこびした。二基目がイエメンに向けて輸送されていることに、とりわけ満足しているようだった。

サランは口からゆっくり煙を吐き、海の風でそれがあっというまに流れ去るのを見守った。ブラモス・ミサイル発射機のコンテナに、また視線を戻した。ロシアで設計されたその驚異的な兵器は、世界でもっとも有効な超音速ミサイルで、さらにいえば、同種のもののなかで、実戦で試されて設計が実証されたミサイルはそれしかない。軍艦キラーのミサイルの製造コストは、サランが計画を実行することに対してハーリド王子が払う報酬に比べれば、とるに足らない金額だった。だが、ブラモス・ミサイルは、サウジアラビア王家にとって計り知れない重要な役割を果たすはずだった。

サランはまた煙草を吸った。この計画にはひとつだけ気に入らない部分がある。イランが関わっていることだ。ミサイルを盗むこと自体は離れ業だった。多国間の武器禁輸、哨戒艦艇、この地域での海賊の活動にもかかわらず、イエメンまで貨物を運ぶことはできると、サランは確信していた。計画のほんとうに厄介な部分は、内戦のさなかのイエメン国内にミサイルを運び込むことだった。

ミサイルは〈クラウド・フォーチュン〉の甲板も含めて、どこからでも発射できるので、イエメンにひそかに運び込むような無用の危険は避けたほうがいいと、サランは雇い主に促した。

だが、サウジアラビアの王子によれば、フーシ派の支配地域の奥からミサイルを発射することに、計画全体の成否がかかっているのだという。ミサイルがフーシ派主体の攻撃だったとアメリカ人が確信することが不可欠なのだ。イランが支援するフーシ派は、よろこんでこの手配を受け入れた。フーシ派はサウジアラビアをアメリカの傀儡だと見なしていて、大悪魔アメリカを攻撃する絶好の機会を楽しみにしている。フーシ派とアメリカは何年も戦っているので、フーシ派のミサイル攻撃にサウジアラビアがからんでいると疑うものはいないはずだった。フーシ派支配地域からミサイルが発射されれば、イランは国際社会に対して関与を否定するのに、もっともらしい根拠が得られる。たしかに偽装としては貧弱だが、これまでのミサイル攻撃ではつねにそういう手配が、イランの外交目的に役立ってきた。

サランの雇い主によれば、イエメンを使う戦略には、もうひとつ利点がある。フーシ派は何年ものあいだに、航空基地や石油インフラ施設を狙って数度のミサイル攻撃を行ない、サウジアラビアに甚大な損害をあたえてきた。うまくすると、アメリカが今回の攻撃に対応して、哀れなフーシ派反政府勢力を、アラビア半島から一掃するだろう。

そうなったら、サウジアラビアが抱えている厄介な問題がひとつ解決する。サウジアラビアの対フーシ派戦争は、あまりにも長くかかりすぎ、非常に高くついている。内戦と呼ばれているが、じつは中東地域の大国のあいだの代理戦争なのに、イエメンの国民が苦しみを味わっている。死者三十七万人の半分以上が、飢えや病気のために死んだ。この戦争はいま、世界最悪の人道的危機だと見なされている。戦争をできるだけ早く終わらせて——サウジアラビアには、それをやる力がない——すべての物事を忘れ去られた歴史のゴミ箱に掃き込むのが、サウジアラビアの罪悪感を取り除く唯一の方法だった。

たとえば、アルメニア人虐殺のことなど、だれも憶えていない。歴史とは、そういうものなのだ。

あいにく、戦争で荒廃しているフーシ派支配地域へミサイルをひそかに運び込むには、イランの神聖軍（ゴドス）（イスラム防衛隊の一部門で、不正規戦や諜報活動を行なう）の護衛と協力しなければならない。サランは前にもゴドス軍と関わったことがあった。彼らはきわめて有能だった。狂信者がその両方を備えているのはめったにない。だが、ゴドス軍は執念深いし、サランは長年のあいだの仕事で、その隊員を長距離から狙撃し、何人も殺したことがあった。すくなくともこの任務に関しては怪しまれていないと情報源はいったが、ゴドス軍はそれを知っているにちがいないと、サランは確信していた。

もっと大きな問題は、ゴドス軍の組織そのものだった。サランは、自分の計画についてハーリド王子がイランに情報を漏らしたのはまちがいだと思っていた。イランがこの二基目のミサイルを盗もうとすることは、じゅうぶんに考えられる。しかし、イランは一基目を無事に自分たちのものにしたから、二基目を盗もうとする衝動は鈍るはずだ。一基目が港に着いたらすぐに、イランはリバースエンジニアリングを開始するにちがいない。

だからといって、イランを完全に信用できるのか？

信用できない。だが、発射のために目的地へ行くまで、イラン人に案内してもらう必要がある。部下にもう一度状況をよく説明し、警戒をゆるめないように注意する必要がある。しかし、サランには任務を保護するもうひとつの手段があった。イランが気に入らないような手段だ。サランは煙草が指を焼くくらい短くなるまで、深々と吸った。息をとめ、吸殻が風に流されるようにはじき飛ばし、背後の夜の闇に消えていくのを見守った。口をほころばせて、ようやく煙の混じった息を吐き出した。イラン人たちは、なにに襲われたかも気づかないはずだ。

38

ケニア、ナイロビ

ブラザー・アントニー・オルンガが〝この世の地獄〟と描写した刑務所に弟がいると知ったとき、サライの顔に激しい衝撃の色が浮かぶのを、カブリーヨは見た。サライをキベラのスラム街から連れ出して、正常なところへ戻したいと、カブリーヨは思った。その超厳重警備刑務所にはいり込む方法も、見つけなければならない。オルンガとブラザー・パトリックが、カブリーヨとサライがキベラを出て、いちばん近いタクシー乗り場へ行くまで付き添うといい張った。カブリーヨとサライは、ふたりに感謝した。さよならの握手をするときに、カブリーヨはオルンガの手に厚い札束を握らせた。

「お金をもらうようなことはやっていない」オルンガが断ろうとした。

「あんたがこれを、お金が必要なひとたちのために使うはずだと、わたしにはわかっている」カブリーヨはいった。「罪びとが天上のおかたにほんのすこし貸しをつくるのを断らないでほしい。いいね？」

オルンガは笑みを浮かべた。「サライの弟のために祈るよ。あんたたちふたりのためにも。幸運を祈る、カブリーヨさん」

「ありがとう。いまはどんな手助けでもありがたい」

ブラザー・アントニー・オルンガの祈りによって、神が手を貸してくれればありがたいとカブリーヨは思ったが、神はみずからを救うものを救うと、カトリック教徒の祖父に教え込まれていた。長年のあいだにきわどい瞬間が何度もあったが、片脚を失ったとはいえ、これまでそれでおおいに成功を収めてきた。

カブリーヨは仕事を通じて、あらゆるたぐいの殺し屋、テロリスト、そのほかの暴力的な脅威と、空、陸、海で遭遇し、戦ってきた。カブリーヨとオレゴン号の乗組員たちには、優れた戦術の技倆と運動エネルギー兵器でこういった難題に打ち勝ってきた長い歴史がある。

だが、地球上の至るところでカブリーヨがしばしば直面するもっとも手に負えないいた。

障害は、私腹を肥やす官僚や、彼らの硬化した機構の決まりきった作業手順だった。そういうところで直面する官僚機構の石の壁や繁文縟礼(はんぶんじょくれい)をバズーカ砲かチェーンソーを使って打ち破りたいのは山々だったが、いちばんの頼みの綱は、秘密兵器——ラングストン・オーヴァーホルト四世——に電話することだと、カブリーヨは承知していた。

キベラから歩いて出ていくときに、カブリーヨは計画を練り、タクシーに乗ったときには早くもオーヴァーホルトにメールを送っていた。カブリーヨは計画を説明し、オーヴァーホルトが役割を演じることに同意した。

数分のあいだにサライはますます暗い気分になっていた。アフリカ大陸でもっとも恐ろしい刑務所のひとつに収監されている弟の運命を考えているにちがいなかった。アメリカ大使館に近い高級リゾートの樹木が多い敷地にタクシーがはいると、サライはすこし明るい顔になった。ふたりは何事もなくフロントでチェックインし、自分たちのヴィラに案内された。

荷物がすでに届いていて、フルーツとワインのバスケットが用意されていますと、ベルマンがいった。そのサービスと完全なプライベートを守るという約束によって、ベルマンはたっぷりチップをもらった。

カブリーヨは、高級な宿泊施設の奥にある、サライ用のエンスイートを指差した。シャワーを浴びて着替えるよう勧め、ルームサービスを頼むか、リゾートの五つ星レストランでおいしい料理を食べてもいいといった。サライが感謝のしるしにうなずき、ドアを閉めた。

ヴィラの枠でウルトラモダンな装飾は、よく考えられているケニアのテーマやハイテク設備と完璧に調和していたが、カブリーヨがもっとも興味をおぼえたのは、巨大なシャワーヘッドがいくつもあるタイル張りのシャワールームだった。ヴィラは、車で二十分以下の距離にあるキベラのトタン波板の掘っ建て小屋や下水溝とは対照的だった。リゾートにいるうしろめたさを、カブリーヨは頭の隅に追いやって楽しもうとした。だが、まだやらなければならない仕事が残っている。

シャワーを浴びる前に、カブリーヨはオレゴン号の書類偽造部門に電話をかけた。自分とサライのために、ジャーナリストの身分証明書一式を用意してほしいと頼んだ。さらに、偽のソーシャルメディア・アカウントをふたり分作成し、アフリカの発展と改革を応援してきた一流ジャーナリストだということを実証する経歴を、ＡＩで作成して投稿するよう指示した。でっちあげの学術記事数件で、ケニア政府を誉めそやし、独裁主義者の大統領はアフリカ大陸のそのほかの国にとってすばらしい手本だと述べた。

　この瞬間にもオーヴァーホルトが、八十代のスパイの親玉である彼の指導と保護のおかげで出世したCIA支局長に連絡しているはずだと、カブリーヨにはわかっていた。オレゴン号が偽の書類のファイルをメールで支局に送り、支局長がすべてをプリントアウトして、あすの朝までにカブリーヨとサライのために用意するはずだ。

　支局長は、ケニアの刑務局を統括する内務・政府調整省と良好な関係にある大使館の上級職の外交官にも接触するはずだ。カミティ超厳重警備刑務所で行なわれている〝壮大な改革作業〟の新しい情報を取材し、施設改善をつづけるために補助金が投入される可能性があるという記事を書く〝ジャーナリスト〟ふたりが安全に行けるように、大使館が取り計らってくれるだろう。

　物事がすべて動き出すように手配すると、カブリーヨは生まれたままの姿になって、義肢をはずし、シャワーの湯の蛇口を、消火栓なみの水圧までまわした。大理石のタイルに取り付けられた手がけの横棒にもたれて、石鹸を塗り、体をこすり、かなり長いあいだシャワーを浴びた。終えたときには肌がちくちくして、湯気のまじった空気が肺をきれいに洗っていた。すっかり爽快になり、力を取り戻していた。だが、タオルで体を拭いても、スラム街の不潔さが意識に蘇り、いくら体を洗ってもキベラの残滓をすべて払い落とすことはできないと、不意に気づいた。

翌朝、たっぷり朝食をとって、ケニア・コーヒーをポット一個分飲んで元気になったサライとカブリーヨは、アメリカ大使館まで四分の距離をタクシーで行き、支局長に会って、ケニアの刑務所制度に関係がある最近の出来事をざっと説明してもらい、書類を受け取って、悪名高いカミティ刑務所に向かった。

ふたりは正面入口で、笑みを浮かべているグリーンの制服の看守部長に出迎えられた。看守部長が機嫌よくふたりを刑務所管理センターへ案内し、そこにガシルという名前の小柄な丸々と肥った所長がいた。ガシルは刑務所幹部のオリーブドラブの制服を着て、レンズが厚い眼鏡をかけていた。ガシルは愛想がよく、親し気で、したたかな刑務所の管理職というよりは、ボストンのアイルランド系の下っ端政治家のようだった。

「ようこそ、ようこそ！」ガシルが、カブリーヨの手をポンプのレバーのようにふりながらいった。「どうか、座ってください！」

カブリーヨとサライは、大きなマホガニーのデスクを挟んで、ガシルの向かいの高級な革椅子に腰をおろした。さまざまな国のスポーツやエンターテインメントのセレブ、ケニアの政治家といっしょに撮った見せびらかしの写真が、ガシルのうしろに何十枚も貼ってあり、お決まりの黒と白の縦縞の囚人服を着た模範囚との写真まであった。

ガシルが、コーヒー、紅茶、煙草を勧めたが、いずれも断られた。カブリーヨが録音のために携帯電話を用意するのを待って、ケニアの刑務所制度、ことにカミティが、人道面で大幅に向上していることについて、ガシルは二十分間ひとりでしゃべりつづけた。

予行演習されていたその演説が終わると、ガシルはふたりの先に立って所内を案内した。

所内で見かけた囚人数百人の顔をサライが見られるように、カブリーヨはその機会に乗じて矢継ぎ早に質問した。囚人はすべて清潔で新しいように見える囚人服を着ていて、目が合ったときには満面に笑みを浮かべて手をふった。ガシルは、数人の囚人のそばで立ちどまり、元気にやっているか、食事や医療は足りているか、レクリエーションの機会はあるかといったようなことをきく芝居を打った。つねにおおげさな肯定の返事があった。

体がじょうぶな受刑者はすべて刑務所の農場か、食品加工場か、子供のおもちゃや家具を製造している工場で働いていると、ガシルが説明した。そのあとで、そういう場所にふたりを案内した。カブリーヨとサライは、何度かこっそり目配せを交わした。明らかにすべてが大がかりな見世物だった。意外ではなかった。どんな組織でも、賓客にはもっともいい部分だけを見せようとする。しかし、なにかが欠けていた。

見学の最後のほうで、もっとも凶悪な犯罪者を収容しているＧ棟を通った。三人が訪れた監房のひとつの列では、監房内のベッドとおなじ数の囚人がいて、やはり清潔な新しい囚人服を着ていた。ガシルは、そういった暴力的な重犯罪人に対しても、監房に監禁されていない短期刑の軽犯罪者に接するときとおなじように、陽気な父親のように接していた。

カブリーヨが、受刑者の社会復帰についてガシルが語るのを興味津々で聞いているふりをしているあいだに、サライは地獄に落とされた男たちの顔を眺めた。何人かが見つめる目つきに、サライは身ぶるいしたが、ほとんどが気落ちして絶望している表情で、ガシルがそばに来たときだけ明るい顔を装っていた。ＣＩＡ支局長がカブリーヨとサライに、カミティは過密で、医療や体力の面で安全ではなく、それどころか先ごろコレラが流行ったと告げていた。監房にふたりないし四人ではなく、二十人が詰め込まれているにちがいないと、カブリーヨは予想していた。

ガシルは抜け目なく、Ｇ棟には長居せず、外国人ふたりをカフェテリアに案内して、刑務所で収穫された新鮮な野菜、牛肉、鶏肉でもてなした。

「刑務所の農場直送の料理が流行るかもしれませんね」カブリーヨはいったが、ガシルもサライもその冗談が理解できなかった。ガシルが笑みを浮かべて、感じがいいケニアなまりで地元の料理について説明し、よく冷えたケニアの瓶ビールが出された。

賢明なケニア大統領、ケニアの健全な経済、犯罪のない明るい未来について、ガシルがまた演説をぶったあとで、カブリーヨとサライは、ガシルのオフィスに戻った。ガシルは座らず、ふたりに椅子を勧めようともしなかった。その代わりに、〈パテックフィリップ〉のすばらしい腕時計を見る演技をした。見学は終わりだという合図だった。

「あなたがたの質問すべてに、納得のいくように答えることができたでしょうか？」ガシルがきいた。

「じゅうぶん以上でした」カブリーヨはいった。「透明性と造詣の深さが、とても爽快でした。わたしたちが書く記事によろこんでもらえると思います」

「リンクをまちがいなく送ってください」ガシルがいった。

「もちろんです」サライがいった。「大臣にもお送りします」

ます」

「それはありがたい」

カブリーヨは、指を一本立てた。「しかし、じつはもうひとつだけ、お願いがあります。わたしたちは、報道に人間的な興味というアングルをつねに加味したいと思っています。記事が共感されるように」

「おっしゃってください」

「もっともです」ガシルがいった。

「ロンドンに住んでいるケニア人の女性がいて、わたしたちに連絡してきたんです。息子さんがこのカミティに投獄されているので、何度か連絡をとろうとしたそうです。彼の身になにかあったのかもしれないと、彼女は心配しています。よくご存じでしょうが、刑務所では服役囚のあいだで暴力や残忍な行為があるものですから」

ガシルがたえず浮かべていた笑みが消えた。

「そういうことはすべて過去の話です。きょうあなたがたがご覧になったように」

「もちろんわかっています」カブリーヨはいった。「だからこそ、この記事が特別なんです。この服役囚と会って、写真を撮り、母親に送ることができれば、ほんとうにありがたいんです。改革の狙いを伝えるのにうってつけだし、あなたとあなたのチームがここで達成したすべてをビジュアルに要約する最高の方法です」

「それなら、なにも問題はないでしょう」ガシルがいった。「その服役囚の名前は？」

「デューク・マタシーです。今年のはじめに逮捕され、有罪判決を受けました」

「聞いたことがない名前だ」ガシルがすかさず答えた。

「失礼ですが、三千四百人を超える服役囚がいるから、名前をすべて知っていることはありえないでしょう？」サライがきいた。

「わたしのところにいる人間のことは知っている。それが仕事だ」

「念のために、ファイルを確認してもらえませんか？」カブリーヨはいった。

ガシルが身をこわばらせた。目の奥で機械が回転して結果を秤(はかり)にかけ、勝ち目を計算しているのだ。ガシルは受話器を持ちあげて、電話機のボタンをひとつ押した。相手が出ると、ガシルはスワヒリ語で命じた。デューク・マタシーという名前が命令に含まれていた。数分後に、電話口に相手が戻り、ガシルが受話器をほうり投げるような感じで戻した。

「さっきもいったとおり、収監者の記録にデューク・マタシーという名前はない。以前の記録にもない」

サライは、ガシルが電話していたあいだに、携帯電話のアシェルの写真を呼び出していた。それをガシルに見せた。

「デューク・マタシーは、偽名でここにいるのかもしれない。この男に見おぼえはある？」

ガシルの目つきが険しくなった。「いや、見おぼえはない。もう失礼するよ。ほかにやらなければならない責務がある」ドアの外に立っていた警衛を読んだ。「お客さんをただちに正面ゲートまでお送りしろ」

「イエッサー！」

カブリーヨは名刺をシャツのポケットから出して、ガシルに渡した。「彼を見かけるか、ほかにわたしたちに話したいことがあったら、遠慮なくわたしに連絡してください」

ガシルが、名刺をちらりと見て、ポケットに入れた。「もちろんそうします」

「見学させてもらってありがとうございました。いろいろなことがわかりました」カブリーヨと警衛のあとからオフィスを出ながら、サライはいった。

39

〈セクメト〉

白衣を着たヘザー・ハイタワーは、顕微鏡に目を釘付けにしていた。人道的病院船〈セクメト〉の大型ディーゼル機関は、心臓の鼓動のように鋼鉄の船体を貫いて脈打っていた。病気を司る古代エジプトの女神に因んで命名された〈セクメト〉は、不法なものがほとんどのハイタワーの秘密科学活動を偽装するのにうってつけであることが実証されている。

人道的病院船を運用することには、いくつか利点がある。とりわけ重要なのは、病人や貧乏なひとびとに無料で医療を提供しているという触れ込みなので、外国政府の関係者が査察するのに二の足を踏むことだった。人道的病院船を調査したら、海外の報道機関に批判され、国際人道コミュニティが憤激するおそれがある。

一度だけ、エジプトの哨戒艇がそういう査察を強行したときに、ハイタワーは乗組員数人に外科手術用の服を着せて、病室のベッドに寝かせ、包帯を巻き、血圧モニターや点滴やあまり重要ではない装置を接続した。患者は偽者だったかもしれないが、ハイテクの医療装置、診療施設、高度の教育を受けた医師たちは、完全に本物だった。疑念を抱いたエジプト人たちは、なんの疑問も抱かないで〈セクメト〉の策略にひっかかった。

〈セクメト〉は、発展途上国のほとんどすべての港にはいる合法的な理由もあたえてくれて、つねに熱烈に歓迎された。それだけではなく、ここ数年、何度もおなじ港を訪れて、絶大な善意の堤防を強化した。

ハイタワーと彼女の医療チームは、ワクチンを投与し、乳幼児の病気を診察し、必要とあれば基本的なビタミン剤のサプリや抗生物質を供給する。感謝している母親に抱かれて笑っている子供といっしょに地元の役人や〈セクメト〉のスタッフを撮影すれば、すばらしい広報用の写真になる。こういった善意のイメージは、すぐさま〈セクメト〉のソーシャルメディアに投稿されて、ハイタワーの海上医療活動はまぎれもない美徳だと宣伝され、世界中で政治的に合法だと見なされる。

貴重な資源を絶対に無駄にしないハイタワー博士は、人道的医療活動を利用して、興味深い患者検体から、本人に気づかれないようにこっそりDNAサンプルを採取していた。脊椎変形、骨のねじれ、口蓋裂、異常筋系、その他の遺伝子による異常は、ハイタワーにとってすばらしいデータポイントの収集対象だった。

さらに、そういった活動の際に、なにも疑っていない被験者に実験的な治療を行ない、数カ月後に戻ってきて結果を確認した。科学的な観点では、被験者になにも教えないで臨床試験を行なうほうがつねに望ましいし、試験がまずい方向に進んだらなおさら知られないほうがいい。貧困者がなんのつながりもなく何人か死んでも、だれも気にかけないはずだと、ハイタワーにはわかっていた——その国の政治家も関心を持たないだろう——彼らはつねに蠅なみにバタバタと死んでいる。

生き延びたが重症になった人間は、皮肉なことに、当然ながら〈セクメト〉の〝人道的救援の天使たち〟に治療してもらおうとする——そして、結果の追加分析がひそかに行なわれる。

だが、こういったことはすべておおいに役立っていたが、〈セクメト〉の第一の任務は、ジャン・ポール・サランの傭兵組織のために条件付けした新兵をよどみなく供給することだった。貧しい国の刑務所には極貧の受刑者たちがいる。ハイタワーはそこから新たな被験者を徴募し、HH+条件付けプログラムを受けさせていた。

装だった。

〈セクメト〉は、格好の受刑者がいる刑務所と結び付いて人道的医療活動を行なえるように、寄港する港を選んでいた。人道的司法プログラム（ＨＪＰ）に参加させる受刑者を見つけるために、協力的な刑務官にたっぷり賄賂を渡してある。そのＮＰＯは刑務所の外で受刑者の社会復帰を図り、過酷な刑期が減刑されるのに手を貸し、低所得者層向けに無料の弁護を用意することになっていた。だが、じつはそれはすべて偽装だった。

じつはＨＪＰは刑務官を買収して、身体と精神がハイタワーの基準に一致し、所在をたずねるような家族がいないとわかっている囚人を見つけるための組織だった。ハイタワーが囚人の身柄を拘束したあと、刑務所長は囚人の記録があればすべて破棄する。

これまでこの仕組みは完璧に機能してきたし、だれにも気づかれなかった。腐敗した政府が最悪の市民の福祉を気遣うわけがない。過密な刑務所の刑務官は、受刑者の人数に応じて政府から日割りの給料をもらっているが、いなくなった囚人の分もそのまま受け取るのにやぶさかでない。〝おれは幽霊で満員の刑務所を運営している！〟と、ある刑務官がハイタワーに冗談をいったことがあった。

ハイタワーは、キャッシュフローにも困ることはなかった。それらの費用はすべて、ジャン・ポール・サランが出していた。傭兵部隊用に条件付けされた新兵ひとり当たりにたんまり金を出すだけではなく、利益の一部もハイタワーに支払っていた。

そういった金はすべて、ハイタワーの遺伝子研究の現実離れした作業の資金になるだけではなく、最終的にＤＮＡ鎖を一本ずつ操作して人間革命を起こすのに役立つはずだった。

ヘザー・ハイタワーの亡夫ジョナサン・ハイタワー博士は、ゲノム編集技術に使われるクリスパー（CRISPR）の初期の先駆的な研究者だった。これによって、言語処理プロセスのスペルミスを訂正するのとおなじくらい簡単に、人間のゲノムを編集できる。ジョナサンは、もっとも優秀な学生だった若いころのヘザーの面倒を見て、自分が〝ハッキング生物学〟について知っていることをすべて教えた。ヘザーは、自分がのめりこんでいた超人間主義（トランスヒューマニズム）と新人類を創る構想に煽られて、卓越した研究者だったジョナサンをまもなくしのぐようになった。

ハイタワーが電子顕微鏡で血液サンプルを見るのに熱中していると、頭上の通信装置からチャイムの音が聞こえて、ブリッジから報せがあることを伝えた。

「ハイタワー博士、電話がかかっています」

「だれから？」

「サランさんです」

ハイタワーは立ちあがった。「オフィスで受ける」

「アイ、マーム」

まもなくハイタワーは、〈ベルク〉アイスバーグ・ウォーターのボトルをあけて、オフィスの椅子に倒れ込み、電話機のスピーカー・ボタンを押した。

「ジャン・ポール、順調（サ・ヴァ）？」

「順調じゃない（サ・ヴァ・マル）。間抜けな刑務所長のガシルから電話があった」

「ナイロビの手先ね。なんていってきたの？」

「ジャーナリストふたりがけさやってきて、デューク・マタシーのことをきいたそうだ」

「変ね。そのふたりは、なにを知りたがったの？」

「刑務所改革の記事を書いていて、マタシーの母親がマタシーを捜しているといったらしい」

「ありえない。マタシーのファイルでは、母親は死んだとされている」

「マタシーが嘘をついたのかもしれない」

「どうしてそんなことで嘘をつくのよ？」

「嘘をつくのに理由なんかない。盗むのもおなじだ。チェスをやるのにも理由なんかない。人間はでたらめだ。どんなことでもやる」

「人間がなにかをやるのには、かならず理由があるはずよ」

「科学者みたいな話しぶりだ」

「そして、あなたはニヒリストみたいな話しぶりよ」

「フランス人だから仕方がない」

ハイタワーは、笑いを押し殺した。「とにかく、ガシルは当然、口を閉じていたはずよ。たっぷり払っているんだし」

「なにもいわなかったと、いっていた。おれはそれを信じる。それに、そいつらは人道的司法プログラムのことは質問しなかったと、ガシルは断言した」

「それじゃ、なにが問題なの？」

「そもそもマタシーのことを知っていて質問したのが問題だ」

「身許をまちがえたんじゃないの？　たまたまおなじ名前で」

「そいつらはガシルに写真を見せた。まちがいじゃない。マタシーの写真だった」

ハイタワーの頬が紅潮した。怒りとともに不安を感じていた。これまでは発見されそうになったことすらなかった。

「マタシーを殺したほうがいいかもしれない」

「どうしてだ？　やつにはずいぶん金をかけてきたし、いまではおれの組織の貴重な資産だ」

「だったら、彼はわたしの問題ではないでしょう？」

「しかし、そのジャーナリストふたりが嗅ぎまわったら、つぎの停車駅はあんたのところだ」

「わたしは心配していない。わたしは足跡を隠している」ハイタワーはいった。

「ナイロビでも足跡を隠していたはずだった」

「それじゃ、わたしにできることはほとんどない」

「注意しろというために電話しているだけだ。セキュリティ監視を倍にして、警戒を怠るな」

　ハイタワーは口もとをひきつらせた。男から命令されるのは不愉快だった。ましてサランのような自分よりも劣った人間から。

「被害妄想じゃないの。特殊部隊員じゃなくて、ジャーナリストなんでしょう」

「どうしてそういい切れる？」

　もっともだと、ハイタワーは思った。その可能性は考えていなかった。

「警備チームに注意するわ」

「カマチが、そいつらを監視カメラで撮影した。そっちに送る。なにか問題があったら、かならず連絡してくれ」

ハイタワーは立ちあがり、電話のボタンの上で指をかざした。

「ほかには？」ハイタワーはきいた。

「つぎの新兵補充はいまも予定どおりか？」

「もちろんよ。どうして予定が変わるというの？」

「そんなに息巻くことはないだろう。ただの確認だ」

「もっとましなことはできないの？　いま任務をやっていないの？」

「いま輸送中だ。なんていうか……マルチタスクをやっている」

「いつもより神経質になっているみたいね。まさか条件付け体力増強法を変えたんじゃないでしょうね」

ジャン・ポール・サランは、コンテナ船の狭い医務室で、診察台に横たわっていた。自分の再条件付け用血液がたっぷりはいっている脇のテーブルのスタンドのバッグから点滴を受けていた。前腕の膨れあがった血管に、くねくねと曲がったチューブがつないであった。

フランス系アルジェリア人のサランの両眼は、獣じみたエネルギーでギラギラ光り、強化された内分泌器から全身にホルモンが殺到して、体がうずいた。

ハイタワーのCRISPRテクノロジーによって、サランの体は高レベルのテストステロンと抗マイオスタチンを製造できるようになった。いずれも筋肉量を増し、好戦的にする効果がある。エピネフリンの分泌も増大し、五感が鋭くなって、血中酸素が増える。だが、エンドルフィンの分泌増加は、疼痛受容体をブロックし、自信と気分が向上して、ストレスを減らし、理由もなく多幸感を味わう。

エンドルフィンの分泌増加が、それに対する欲求をいやますことも、サランは知っていた。

暗号化された携帯電話のスピーカーから、ハイタワーの雑音混じりの声が聞こえた。

「いつもより神経質になっているみたいね。まさか条件付け体力増強法を変えたんじゃないでしょうね」

「もちろんちがう。やるなとあんたにいわれたし、おれはいつだって医者のいうことをきく」

サランは、ハイタワーの技術者ひとりにかなりの金を払って、あらたな補給品をこっそり届けさせた。サランは力と喜悦のために遺伝子操作された薬物の中毒と戦っているだけではなく、ハイタワーの独占体制に対して宣戦布告なしの戦争を仕掛けていた。サランが〈セクメト〉に送り込んだ科学者が、テクノロジーと技術を手に入れたら、自分の実験施設を造り、ハイタワーを完全に締め出すつもりだった。それまでは、辛抱しなければならない。それがいよいよ難しくなっていた。

「声の調子が気に入らない。警告するわ、ジャン・ポール。わたしはあなたが危険にさらされないように最大限までやってきたのよ。その限度を超えたら、体に重大な影響がある。超人傭兵についていけないのが悔しいのはわかるけど、エゴは捨てないといけない」

「いわれるまでもない。じゅうぶんにわかっている」サランは、体の奥から湧き起こる激しい怒りを隠そうとした。ハイタワーは、サランとサランがもっとも信頼している副官には、傭兵たちが受けている体力増強法の一〇パーセントしかほどこしていなかった。サランと副官は、自分たちが指揮している超人傭兵と競争できる状態でなければならない。しかし、サランはエゴのために条件付けを行なっていた。もう若くないとわかっていたからだ。

「わたしが決めた限界を一段階でも超えたら、あなたの寿命は何年も縮まる。あなたの傭兵たちは、いまはあなたよりも速く走れて、戦いでも強いかもしれないけど、二年たったらあなたは彼らの墓を見おろすことになる」

「ほかになにか考えていることは？」サランは、点滴が速くなるように、握り拳を固めたりゆるめたりしていた。

「いい気分だというのは知っている。信じて。だけど、手順を強化するくらいなら、幻覚剤をなめてハイになるほうがずっといいのよ」

「とにかく警戒しろ。それに、問題があったら電話してくれ」

サランは電話を切り、目を閉じて、さまざまな物質の殺到を楽しんだ。危険は承知のうえだった。しかし、他人が決めた境界線を押しひろげるのが、サランの人生そのものだった。条件付け体力増強法が危険で、中毒性があるのは、明確に知っていた。だが、若く、速く、強くなることに、だれが抵抗できるだろうか。

もちろん、集中力と知能が鋭敏になるとわかっていても、精神の条件付けにふけるつもりはなかった。だが、ハイタワーのいうことは信じられるのか？　ハイタワーとふたりで傭兵たちをコントロールしているサランは、美しい科学者になんの幻想も抱いていなかった。好きなようにやらせたら、たちまちリードでつながれてしまうだろう。だが、いつの日か、ハイタワーのほうがこっちの意のままにリードでつながれるようになるはずだ。

（上巻終わり）

◉訳者紹介　**伏見威蕃**（ふしみ　いわん）
翻訳家。早稲田大学商学部卒。訳書に、カッスラー『地獄の焼き討ち船を撃沈せよ！』、クランシー『殺戮の軍神』（以上、扶桑社海外文庫）、グリーニー『暗殺者の屈辱』（早川書房）、チャーチル『第二次世界大戦1』（みすず書房）他、多数。

超音速ミサイルの密謀を討て！（上）

発行日　2024年6月10日　初版第1刷発行

著　者　クライブ・カッスラー&マイク・メイデン
訳　者　伏見威蕃

発行者　小池英彦
発行所　株式会社 扶桑社
〒105-8070
東京都港区海岸1-2-20 汐留ビルディング
電話　03-5843-8842（編集）
03-5843-8143（メールセンター）
www.fusosha.co.jp

印刷・製本　中央精版印刷株式会社

定価はカバーに表示してあります。

ISBN 978-4-594-09749-3　C0197